I0573506

SOCCORRERE CAITE

Armi & Amori: verso il futuro, Libro 1

SUSAN STOKER

Proteggere Jessyka
Proteggere Julie
Proteggere Melody
Proteggere il Futuro
Proteggere Kiera
Proteggere i figli di Alabama
Proteggere Dakota

Forze Speciali alle Hawaii

Trovare Elodie
Trovare Lexie
Trovare Kenna (19 Oct 2021)
Trovare Monica (10 Maggio 2022)
Trovare Carly
Trovare Ashlyn
Trovare Jodelle

Mercenari di Montagna

Difendere Allye
Difendere Chloe
Difendere Morgan
Difendere Harlow
Difendere Everly
Difendere Zara
Difendere Raven

Ace Security

Il riscatto di Grace
Il riscatto di Alexis
Il riscatto di Bailey
Il riscatto di Felicity
Il riscatto di Sarah

A Lee. Tu non ci sei più, ma i tuoi fumetti vivranno per sempre.

"Sai qual è il problema di essere intelligenti? Bene o male sai cosa succederà dopo."
"Allora, cosa succederà dopo?"
"Non lo so."

Lee, 21 agosto 2013

CAPITOLO UNO

"Fa abbastanza caldo, eh?" chiese l'ufficiale navale mentre le apriva la porta.

Caite McCallan gli rivolse un sorriso amichevole, ma internamente alzò gli occhi al cielo. Sapeva che il Bahrain, paese mediorientale, sarebbe stato molto più caldo rispetto a San Diego, ma non era stata avvisata su *quanto* facesse caldo esattamente.

"Grazie," gli rispose dopo aver attraversato velocemente la porta ed essersi diretta verso l'ascensore. Era in ritardo, quella mattina, altrimenti avrebbe preso le scale. In generale non le piaceva molto l'esercizio fisico. Preferiva stare sdraiata in spiaggia con i piedi a mollo, bevendosi un bel margarita, piuttosto che andare in palestra, fare jogging o giocare a pallavolo per mero "divertimento".

Ma da quando era in Bahrain aveva iniziato a prendere le scale per raggiungere il suo ufficio al terzo piano, dal momento che la mancanza di movimento era diventata quasi imbarazzante. Non c'era modo di fare nulla, con quel caldo infernale; Caite usciva molto raramente dal suo appartamento sicuro, tranne quando era nella base navale americana a sud-est della città di Manama.

Premette con impazienza il pulsante e sospirò di sollievo quando le porte si aprirono quasi immediatamente. Caite si infilò nell'ascensore e premette il pulsante del terzo piano.

Proprio mentre le porte si stavano chiudendo, apparve una grande mano per farle riaprire.

Resistendo all'impulso di sospirare per l'irritazione, Caite si spostò verso il fondo di quell'ascensore angusto, dando ai tre uomini lo spazio necessario per entrare.

Li guardò con occhi spalancati. Lavorava lì da quattro mesi, ormai; aveva visto tanti uomini belli in uniforme, ma *quegli* uomini in particolare, che sembravano occupare ogni centimetro di spazio nel piccolo ascensore, erano sicuramente alcuni tra i più sexy che avesse mai visto.

Tutti e tre avevano la barba lunga a coprirgli il volto, ma Caite non riusciva a distogliere lo sguardo dal primo uomo che era entrato. "Lussureggianti" poteva essere l'unica parola adatta per descrivere quei capelli scuri. Erano più lunghi di quelli degli altri due; Caite ebbe l'improvviso desiderio di passarci le dita per vedere se fossero così morbidi come sembravano. Tutti e tre gli uomini erano più alti di lei, ma quello non era un fatto straordinario, dal momento che lei era solo un metro e sessantacinque.

Quell'uomo aveva occhi scuri, che si erano subito fissati in quelli di Caite quando era entrato nell'ascensore. Aveva il naso un po' storto, che però conferiva più carattere al suo viso. Era muscoloso, aveva una corporatura più robusta degli altri due: non era solo più alto di loro, ma era più grande, in ogni senso della parola. Le faceva pensare sia a notti selvagge che a interminabili coccole sul divano.

"Buongiorno," disse l'uomo con voce profonda. Le labbra erano incurvate verso l'alto, come se ci trovasse qualcosa di divertente in quel saluto; Caite sapeva che stava arrossendo.

"Salve," borbottò, abbassando subito lo sguardo verso la valigetta che teneva in mano.

L'ascensore oscillò mentre iniziava a spostarsi verso l'alto, facendo trattenere a Caite il respiro mentre serrava le labbra. Voleva flirtare con quell'uomo. Voleva avere la sicurezza di guardarlo negli occhi e sorridergli, ma non era da lei manifestare un atteggiamento simile.

Lei non era timida, ma non aveva fiducia in sé, quando si trattava di uomini. Si trovava molto più a suo agio nel mimetizzarsi sullo sfondo e osservare gli altri. Aveva ricavato un sacco di informazioni, in quel modo. Come nell'occasione in cui aveva scoperto che la sua presunta migliore amica del liceo aveva invitato il ragazzo che piaceva a Caite a uscire in gran segreto. O quando aveva sentito uno degli assistenti all'università dire ad una ragazza della classe (con cui si frequentava) cosa ci sarebbe stato nell'esame finale... aiutando così Caite a passare quel corso.

O come quando aveva sentito un ufficiale della marina a San Diego lamentarsi con un collega di quanto guadagnassero gli interni, quando si offrivano volontari per lavorare all'estero, mentre gli impiegati locali non ricevevano lo stesso stipendio.

Ecco spiegato il motivo per cui Caite si trovava in Bahrain, in quel momento.

"Giuro che questo posto diventa più caldo ogni volta che ci torniamo," brontolò uno degli uomini.

"Sai, il riscaldamento globale... e tutto il resto," disse un altro, più a se stesso che agli amici.

Il terzo uomo non fece commenti. Caite gli fissò le dita, desiderando che l'ascensore andasse più veloce.

"Fa sempre così caldo, qui dentro?" chiese il primo uomo.

Sapendo che non poteva esattamente fingere di non averlo sentito, Caite alzò finalmente lo sguardo. L'uomo aveva una barba abbastanza curata e i capelli erano quasi rasati ai lati, più lunghi in alto. Poteva sembrare un taglio stupido, ma in qualche modo, con l'uniforme mimetica marrone, quell'uomo le sembrava proprio bello.

Era molto più magro dell'uomo che aveva immediatamente attirato l'attenzione di Caite, aveva la barba più corta e le labbra più visibili. Era il più basso del gruppo, probabilmente era solo qualche centimetro più alto di Caite, ma in qualche modo lei si sentiva comunque sovrastata dall'aria di sicurezza che lo circondava.

Lei annuì. "L'aria condizionata non sembra funzionare molto negli ascensori, quindi qui fa sempre più caldo."

"Potrebbe andare peggio, Ace," disse l'uomo che lei stava segretamente ammirando. "Potremmo fare allenamento fuori, al sole."

"Vero," disse Ace scrollando le spalle.

Proprio in quel momento, l'ascensore produsse un forte rumore sferragliante e diede un grande scossone.

Caite allungò una mano per sostenersi sul lato accanto e sospirò per la frustrazione.

"Che diavolo succede?" esclamò Ace.

"Merda!" esclamò il secondo uomo, mentre Ace lanciava un'altra imprecazione a bassa voce.

Senza troppe cerimonie, Caite posò la valigetta sul pavimento, appoggiò la schiena alla parete della cabina e si abbassò per sedersi. Era grata di aver indossato un paio di comodi pantaloni neri, quel giorno. Tirò su le ginocchia, le abbracciò e si mise ad aspettare.

Sapeva che tutti e tre gli uomini la stavano guardando con aria sorpresa. Prima che potessero chiederle cosa stesse succedendo, lei disse: "Succede almeno due volte a settimana. Tanto vale che vi mettiate comodi. L'ultima volta ho sentito che ci è voluta un'ora e mezza prima che riuscissero a farlo funzionare di nuovo."

"Stai scherzando?"

Caite guardò l'uomo che aveva adocchiato. "No."

Sospirando, lui si mise a terra vicino a lei. Con una gamba stesa davanti a sé e l'altra piegata al ginocchio, sorrise e le tese una mano. "Sono Blake. Blake Wise. Rocco per gli amici."

Caite gli fissò la mano callosa per un attimo, prima di allungare la sua. "Caite McCallan."

"Ciao, Caite," disse Rocco con una voce roca che le fece esplodere la pelle d'oca sulle braccia.

"Rocco, non puoi pensare seriamente di startene qui seduto ad aspettare che ci tirino fuori? Possiamo semplicemente…"

"Siediti, Gumby," lo interruppe Rocco. Le stava ancora tenendo la mano, Caite stava arrossendo ancora una volta.

"Ma…"

"Resteremo qui con Caite finché non arriveranno i soccorsi." Rocco si voltò verso di lei. "Sanno che l'ascensore è bloccato? Non vedo un citofono di emergenza o altro, qui dentro."

Caite deglutì e annuì. "Sono abbastanza sicura che lo sappiano. L'ultima volta è rimasto intrappolato un mio collega. Mi ha detto che nel giro di pochi minuti qualcuno ha chiamato da giù… o da su, non ricordo, mentre lui era dentro con altre persone; gli hanno detto che la manutenzione stava lavorando per liberarli."

Perché le teneva ancora la mano? Caite non ne aveva idea. Era una bella sensazione, anche se un po' imbarazzante.

Infine, lui le passò il pollice sul dorso della mano e la lasciò andare lentamente. Caite si strinse le mani in grembo nervosamente.

Ace e Gumby si sedettero dall'altra parte dell'ascensore.

"Non pensavo che avremmo iniziato così la nostra vacanza tropicale," scherzò Ace.

Caite non riuscì proprio a trattenere una piccola smorfia. Il Bahrain non rispecchiava la sua vacanza tropicale ideale.

Notando l'espressione divertita di Caite, Ace disse: "Ehi, fa caldo, siamo vicini all'oceano, non abbiamo dovuto correre per tipo nove chilometri nella sabbia, questa mattina... A me sembra proprio una vacanza!"

Lei lo guardò e rispose: "Ma non ci sono bevande alcoliche. Come può essere vacanza senza sorseggiare una bevanda blu con cubetti di ghiaccio, frutta e un grazioso ombrellino?"

"Non capirò mai perché alle ragazze piaccia quella robaccia. Voglio dire, cosa c'è di male in una birra ghiacciata?" borbottò Gumby.

"Fa schifo," disse Caite senza pensarci, poi si maledisse interiormente per quell'uscita. "Voglio dire... non c'è male... se ti piace quel genere di cose."

L'uomo accanto a lei ridacchiò. "Immagino che tu non ti piaccia bere birra."

Lei guardò Rocco e scosse la testa. "No."

"Bisogna abituarsi al sapore," commentò Ace.

Caite annuì, senza riuscire a staccare gli occhi da Rocco, che non aveva mai smesso di studiarla con quei profondi occhi scuri; era strano che un uomo le prestasse così tanta attenzione. Caite si era in qualche modo abituata ad avere uomini che la fissavano da quando era arrivata nel paese arabo, ma il modo in cui Rocco la stava guardando era diverso da come la squadravano gli abitanti del posto. Lei aveva sempre avuto l'impressione che la stessero giudicando male, che la trovassero carente, in qualche modo, ma gli occhi di Rocco esprimevano ben altro.

Era come se potesse leggerle la mente, come se potesse in qualche modo percepire quanto lei fosse attratta da lui.

Il pensiero la fece agitare, così Caite abbassò di nuovo lo sguardo sulle mani che teneva in grembo.

"Ehi! C'è qualcuno lì dentro?" chiamò una voce ovattata dal basso.

"Sì! Siamo in quattro!" urlò Ace di rimando.

"Stanno lavorando per tirarvi fuori di lì. Resistete!" disse la voce.

"Sarà fatto!" rispose Ace.

Dopo un lungo silenzio, Gumby disse: "Allora, tanto vale conoscerci. Conosco già questi *zoticoni*, ma non conosco te..." lasciò la frase in sospeso.

Caite scrollò le spalle. "Sono Caite."

"Ovvio," rispose Rocco, chiaramente divertito. "Di dove sei? Cosa fai qui? Da quanto tempo sei qui e quanto pensi di rimanere? Hai già programmi per la cena?"

A quell'ultima domanda, Caite fissò di nuovo Rocco. Si aspettava che lui le sorridesse, facendole capire che la stava prendendo in giro, ma non vide alcuna traccia di umorismo nei suoi occhi. Poi guardò Ace e Gumby. *Loro* sì che stavano sorridendo, ma il loro divertimento sembrava provocato dall'uomo che aveva di fianco, piuttosto che da lei.

"Uhm... avevo un appartamento nella zona di San Diego. Sono qui da qualche mese e il mio contratto è di un anno, con l'opzione di rinnovare per un altro anno, se voglio. Non ho ancora deciso se lo farò o no." Ignorò volutamente l'ultima domanda che le aveva posto Rocco.

"Di cosa ti occupi?" chiese Ace.

Sì, a quello poteva rispondere. "Sono una segretaria, un'assistente amministrativa."

"Come sei finita fin qui?" le chiese Gumby.

Caite scrollò le spalle. "Avevo bisogno di soldi."

Nessuna risposta. Il silenzio appena calato le provocò imbarazzo, così Caite si affrettò a spiegare: "All'università mi sono specializzata in lingua francese. Mia madre mi diceva che stavo facendo un errore, ma non le ho dato retta. Mi sono innamorata di Parigi mentre frequentavo il liceo, volevo andarci a vivere e lavorare più di ogni altra cosa al mondo. Ho scelto il francese come lingua straniera al liceo, ho deciso di continuare a studiarlo anche all'università. Ho amato lo studio del francese, ma dopo la laurea ho capito che mamma aveva ragione. Non c'erano molti lavori per una che parla francese nella zona di San Diego. Ho visto tanti lavori per chi parlava spagnolo, ma pochissimi per il francese."

"Così ho iniziato a lavorare come segretaria per un amico di mio padre, lui mi ha suggerito di fare domanda per un posto al Dipartimento della Difesa. L'ho fatto: sono stata assunta e ci ho lavorato per diversi anni, ma ero sepolta dai debiti. Tra le spese del college, la macchina, i finanziamenti vari... non riuscivo ad andare avanti, vivere a San Diego non è esattamente economico. Ho scoperto che gli stipendi per gli incarichi all'estero sono più alti e quando ho visto l'offerta di lavoro qui, ho fatto domanda." Fece spallucce. "Mi hanno presa e quindi... eccomi qui."

"Ti piace il tuo lavoro?" le chiese Rocco.

Caite scrollò di nuovo le spalle. "Non lo detesto," disse dopo un po'. "Ma in fondo, chi ama il proprio lavoro? Lavoriamo perché dobbiamo mangiare."

"Io amo il *mio* lavoro," le disse Rocco.

"Anch'io," commentò Ace.

Gumby annuì. "Idem."

Caite si sentì ancora più imbarazzata. "Giusto. Naturalmente. Entrare nell'esercito, vedere il mondo... e tutto il resto," balbettò. "Beh, è troppo pericoloso andare in giro per Manama da sola. Qui le donne non sono più perseguitate come una volta, ma non mi piace correre rischi. E poi fa un caldo tremendo. Odio il caldo!"

Rocco sorrise. "Ma tu arrivi da San Diego, dove non fa molto freddo."

"Lo so, ma non ci sono neanche trenta gradi. Se volessi stare così al caldo, mi trasferirei a Phoenix."

"È meglio che tu non vada in giro da sola: non è sicuro," le disse Rocco, diventando serio.

"Il tasso di criminalità è abbastanza alto," aggiunse Gumby.

"Il Bahrain è uno dei paesi più tolleranti del Medio Oriente, per quanto riguarda la tolleranza sull'abbigliamento, le donne hanno finalmente ottenuto il diritto di voto dopo una ventina d'anni di lotte, ma non ci sono ancora leggi che le proteggano dalla violenza domestica," spiegò Ace.

Caite annuì. "Lo so. Ho fatto le mie ricerche prima di accettare il lavoro, faceva anche parte del corso di orientamento. Perché pensate che io non esca molto? Voglio dire, a parte il caldo. Non sono disposta ad andare in giro da sola. Ma qui intorno sono tutti occupati, i giovani della marina sono troppo interessati a fare festa piuttosto che a uscire con me o a mostrarmi le attrazioni della città. Inoltre, è sconsigliato fare troppa amicizia con i militari."

Rocco fece una smorfia. "Non sembra molto divertente lavorare qui," osservò.

Caite scrollò le spalle. "Lo sto facendo sembrare peggiore di quello che è. Mi piace la maggior parte dei miei colleghi e c'è sempre gente interessante che entra ed esce dall'ufficio. Ho incontrato un sacco di persone da tutto il mondo. Per esempio, questa settimana il mio capo si incontra con alcuni uomini del Gabon."

"Hmmm."

Il sorriso di Caite si affievolì. Rocco non sembrava molto impressionato. "E voi, ragazzi? Da dove venite?"

"Ti sembrerà incredibile ma anche noi siamo di San Diego," le disse Rocco.

"Davvero? Forte! Quanto tempo resterete qui?"

I tre uomini si scambiarono sguardi che Caite non riuscì a

interpretare, prima che Gumby le rispondesse: "Non siamo sicuri. Dipende da quanto tempo dura la nostra missione."

"Ah. Beh... spero che possiate anche uscire e vedere un po' del paese, tra i vostri impieghi ufficiali," disse lei, un po' incerta.

Il silenzio calò ancora una volta, spingendo Caite a cercare disperatamente qualcos'altro da dire. "Allora... Gumby e Ace? Non sono... non sono i vostri veri nomi, vero?"

Tutti e tre ridacchiarono.

"No, cara. Mi chiamo Decker," disse Gumby.

"E io sono Beckett," aggiunse Ace.

"Caite è il diminutivo di Katherine?" chiese Rocco.

Caite era sicura che lui si fosse avvicinato, mentre lei guardava i suoi amici, ma era difficile dirlo con certezza. Scosse la testa. "No. È solo Caite. Si scrive C-a-i-t-e. Credo che mia madre volesse darmi un nome diverso dagli altri, ma non impossibile da pronunciare o strano."

"È bellissimo," commentò Rocco.

Caite sapeva che stava arrossendo di nuovo, dannazione, ma sperava che gli altri tre interpretassero male le guance arrossate, ad esempio come conseguenza del caldo. L'aria nell'ascensore non era esattamente fresca, anzi... si sarebbe scaldata sempre di più fino all'arrivo dei soccorritori.

"Dove vivete?" chiese lei, semplicemente per avere qualcosa di cui parlare.

"Alloggiamo nella base," le disse Ace. "E tu?"

Senza riflettere su quanto poco fosse sicuro rivelare il suo indirizzo a degli estranei, Caite rispose: "C'è un complesso di appartamenti proprio fuori dal cancello della base militare. Avevo troppa paura di prendere un posto lontano da qui. Non devo prendere la macchina per andare al lavoro, posso uscire dal mio palazzo e venire qui a piedi. Sono andata in centro a Manama solo una volta, ed ero con altri tre impiegati dell'ufficio."

"Forse, se stiamo qui abbastanza a lungo, possiamo mostrarti un po' della città," propose Ace.

Caite sbatté le palpebre: non stava cercando di farsi accompagnare per esplorare la città, ma probabilmente aveva dato quell'idea. "Oh, va bene."

"Che ne dici della cena?" chiese Rocco. "Dicevo sul serio, prima."

La stava fissando così intensamente che lei rabbrividì. Non poteva chiederle di uscire, vero? In tutta la sua vita, non le avevano mai chiesto di uscire. Aveva avuto degli appuntamenti e aveva anche avuto un rapporto durato a lungo, ma erano stati tutti incontri combinati da amici.

Da tempo, Caite aveva fatto i conti con la persona che era e con il proprio aspetto fisico. Non si sarebbe mai definita bella. Aveva il naso un po' troppo grande e riteneva di avere dei lineamenti semplicemente troppo comuni. Le piacevano i suoi capelli, ma non risaltavano in alcun modo. Le ciocche castano chiaro erano sottili e se cercava di farli crescere troppo, si spezzavano le punte e sembravano subito arruffati. Non era mai stata il tipo di donna da attirare un secondo sguardo. Non era orribile, ma non era nemmeno una bellezza mozzafiato.

Secondo la sua esperienza, gli uomini la ignoravano. Non era abbastanza bella, abbastanza interessante o abbastanza magra da meritarsi più di un'occhiata. Anche perché tendeva sempre a stare per conto suo, in società. C'erano sempre nei paraggi donne più interessanti, estroverse e affascinanti di lei.

Ma Rocco la guardava come se fosse la persona più incredibile che avesse mai incontrato in vita sua. In cuor proprio, Caite trovava sconfortante una simile attenzione. Non era abituata a stare al centro dell'attenzione.

Sapendo di essere rimasta in silenzio troppo a lungo, tanto che la situazione si stava facendo di nuovo imbarazzante,

Caite disse rapidamente: "Uhm... sì, posso unirmi a voi in mensa, se volete."

"Non è quello che intendevo, Caite," disse Rocco. Ancora una volta, il suo tono roco le mise lo stomaco in subbuglio.

Lei guardò Ace e Gumby, entrambi stavano sorridendo ancora una volta. Non per esprimere qualcosa come "il nostro amico ha rimorchiato", ma in un modo genuinamente soddisfatto. Lei si leccò le labbra e si guardò di nuovo le mani. "Oh, uhm... ok."

"Non so quando, però," continuò Rocco. "Non mi dispiacerebbe questa sera, ma temo che dovremo parlare con il comandante della base per capire come siamo combinati. Per non parlare del fatto che dovremo portare a termine un lavoro, mentre siamo qui. Ma mi piacerebbe trovare il tempo per conoscerti meglio... se per te va bene."

Caite iniziò a pensare a tutto e di più. Avvertì alcuni campanelli d'allarme, per esempio. Quell'uomo stupendo non poteva essere davvero interessato a *lei*. Forse era uno scherzo. Forse lui pensava di portarsela a letto solo perché lei aveva passato tanto tempo da sola.

Ma... in realtà, non percepiva quel tipo di vibrazioni in lui, ed era abbastanza brava a riconoscere i farfalloni. Rocco sembrava più maturo e al di sopra di quel tipo di giochetti.

Decidendo che quella era la cosa più eccitante che le succedeva da mesi, a parte rimanere bloccata in quello stupido ascensore, Caite annuì. "Mi piacerebbe."

Il sorriso sul volto di Rocco si allargò. "Bene. Dimmi dove lavori, così posso venire a trovarti in settimana."

Lei glielo disse e notò che il sorriso gli si smorzò leggermente.

"Cosa?"

L'emozione gli sparì immediatamente dal viso. "Niente."

Caite scosse la testa. "No, c'è qualcosa. Che succede?"

"Si dà il caso che tu lavori per il nostro attuale comandante," spiegò Ace.

"Oh."

"E non approva le relazioni nate in ambito lavorativo," disse Gumby.

"Questa non è una relazione sentimentale tra colleghi," brontolò Rocco. "È una cena. Non stiamo andando a sposarci, niente del genere."

Caite sorrise. Il pensiero le saltò fuori dalla bocca ancora prima che potesse domarlo. "Giusto. Ma *se* ci sposassimo, lui non potrebbe fare o dire nulla al riguardo, vero?"

Ace e Gumby ridacchiarono mentre lei guardava Rocco inorridita. "Non che io pensi che tu lo voglia! Voglio dire, è solo una cena e... Oh, merda," disse, poi chiuse gli occhi e appoggiò la fronte sulle ginocchia. "Ora starò zitta, ok?"

Sentì Rocco prenderle una mano e lo guardò imbarazzata. "Rilassati, *ma petite fée*, so cosa volevi dire."

Caite sbatté le palpebre. L'aveva davvero appena chiamata "mia piccola fata" in francese?

"L'ho detto male?" le chiese, sorridendole dolcemente.

"Come volevi chiamarmi?" chiese lei.

"Mia piccola fata."

Lei scosse la testa. "Non l'hai detto male."

"Bene. Parlo bene il turco, ma ho imparato anche un po' di francese."

Caite voleva chiedergli perché l'avesse chiamata così, ma si sentiva fin troppo in imbarazzo. Sapeva fin troppo bene che c'erano gli altri due seduti lì a fissarli, e non voleva sentirlo dire qualche assurdità del tipo che lei gli ricordava una bambina.

"Parli correntemente il turco?" gli chiese invece.

"Sì."

Lui non approfondì, facendo sentire Caite di nuovo a disagio. Non era proprio abituata ad essere al centro dell'attenzione. Le piaceva ascoltare gli altri parlare, non dover condurre una conversazione da sola.

Proprio in quel momento, l'ascensore diede uno scossone e sembrò sprofondare almeno di un metro, prima di fermarsi di nuovo.

Caite urlò di paura e allungò la mano per afferrare qualcosa, qualsiasi cosa. Incontrò la coscia di Rocco, coperta dai pantaloni mimetici, e la afferrò con forza. Non si era sbagliata su quanto fosse muscoloso; per un istante le sembrò di essersi aggrappata a una roccia, piuttosto che a un essere umano.

Lui si avvicinò immediatamente e le avvolse un braccio intorno alle spalle, tirandola verso di sé. Le sfiorò la guancia con la barba per un momento, prima di girarsi verso gli altri due. "Basta così." Mentre pronunciava quelle parole, alzò il mento.

Come se avessero aspettato quel comando per tutto il tempo, Ace e Gumby saltarono in piedi e si misero subito al lavoro armeggiando con il portello sul soffitto.

L'attenzione di Caite fu riportata sull'uomo che le stava di fianco quando lui la guardò e mormorò: "Calma, *ma petite fée*, saremo fuori di qui in pochi minuti."

Caite lo sentì a malapena. Gli si era rannicchiata contro il fianco e non si era *mai* sentita così sicura. Se l'ascensore fosse improvvisamente precipitato a terra, non aveva dubbi che non avrebbe sentito nulla.

Nonostante fossero segregati in uno spazio angusto, Rocco aveva un profumo delizioso... ma non di colonia, no: un uomo come lui non si sarebbe mai fatto beccare a spruzzarsi quella roba. Ma sapeva di pulito e... di uomo. Caite non riusciva a spiegarlo. Ma se qualcuno avesse trovato il modo di imbottigliare quell'aroma avrebbe fatto una fortuna. Non desiderava altro che accoccolarsi contro di lui, infilandogli la testa sotto il mento e sul petto, ma si costrinse ad allentare la presa sulla gamba e a cercare di raddrizzarsi. Ma Rocco non la lasciava andare.

"Sto bene," gli disse a bassa voce.

"Lo so. Tieni duro ancora per qualche minuto." Rocco sembrava completamente calmo.

Improvvisamente, Caite capì.

Lui e i suoi amici erano SEAL, le forze speciali della marina americana.

Avrebbe dovuto capirlo subito, ma era stata distratta dalla bellezza di Rocco. Era tutto muscoli sotto l'uniforme, il fatto che lui e i suoi amici fossero lì per una "missione" era un grande indizio. Caite aveva incontrato diverse squadre di SEAL durante il suo incarico all'estero, aveva notato che emanavano tutti un'aura speciale.

In quel momento aveva capito con chi aveva a che fare per il modo in cui Rocco e i suoi amici avevano iniziato a gestire la situazione nell'ascensore. Senza ribattere o discutere, Ace e Gumby aprirono il portello e Gumby scomparve attraverso il buco, come se compiesse azioni simili ogni giorno.

"Non siamo nemmeno molto in alto," la rassicurò Rocco. "Anche se l'ascensore dovesse cadere, precipiteremmo solo per un paio di piani. Ma Gumby capirà quanto siamo lontani dal prossimo piano e ci tirerà fuori. Non preoccuparti."

Caite poté solo annuire, avvertendo la barba di Rocco sulla spalla. Non poteva sentirla sulla pelle, attraverso la camicetta a maniche lunghe, ma quel breve movimento fu sufficiente a farle indurire immediatamente i capezzoli; sentendosi in imbarazzo, sperò di essere protetta dal reggiseno leggermente imbottito. Diede un'occhiata furtiva verso il basso e fu sollevata nel constatare che non stava mostrando nulla di sconveniente agli uomini presenti.

"Va sempre tutto bene?" le chiese Rocco, allarmato.

"Sì," rispose subito lei. "Grazie. Mi sono solo spaventata per un secondo."

"Non posso biasimarti," la rassicurò Rocco.

"Buone notizie," disse Gumby da sopra le loro teste.

Caite alzò lo sguardo e lo vide che li fissava dal portello aperto.

"L'ascensore è proprio sotto il secondo piano. Le porte sono proprio qui. Possiamo fare leva per aprirle e uscire da qui sopra."

Rocco annuì, le tolse il braccio dalle spalle e si alzò. Caite sentì subito freddo, il che era ridicolo, visto che c'erano almeno trenta gradi dentro quell'ascensore. Lui le tese una mano. "Pronta a uscire da qui?"

Caite annuì e gli prese la mano.

Mentre lui le stringeva la mano e l'aiutava ad alzarsi, lei non voleva più mollare la presa.

A quanto pare, lui provava la stessa cosa. Una volta che lei fu in piedi, infatti, Rocco rafforzò la sua stretta.

Sentendosi euforica, come se fosse un'adolescente al suo primo appuntamento, Caite rimase lì in piedi mentre lui discuteva con Ace e Gumby della sicurezza di ciò che stavano per fare.

"Pronta?"

Caite si sforzò di prestare attenzione. "Cosa?"

Ace le sorrise. "Ti ho chiesto se sei pronta."

Caite scosse la testa e allo stesso tempo rispose: "Sì."

Tutti gli uomini sorrisero ancora una volta per quella risposta contraddittoria. Com'era prevedibile, Caite non era entusiasta all'idea di salire in cima all'ascensore e strisciare verso il secondo piano. Ci sarebbero state sicuramente delle persone pronte a fissare loro quattro mentre uscivano dalla tromba dell'ascensore. Ciò infastidiva Caite, vista la sua avversione all'essere al centro dell'attenzione.

"Ce la farai, *ma petite fée*," le disse Rocco, che poi le strinse di nuovo la mano.

Lei annuì e fece un respiro profondo. "Come farò ad arrivare lassù?" chiese, a nessuno in particolare.

"Ti tiro su io," disse Rocco.

"Dammi la tua valigetta," ordinò Ace, Caite gliela passò.

Rocco si inginocchiò davanti a lei e sollevò le mani. "Sali sulle mie spalle. Ti solleverò. Non ti lascerò cadere."

Caite disse la prima cosa che le venne in mente: "Per fortuna che oggi non indosso una gonna, altrimenti sarebbe un bel guaio."

Tutti e tre gli uomini ridacchiarono di nuovo, Caite arrossì furiosamente.

"In realtà sono più sollevato che tu non abbia i tacchi," le disse Rocco. "Quelli farebbero un male cane, se mi scavassero nelle spalle."

"Non li sopporto," ammise Caite. "Mi fanno male ai piedi, e non è che due o tre centimetri facciano molta differenza, per la mia altezza. Sarei comunque più bassa di tutti." Caite cercò di pensare a qualcos'altro da dire per ritardare l'inevitabile, ma era ovvio che Rocco interpretava correttamente il linguaggio del corpo.

La guardò dalla sua posizione accovacciata e continuò pazientemente a tenderle le mani. "Non lascerò che ti accada nulla, Caite."

"Sono più pesante di quanto sembro," lo avvertì.

Lui la guardò lentamente, partendo dal viso e scendendo verso le gambe, per poi ritornare a fissarla negli occhi. "Sei perfetta," le disse. "Inoltre, ho portato in spalla questo ragazzo," usò la testa per indicare Ace, in piedi vicino a lei, "per quasi due chilometri, una volta. In piena attrezzatura da combattimento. A confronto, tu non pesi quasi niente. Dai, *ma petite fée,* fidati di me."

Come poteva non fidarsi, quando lui la chiamava *la sua piccola fata* in quell'adorabile, orribile accento francese? Caite voleva sapere di più su quando e perché Rocco aveva dovuto trasportare il suo amico, ma sapeva che chiedere sarebbe stata solo un'altra tattica per prendere tempo. Senza ulteriori indugi, gli prese una mano e sollevò una gamba per salirgli sulla spalla.

In pochi secondi, Caite era in piedi sulle spalle di Rocco, piegata. gli teneva disperatamente le mani.

"Calma, Caite. Ti tengo," le disse Rocco, mentre si alzava lentamente fino a trovarsi in piedi sotto il portello aperto.

"Lascia andare una delle mani di Rocco e tira su la mano," le ordinò Gumby da sopra.

Caite fece un respiro profondo. Non voleva essere una pappamolla, ma dannazione... quella situazione non le piaceva per nulla. Ci vollero alcuni secondi, ma nessuno degli uomini le mise fretta. Sempre più lentamente, allentò la presa della mano destra e alzò il braccio alla cieca.

Gumby l'afferrò subito.

"Ora l'altra," le disse dolcemente Gumby.

Con attenzione, Caite lasciò andare l'altra mano di Rocco. Anche se Gumby la stava tenendo, sentì le mani di Rocco afferrarla per i polpacci, la sosteneva per non farla cadere.

L'ascensore non era poi così alto. Nel momento in cui Rocco era in piedi con Caite sulle spalle, lei era già praticamente fuori dall'ascensore. Tutto quello che serviva era un piccolo passo verso l'alto per trovarsi in cima alla cabina di metallo, accanto all'altro SEAL.

"Ecco," le disse Gumby. Chiaramente quella situazione non rappresentava un grosso problema per lui... o per gli altri due. Gumby era balzato fuori dall'ascensore come se lo facesse ogni giorno. Quando diede un'occhiata alle mani giunte, Caite notò che si era tirato su la manica dell'uniforme e intravide dei tatuaggi intorno al polso.

Gli stavano bene. Poteva immaginarlo su una moto con indosso solo un giubbotto di pelle mentre sfrecciava lungo la strada. Caite era ossessionata da *Sons of Anarchy*[1] quando era andato in onda, Gumby poteva integrarsi facilmente tra tutti i personaggi di quella serie.

"Caite?" chiese Gumby. "Ti ho presa. Non cadrai."

Castigandosi mentalmente per non aver prestato attenzione, lei gli rispose: "Lo so." Spostò il peso e sollevò il piede destro.

In pochi secondi e senza il minimo sforzo, Caite si trovò in piedi, in cima alla cabina dell'ascensore, accanto a Gumby. Per tirarla su bastò qualche secondo e fu un movimento eseguito così bene che di sicuro quella non era la loro prima volta. Si chiese quante altre donzelle in difficoltà avessero dovuto salvare da ascensori guasti.

Gumby le lasciò le mani sulla vita per un secondo, assicurandosi che fosse stabile. "Va tutto bene?" le chiese.

"Sì."

"Bene. Ora vediamo di andarcene da qui, va bene?"

In un batter d'occhio, arrivarono anche Ace e Rocco. Con tutti e quattro in cima all'ascensore, la situazione era un po' affollata. Rocco si mise dietro di lei e le mise le mani sulla vita, sostituendo quelle di Gumby; la tirò a sé fino a farle sentire il petto contro la schiena. "Diamo loro un po' di spazio per lavorare," le disse.

Caite voleva dirgli di stare attento, di non indietreggiare troppo. Non voleva che Rocco cadesse, o che quello stupido ascensore ripartisse all'improvviso, facendolo impigliare nei cavi, o che sbattesse contro le pareti del pozzo dell'ascensore; ma tenne la bocca chiusa e guardò Ace e Gumby fare un rapido lavoro per forzare le porte del secondo piano.

Ace saltò fuori dal pozzo dell'ascensore e posò la valigetta di Caite sul pavimento. Poi si girò e le tese una mano.

Rocco la spinse dolcemente in avanti, fino a farla trovare di fronte alle porte dell'ascensore. Le arrivavano quasi al petto. "Sali," le disse Rocco, stringendole la presa sulla vita. Caite salì e afferrò le mani di Ace proprio mentre Rocco la sollevava dai piedi, come se non pesasse più di tanto. Una volta fuori, Caite si affrettò a togliersi di mezzo e guardò come Gumby e Rocco saltavano fuori dal pozzo dell'ascensore, come se per loro fosse una passeggiata.

L'aria condizionata era fantastica, ma la fece anche rabbrividire.

Fu colpita da un pensiero improvviso, mentre guardava i tre uomini parlare con uno degli operai della manutenzione, appena arrivato.

Avrebbero potuto uscire da quell'ascensore in qualsiasi momento, ma non l'avevano fatto. Si erano seduti sul pavimento e avevano chiacchierato con lei. Solo quando l'ascensore si era mosso e l'aveva spaventata, allora si erano messi al lavoro per sbloccare la situazione.

Non era sicura del perché avessero aspettato, ma non ebbe il tempo di pensarci, perché Rocco veniva verso di lei. "Pronta?"

"Per cosa?" chiese lei stupidamente.

Lui sorrise. "Per andare a lavorare."

Caite arricciò il naso e Rocco sorrise ancora di più. "Andiamo, verremo con te e ci assicureremo che tu non ti metta nei guai."

"Starò bene," disse loro onestamente. Il suo capo poteva essere meschino, ma lei non poteva farci niente se era all'interno dell'ascensore, quando si era bloccato. Tutti quelli che lavoravano nell'edificio sapevano che quell'affare era difettoso.

"Comunque andiamo nella stessa direzione," commentò Gumby.

"Oh. Giusto." Caite si sentì una sciocca. Non avevano premuto nessun altro pulsante quando erano entrati nell'ascensore. Naturalmente stavano andando al terzo piano, proprio come lei. L'ufficio del personale di tutti gli impiegati temporanei, militari e non, si trovava sullo stesso piano di

Caite, il superiore del capo di Caite era il comandante dei SEAL.

"Le scale sono da questa parte," disse loro, indicando con un cenno la fine del corridoio. Ignorando gli sguardi degli altri impiegati e del personale militare, Caite camminò a testa alta e si comportò come se uscisse ogni giorno da un pozzo dell'ascensore, scortata da tre degli uomini più belli che avesse mai visto in vita sua.

CAPITOLO DUE

Con tutta la forza di volontà, Rocco si trattenne dal voltarsi per guardare Caite mentre proseguiva con i suoi compagni verso una porta in fondo al corridoio. C'era qualcosa, in lei, che aveva immediatamente attirato la sua attenzione. Nel momento in cui l'aveva vista in piedi contro il muro dell'ascensore, era stato subito colpito da un travolgente istinto protettivo.

Era più bassa di lui di quasi trenta centimetri, cosa che per qualche motivo lo intrigava. La testa di Caite gli arrivava più o meno alla spalla, ma quando lui l'aveva cinta con un braccio, mentre erano in ascensore, si erano incastrati perfettamente. Caite aveva capelli castano chiaro ben pettinati che le sfioravano appena le spalle. Aveva un bel nasino da fatina, le guance si erano arrossate ogni volta che lui l'aveva fissata un po' troppo a lungo.

Caite aveva accennato di essere troppo pesante, ma non c'era niente di lei che lo infastidisse. Aveva un sacco di curve; da quello che aveva sentito quando gli si era appoggiata contro, era morbida in tutti i posti giusti.

Quando l'ascensore aveva smesso di funzionare, Rocco

stava già tramando mentalmente un modo per conoscere meglio Caite; così aveva impedito ad Ace e Gumby di trovare una via d'uscita da quella situazione, pur sapendo che odiavano stare seduti ad aspettare, quando avrebbero potuto liberarsi in pochi secondi. Rocco sapeva che i suoi amici erano più che divertiti dai suoi ovvi tentativi di corteggiare Caite ma, da bravi compagni, non l'avevano né interrotto né ostacolato. *In quel momento...* Sapeva che una volta separati dalla sua piccola fata, i ragazzi gli avrebbero fatto una bella lavata di capo.

Era una vera sfortuna che il loro attuale comandante fosse il superiore del capo di Caite, ma (come aveva sottolineato Rocco) non stavano certo programmando di sposarsi, nulla del genere. La squadra di Rocco doveva fermarsi in Bahrain solo per una settimana o giù di lì, non c'era abbastanza tempo per conoscersi bene o per iniziare un qualsiasi tipo di relazione.

Quel pensiero infastidì Rocco in modo irrazionale.

Era rimasto colpito anche dal modo in cui lei aveva ammesso così apertamente di aver accettato il lavoro solo per guadagnare di più. Lui era entrato in marina per lo stesso motivo. Non aveva pianificato di entrare a far parte dei SEAL o di fare carriera in marina. Ma dopo l'addestramento di base era stato assegnato a un'unità dove aveva conosciuto Ace, Gumby, Bubba, Rex e Phantom; tra tutti loro si era formato subito un legame così intenso che avevano deciso di provare a entrare nei SEAL come gruppo, unendosi ancora di più in quell'esperienza. Per fortuna, i loro superiori avevano notato come lavoravano bene insieme e di conseguenza li avevano messi insieme nella stessa squadra.

Ormai Rocco non poteva immaginare di *non* stare con i suoi amici e compagni di squadra. Si erano salvati la vita a vicenda più volte, considerava quegli uomini come fratelli di sangue.

Caite si era dimostrata nervosa e insicura in ascensore, ma si era sciolta mentre parlavano. Aveva accettato l'invito a cena di Rocco, ma poi l'ascensore aveva dato uno scossone. In un istante, gli era venuto in mente il soprannome *ma petite fée*. Caite gli sembrava proprio una fatina, vicino a lui: le sembrava minuscola.

"Quanto tempo abbiamo prima che la merce venga spostata?" chiese Gumby a bassa voce mentre si dirigevano verso l'ufficio del comandante.

Rocco si costrinse a concentrarsi sulla missione in corso e non sull'intrigante donna che avevano lasciato alla scrivania. "Secondo quanto ha detto il comandante, i tempi sono stretti," gli rispose. "Non sappiamo bene quali siano le ragioni della velocità del trasferimento, ma dovrebbe avvenire entro pochi giorni."

"Siamo sicuri che il governo del Bahrain non sia coinvolto?" chiese Ace.

Rocco fece spallucce. "Per quanto possiamo essere sicuri di ogni cosa."

"Perché siamo qui?" si chiese Gumby. "Credo che se il comandante avesse in mente un sospetto e un'idea di quando saranno spostate le tavolette di argilla, non ci sarebbe bisogno di noi. Potrebbe farle rintracciare dagli investigatori navali della marina, l'ufficio NCIS."

Rocco fece di nuovo spallucce. "Presumo che il comandante ci dirà tutto." Detto ciò, sorrise e fece un cenno all'uomo seduto dietro una scrivania posizionata di fronte all'ufficio del comandante. "Ci scusi per il ritardo. Abbiamo avuto la sfortuna di rimanere bloccati nell'ascensore, questa mattina."

L'uomo ridacchiò. "Ah, quel dannato affare. Uno di questi giorni lo disattiveranno e ci costringeranno a usare sempre le scale. Il comandante Horner vi aspetta. Entrate pure."

I tre uomini si diressero nel grande ufficio d'angolo e si misero sull'attenti.

"Riposo, uomini. Sedetevi. Apprezzo che siate venuti qui. Ho parlato a lungo con Storm e ha tessuto molte lodi sulla vostra squadra," li salutò il comandante.

Rocco annuì. Il comandante Storm North era il responsabile della loro squadra a San Diego. Aveva quarantasette anni, circa la stessa età del comandante Horner; Rocco sapeva che i due una volta avevano lavorato nella stessa squadra di SEAL.

"Grazie, signore," disse Rocco con rispetto.

"Sono sicuro che vi state chiedendo perché ho richiesto solo tre della vostra squadra, piuttosto che convocarvi tutti."

"Il pensiero ci è passato per la testa," ammise Rocco. Lui, Ace e Gumby potevano portare a termine qualsiasi missione, ma generalmente quando viaggiavano all'estero erano sempre in compagnia di Bubba, Rex e Phantom. "Francamente, ci stiamo anche chiedendo perché sia stata chiamata una squadra SEAL."

"Giusto. Questa è una situazione un po' delicata. Il re del Bahrain ha dichiarato pubblicamente che il suo paese non perdona il contrabbando. Ma nell'ultimo anno c'è stato un incremento di merci contrabbandate oltre i confini del paese. È imbarazzante per lui, e quindi vuole fermare il fenomeno. Le sue forze di sicurezza non sono state in grado di impedirlo, così ha chiesto l'assistenza degli Stati Uniti. Abbiamo una squadra che se ne sta occupando, ma sembra che ogni volta che siamo sul punto di fare una mossa, vada tutto all'aria."

"Sospetta che ci sia una talpa?" chiese Ace.

Il comandante annuì. "Sì. Questo mi irrita. Ci sono voluti mesi di sorveglianza e ricerca, ma abbiamo finalmente identificato uno dei pesci piccoli qui in Bahrain. Potrei mandare alcuni dei miei uomini a intercettarlo, ma dato che non abbiamo ancora prove sicure per smascherare la talpa, ho la sensazione che il risultato sarà lo stesso... la merce sarà sparita e non avremo nessuna prova per trattenere questo tizio."

"Quindi questa è una missione in incognito?" chiese Rocco.

"Sì. Nessuno sa perché siete qui o chi siete, tranne me. Questo fine settimana c'è una conferenza su Archeologia e Musei, qui alla base. La nostra versione è che voi siete qui con gli investigatori dell'NCIS per la conferenza; convocare tutta la vostra squadra avrebbe destato ancora più sospetti, così ho chiesto a North di mandare solo tre di voi."

"Ha senso," mormorò Gumby.

Il comandante proseguì: "Abbiamo invitato i rappresentanti delle comunità che vivono intorno a Manama, così come i soldati provenienti dall'Iraq e da vari paesi africani. Vogliamo educare tutti quanti sul fatto che rubare questi reperti non è solo dannoso per la cultura, ma è anche illegale; la marina degli Stati Uniti è disposta a fare tutto il necessario per prevenire il contrabbando di tali manufatti fuori dal Medio Oriente."

"Quindi siamo qui per fermare un contrabbandiere?" chiese Gumby.

"Sì. Non è l'unico personaggio fastidioso, sistemarlo non porrà fine al problema. Ma spero che almeno lo rallenti e ci porti a delle piste. Ho persino diffuso informazioni false, nella speranza di capire chi fosse la talpa. Abbiamo ristretto il campo a poche persone, ma finché non ne siamo sicuri, abbiamo le mani legate. Quindi, mentre voi cercate di scoprire chi sia il contrabbandiere, noi condurremo un'operazione secondaria e separata per cercare di individuare la talpa."

Rocco annuì. Coinvolgere i SEAL gli sembrava un po' eccessivo, ma capiva perché il comandante aveva fatto ricorso a quell'opzione. "Allora, chi è il nostro presunto contrabbandiere?"

"Si chiama Jeo Bitoo. Ha cinquantatré anni e vive in questo paese da quindici. Ha un negozio fuori Manama, pensiamo che sia il luogo dove vengono immagazzinate le merci prima di essere trasferite. Attualmente sta visitando dei parenti nel suo paese d'origine, il Gabon. Quando gli hanno perquisito il bagaglio, prima di partire, non aveva con sé le tavolette cuneiformi che stanno per essere contrabbandate. Pensiamo che le abbia nascoste e che porterà a termine la consegna quando tornerà."

"Perché nasconderle così? Voglio dire, presumo che venga pagato un bel po', quindi non ha senso che lasci il paese prima di inviarle a chi di dovere" commentò Ace.

"Sua madre sta morendo. Non aveva altra scelta che partire subito," rispose il comandante.

"Un momento," disse Rocco, ricordando una cosa che aveva menzionato Caite. "Ha dei figli?"

"Sì, cinque figli. Perché?" chiese il comandante Horner.

"Pensavo a qualcosa che ho sentito oggi. Verranno alla conferenza?"

"Sì."

"Sono confuso," ammise Gumby scuotendo la testa.

"Tieni gli amici vicini e i nemici ancora più vicini," disse Ace con un sorriso. "Intelligente."

Il comandante fece un sorrisetto. "Le prove puntano al padre, ma per sicurezza vogliamo tenere occupati i suoi ragazzi."

"Ragazzi?" chiese Gumby.

"Beh, più o meno. Il più grande ha trentacinque anni, il più giovane venticinque. Dovevano tenere il negozio del padre aperto e operativo mentre lui era via, ma a quanto pare sono più interessati a bere che a lavorare."

"Sono coinvolti nel contrabbando?" chiese Ace.

"Non ci risulta."

"Perché pensano di essere stati invitati alla conferenza?"

chiese Gumby. "Se non sono in combutta con il padre, non saranno interessati a una conferenza di archeologia... vero?"

"No," disse il comandante. "Ma sabato c'è una grande fiera del lavoro che si terrà in concomitanza con la conferenza. Ci siamo assicurati che Jeo lo sapesse. Sono mesi che sta addosso ai figli per far trovare loro dei lavori, perché lo aiutino a mantenere la famiglia. Lavori seri. Secondo noi, pensa che così facendo renderebbe un po' meno evidenti i soldi che sta guadagnando con il contrabbando. Non solo, ma se uno dei suoi figli trovasse un lavoro presso un museo o un curatore d'arte, gli sarebbe ancora più facile contrabbandare certi articoli."

"Quindi qual è il nostro piano?" chiese Ace.

"Dovete controllare il negozio di Jeo. Dato che probabilmente nasconde lì le tavolette, abbiamo bisogno di qualcuno che vada nel negozio e le trovi prima che lui torni dal Gabon. I figli non si sono preoccupati di aprire il negozio da quando Jeo è andato via, quindi dovrebbe essere un gioco da ragazzi entrare e uscire senza essere scoperti. Soprattutto per voi."

"E se i figli decidessero di punto in bianco che è meglio eseguire gli ordini del padre?" chiese Ace.

"Non lo faranno," rispose il comandante con molta sicurezza. "Davvero. Quei tizi sono pigri da morire. Ogni sera, da quando il padre se n'è andato, si sono ubriacati e sono rimasti a casa loro. Abbiamo degli agenti che li tengono d'occhio: alle sei di ogni sera sono già ubriachi. Da quando il padre è partito, non si sono mai avvicinati al negozio."

"Ci sono persone che li controllano?" chiese Gumby.

"Sì. Non sempre, ma abbastanza per essere quasi sicuri che non facciano parte del giro del contrabbando."

"Hmmm," mormorò Rocco. C'era qualcosa che non gli quadrava in quella situazione, ma non riusciva a capire cosa. Decise che più tardi ne avrebbe parlato con i ragazzi per cercare di capirci qualcosa.

"Quindi siamo qui per fermare l'ultimo tentativo di contrabbando," disse Gumby. "E poi cosa succede? Lei ha detto che questo Bitoo è un pesce piccolo nel mare del contrabbando. Perché dare la caccia a un intermediario di basso livello e non ai pezzi grossi?"

"Oh, daremo la caccia anche ai pezzi grossi," lo rassicurò il comandante Horner, "ma la prima cosa che dobbiamo fare è capire chi è il traditore nel nostro dipartimento. Qualcuno sta facendo trapelare informazioni su tutto quello che abbiamo pianificato prima ancora che possiamo escogitare una mossa. Catturare Bitoo potrebbe portare a degli indizi, sarebbe almeno sufficiente per far dire al re che sta facendo tutto il possibile per fermare il contrabbando. Vuole catturare qualcuno per dimostrare a Israele e all'Iraq che sta facendo la sua parte nel cercare di fermare i ladri. Mentre voi cercate le dieci tavolette mancanti, gli investigatori della marina sorveglieranno un luogo alternativo dall'altra parte della città, un luogo fatto trapelare volutamente. Chiunque si presenti lì per cercare di prendersi le tavolette sarà interrogato. Troveremo la talpa, fosse l'ultima cosa che facciamo."

Rocco annuì. Il lavoro sembrava interessante. Era piacevole avere una missione che non si basasse unicamente su armi e forza bruta, ma che fosse più che altro concentrata sulla furtività.

L'unico problema era che sembrava troppo facile.

Il comandante Horner guardò l'orologio. "Se volete scusarmi, signori, sono in ritardo. C'è un incontro con alcuni dei partecipanti alla conferenza. Dovrei tenere il discorso di benvenuto prima del programma del mattino." Consegnò una cartellina a Rocco. "Queste sono le informazioni che abbiamo su Jeo Bitoo."

Rocco prese la cartellina, impaziente di iniziare a esaminare i dettagli dell'incarico.

"Oh, e oggi ci saranno qui tutti e cinque i fratelli."

A quel punto, gli occhi di Rocco incontrarono quelli del comandante. "Oggi? Pensavo che la fiera del lavoro fosse sabato."

"Sì, è sabato. Ma tutti quelli che partecipano devono assistere alla cerimonia di apertura. Le persone che parteciperanno alla fiera del lavoro riceveranno informazioni su quali organizzazioni cercano personale, in modo da poter pianificare la strategia per sabato. Si registreranno con uno degli impiegati e poi andranno nel salone all'ultimo piano, per il programma e il pranzo."

Rocco pensò immediatamente a Caite e si sentì a disagio. Sapeva per istinto che probabilmente era proprio lei a registrare i partecipanti alla conferenza. Gli aveva detto che lavorava con i visitatori stranieri; anche quando l'avevano lasciata alla sua scrivania, aveva visto diversi uomini aggirarsi nella zona dell'atrio.

Tentò di frenare la sua preoccupazione per quella donna minuta, ma non ci riuscì del tutto. "È sicuro lasciare che i figli di Bitoo si aggirino liberamente per la base?" chiese.

Il comandante annuì. "Crediamo di sì. Li hanno controllati per bene. Ora, se volete scusarmi... sentitevi liberi di usare il mio ufficio per tutto il tempo che volete. È sicuro." Poi si alzò e si lisciò la giacca dell'uniforme prima di uscire dalla stanza.

Rocco lo sentì dire all'impiegato fuori dalla porta che i suoi ospiti non dovevano essere disturbati e che potevano usare il suo ufficio a piacimento.

"Andiamo," disse Rocco non appena il comandante se ne fu andato.

"Cosa?" chiese Ace.

"Davvero?" gli fece eco Gumby. "Dobbiamo rivedere le informazioni che abbiamo appena ricevuto."

Rocco si alzò, sollevò la parte posteriore della camicia e si infilò la cartellina nel retro dei pantaloni, poi lasciò cadere la camicia, in modo da coprire i documenti. "L'ultima cosa di cui abbiamo bisogno è essere visti nell'ufficio del comandante. Nessuno crederà che siamo qui per una visita di piacere."

"Vero," borbottò Ace.

"E voglio assicurarmi che quegli stronzi non molestino Caite," aggiunse Rocco, mentre si dirigeva verso la porta.

"Ti piace molto," commentò Gumby.

Rocco si fermò con una mano sulla maniglia e si voltò verso i suoi amici. "Sì. Non so perché."

"Forse è perché sei arrapato," lo prese in giro Ace.

"Chiudi quella cazzo di bocca," lo avvertì Rocco, fissandolo in modo torvo. "Questa è una cazzata fuori luogo."

Ace sembrò sorpreso. "Merda, fai sul serio... Roc, siamo qui solo per una settimana o poco più, probabilmente meno. Lei è qui per almeno altri otto mesi. Non puoi pensare seriamente di iniziare qualcosa con lei."

Rocco sospirò e calmò la rabbia irrazionale provata verso l'amico. Ace aveva ragione, lo sapeva, ma qualcosa non gli permetteva di lasciar perdere. Non poteva lasciar perdere *Caite*. "Io... c'è qualcosa in lei che mi ha colpito. "

Ace e Gumby lo guardarono in silenzio per un momento, prima che Gumby annuisse. "Andiamo ad assicurarci che stia bene. Poi troveremo un posto dove rintanarci e daremo un'occhiata alle informazioni che ci ha dato il comandante, in modo da organizzare il lavoro."

Rocco annuì, sentendosi più leggero al solo sapere che avrebbe rivisto Caite. Era pazzesco. L'aveva vista appena venti minuti prima! Ma sapere che lei si sarebbe trovata vicino ai cinque fratelli che potevano essere immersi fino al collo nel contrabbando di manufatti preziosi fuori dal paese, indipendentemente da quello che diceva il comandante, era abbastanza per far sì che i suoi istinti protettivi si attivassero di nuovo. Rocco non poteva stare vicino alla scrivania di Caite con le braccia incrociate, fissando chiunque si avvicinasse; ma poteva assicurarsi, almeno per il momento, che tutto procedesse per il meglio.

Ace diede una pacca sulla schiena a Rocco, in segno di tacito sostegno, poi i tre uomini lasciarono l'ufficio.

———

Caite si sentiva fuori posto. Odiava essere in ritardo, specialmente quel giorno che doveva registrare più di trecento persone per la conferenza di Archeologia e Musei ospitata nella base. Se si fosse trattato solo della conferenza, non ci sarebbero stati problemi, ma dato che qualcuno aveva deciso che sarebbe stata una buona idea organizzarla in concomitanza con una fiera del lavoro, Caite si trovava ad affrontare almeno il doppio delle persone con cui aveva a che fare di solito.

In qualità di assistente amministrativa responsabile dei visitatori stranieri, Caite aveva il compito di assicurarsi che tutti avessero i documenti necessari per ricevere i loro pass da visitatori e distribuire i pacchetti di registrazione per la conferenza. Negli ultimi venti minuti era stata impegnata a far scorrere più rapidamente varie persone attraverso il processo di registrazione.

Essere responsabile dei pacchetti di benvenuto per la conferenza non rientrava tra le sue mansioni, ma il suo capo non ci aveva visto nulla di male nell'assegnarle anche quel compito. Caite *doveva* assicurarsi che tutti avessero i documenti giusti per ottenere i loro pass da visitatore, ma si ritrovò improvvisamente a diventare la persona di riferimento per la conferenza di archeologia. In realtà le sarebbe anche andato bene, se si fosse trattato solo di distribuire i pacchetti, ma doveva anche rispondere alle domande, organizzare i pasti e assicurarsi che le stanze fossero distribuite correttamente. Tutti quei compiti aggiuntivi la infastidivano.

Sfortunatamente, sapeva che lamentarsi con Joshua Mullen non l'avrebbe portata da nessuna parte. Il suo capo lavorava per il Dipartimento della Difesa da molto più tempo rispetto a Caite. Lamentarsi del lavoro extra sarebbe stato un modo eccellente per farsi licenziare, sapeva che lui non vedeva l'ora di farlo: Joshua le aveva detto più di una volta che quel posto di lavoro in teoria era destinato a un amico suo della Virginia. Caite non aveva idea di come avesse ottenuto il lavoro al posto dell'amico del capo, ma dal momento che l'aveva ottenuto, non avrebbe fatto niente di stupido per perderlo.

Era in Bahrain solo da quattro mesi, ma aveva già speso tanti soldi e stava lavorando per ripagare altri debiti.

"Ehi," disse una voce profonda accanto a lei.

Era così persa nei suoi pensieri (come accadeva spesso) che non aveva proprio visto Rocco e i suoi amici avvicinarsi alla scrivania.

"Oh. Ciao!" disse lei timidamente. "Tutto bene?"

"Vorrei chiedertelo io," rispose Rocco.

Caite corrugò la fronte. "Perché?"

"Nessun motivo," si affrettò a dirle. "Volevo solo farti sapere che stiamo uscendo."

Caite era completamente confusa. Lei e Rocco non avevano fissato un appuntamento per vedersi più tardi. Pensava che si fossero già salutati quando l'avevano lasciata alla scrivania. "Oh. Ok."

Lui sorrise. "Suppongo di trovarti qui durante i fine settimana?"

"Uh... sì."

"Non ho un telefono, dal momento che la mia compagnia telefonica non opera in Bahrain, ma volevo assicurarmi di sapere dove trovarti, così so dove venire a cercarti per organizzare la nostra cena."

"Oh!" Caite capì e... subito arrossì furiosamente. "Sì.

Questa è la mia scrivania. La maggior parte del tempo mi sembra di vivere qui, ma naturalmente sai che ho un appartamento appena fuori dal cancello della base militare. Ho un cellulare, ma è dell'ufficio. Mi sono liberata di quello personale per risparmiare. Ma immagino che questo non ti interessi, dato che tu non ne hai uno, eh?"

Caite sapeva che stava farfugliando, ma trovava ancora surreale il fatto che un uomo come quello volesse davvero portarla fuori a cena. "Non so quali siano i tuoi orari, ma di solito sono qui fino alle sei o giù di lì."

"Alle sei? Non vai a casa alle cinque?"

Caite fece spallucce. "Ufficialmente sì, ma la maggior parte dei giorni resto fino a tardi perché tanto non ho altro da fare. Si lavora meglio quando non c'è nessuno a importunarmi."

"Come sto facendo io," disse Rocco con un leggero cipiglio.

"No, è solo..." Le squillò il telefono, gli sorrise con aria di scuse. "Mi aspetti solo un secondo?"

"Certo," le rispose.

Caite accettò la chiamata e desiderò immediatamente di non averlo fatto.

"Lei non viene pagata per flirtare con i marinai in visita, signorina McCallan. Ha già terminato quel rapporto che le ho chiesto stamattina?"

Caite sospirò. Il capo era davvero uno stronzo. "No, scusi, sono stata occupata a registrare i visitatori per la conferenza." Voleva dirgli 'per la conferenza che hai organizzato e non mi hai neanche chiesto se fossi disposta ad aiutarti,' ma pensò che avrebbe fatto meglio a non sfidare la sorte.

"Giusto. Allora che ne dice di smetterla di fare gli occhioni e rimettersi al lavoro?" disse Joshua in modo sprezzante.

"Sì, capo."

Mullen riagganciò senza dire altro.

Caite odiava che la sua scrivania fosse ben visibile da quella di Joshua, che poteva osservarla in ogni momento dalla finestra del suo ufficio. Sapendo che stava pungolando la tigre senza curarsi del fatto che l'avrebbe sbranata se non si fosse rimessa subito a lavorare, Caite si alzò e tese la mano a Rocco. "È stato un piacere conoscerti, Rocco. Mi farà piacere andare a cena con te. A costo di sembrarti noiosa, non ho mai programmi; quindi mi andrà bene qualsiasi cosa coincida con i tuoi piani."

Lui le sorrise e le strinse la mano. Poi se la portò alla bocca e ne baciò il dorso. "Venerdì?"

Caite annuì, senza riuscire a staccare gli occhi da quella bocca sensuale. La barba le solleticò il dorso della mano, portandola a chiedersi come sarebbe stato avvertire quella sensazione su altre parti del corpo.

"Se sono in zona, posso passare prima?" le chiese.

"Mi... mi piacerebbe," riuscì a dirgli. Doveva smetterla di essere così dannatamente timida, era giunta l'ora di iniziare a dire quello che pensava davvero. Gli uomini non cadevano dal cielo; lei aveva quasi trent'anni e, se voleva sistemarsi, doveva sforzarsi di essere più estroversa. Non che avesse intenzione di sposare Rocco, chiaramente. Era solo per dire.

"Anche a me," disse l'uomo di fronte a lei. Poi, con una perspicacia che Caite immaginava essere tipica dei SEAL, Rocco aggiunse: "E ora è meglio che mi tolga dai piedi, così il tuo capo non avrà un altro motivo per sgridarti."

"Non ha bisogno di una ragione," sbottò Caite. "Non gli piaccio a prescindere."

"Hmmm." Rocco le lasciò cadere la mano quasi con riluttanza.

"È stato un piacere conoscervi," disse Caite educatamente, spostando lo sguardo verso Ace e Gumby.

"Piacere mio," disse Ace con un ampio sorriso sul volto.

"È stato un piacere," gli fece eco Gumby.

"Grazie per aver saputo cosa fare in ascensore," disse Caite a Rocco, prolungando il loro addio.

"Certamente. Non vedo l'ora di conoscerti meglio, *ma petite fée*," disse Rocco.

Caite sapeva che stava arrossendo *di nuovo*, ma riuscì a mantenere il contatto visivo con lui.

"State attenti, là fuori," disse loro.

"Stai attenta, qui *dentro*," le rispose Rocco in modo enigmatico.

Prima che lei potesse chiedergli cosa intendesse dire, lui le fece un cenno e si voltò per dirigersi lungo il corridoio e giù per le scale con i suoi amici.

Nonostante il capo l'avesse appena rimproverata, Caite rimase lì ancora un momento, fissando il sedere di Rocco che si allontanava. Quella vista valeva ogni strigliata che avrebbe ricevuto più tardi.

CAPITOLO TRE

DUE GIORNI DOPO, quel fatidico venerdì, Rocco si trovava fuori dalla caserma in cui alloggiava con Ace e Gumby. Avevano passato gli ultimi due giorni a fare ricerche basandosi sulle informazioni fornite dal comandante Horner e avevano chiesto aiuto anche al loro amico Tex, che era molto legato alle squadre SEAL ed era un genio assoluto del computer. Rocco aveva constatato il suo valore in prima persona, quando Tex aveva scoperto da solo dove erano tenute prigioniere Dakota e Caroline, le compagne di due colleghi SEAL, che erano state rapite un paio di anni prima. Rocco si era tenuto in contatto con Tex e l'amico gli aveva offerto assistenza per qualsiasi necessità della squadra.

L'altra squadra di SEAL, quella che Rocco e i ragazzi avevano aiutato a salvare Dakota Cutsinger, era leggendaria. Quegli uomini avevano portato a termine così tante missioni che erano stati definiti addirittura "imbattibili."

Naturalmente Rocco e persino Wolf, il famoso leader di quella squadra, sapevano che era una stupidata. Bastava un solo proiettile per mandare all'aria una missione. Da quel che sapeva Rocco, Wolf e i suoi compagni si sarebbero ritirati dal servizio attivo a fine anno. Erano tutti felicemente sposati e più che disposti a passare dalle missioni all'addestramento: Rocco era entusiasta che avessero deciso di rimanere comunque in servizio per condividere le loro conoscenze con squadre come la sua e con i SEAL più giovani. Tutti potevano trarre beneficio degli insegnamenti di Wolf e della sua mitica squadra.

Tex, però, non aveva alcuna intenzione di ritirarsi. Aveva detto a Rocco senza mezzi termini che il giorno in cui avrebbe smesso di aiutare il suo paese a combattere contro i terroristi, i teppisti e gli stronzi in generale, sarebbe stato il giorno in cui sarebbe morto. Aveva confermato le informazioni condivise dal comandante Horner: Jeo Bitoo era attualmente in visita alla sua famiglia di origine, a Lambaréné, una piccola città vicino a dove Albert Switzer aveva costruito il suo famoso ospedale. Inoltre, Tex aveva confermato che i figli di Bitoo vivevano tutti insieme in un piccolo tugurio, a circa dieci minuti dal negozio di proprietà di loro padre. Quando Jeo era in città, lui e la moglie vivevano in una stanza sopra il negozio.

I due avevano un volo di ritorno prenotato per il lunedì successivo: ciò garantiva ai SEAL un sacco di tempo per fare incursione nel negozio e cercare le preziose tavolette. Dovevano trovarle prima che Jeo tornasse e le spedisse fuori dal paese.

Quel pomeriggio, Rocco, Ace e Gumby sarebbero andati a dare un'occhiata al negozio, sperando di dare meno nell'occhio, girovagando di giorno. Il loro piano era di entrare nella speranza di trovare le tavolette e tagliare la corda senza farsi notare da nessuno. Il fatto che i figli non si fossero nemmeno preoccupati di aprire il negozio del padre mentre lui era via rendeva un po' più facile intervenire; visti i presupposti, i SEAL non avrebbero dovuto temere alcuna irruzione. Non possedevano alcun indizio sulla talpa citata dal comandante

Horner, ma quello non era lo scopo principale della loro missione. Dovevano concentrarsi sul trovare i manufatti e mantenerli all'interno del paese.

Nonostante la missione lo tenesse occupato, Rocco era stato... turbato... negli ultimi due giorni.

Gumby glielo fece notare. "Vai da lei," gli ordinò.

"Da chi?" chiese Rocco, pur sapendo di chi stava parlando il suo amico.

Gumby inarcò un sopracciglio. "Senti, qualsiasi legame abbiate, potrebbe essere qualcosa di vero. Forse non ho ancora trovato la mia donna, ma non sono un idiota. Non ti stai concentrando completamente e non lo farai, se prima non vai a trovare Caite. Parla con lei."

Rocco si passò una mano tra i folti capelli. "Non so perché mi abbia colpito così tanto. Non la conosco nemmeno."

"Non importa. L'hai visto succedere a Wolf e agli altri della sua squadra, più e più volte. Perché dovrebbe essere diverso per noi?" chiese Ace.

"Perché io non sono come loro," disse Rocco. "Non mi agito per le donne. E come hai detto tu, ce ne andremo non appena avremo portato a termine la missione. Non sarebbe giusto iniziare qualcosa con lei, per poi andarmene. Diavolo, sappiamo tutti che stare con un SEAL non è facile. E poi non posso nemmeno dirle che *sono* un SEAL." Scosse la testa. "Che casino."

"Smetti di pensare," ordinò Gumby. "Vai da lei. Conferma la cena. Poi *dopo* potrai preoccuparti di tutte quelle stronzate. Potresti scoprire che Caite mastica con la bocca aperta, o che ordina un'insalata quando in realtà vuole una bistecca, o che ha qualche altra stranezza insopportabile. Abbiamo bisogno che tu sia completamente concentrato su quello che stiamo facendo, non puoi esserlo finché ti preoccupi così tanto di lei."

Rocco annuì. "Avete ragione. Ammetto che voglio vederla.

Ho bisogno di assicurarmi che stia bene, sapere che negli ultimi due giorni è stata a contatto con qualcuno su cui stiamo indagando mi ha dato parecchio fastidio."

"Sta bene," lo rassicurò Ace. "L'hai sempre vista tornare a casa, le ultime due sere."

"Lo so, lo so," disse Rocco. In effetti, era andata proprio così. Si era nascosto nell'ombra e l'aveva seguita fino al palazzo dove abitava Caite, entrambe le sere, assicurandosi che nessuno la importunasse. Lei era tranquilla, non aveva la minima idea di essere seguita (la cosa lo aveva un po' infastidito) ed era andata dritta a casa entrambe le sere. Ma Rocco era comunque preoccupato per lei e per quello che stava succedendo all'interno dell'edificio. Il capo le stava ancora dando del filo da torcere? I fratelli Bitoo erano stati informati del fatto che c'erano dei sospetti sul padre? Se così fosse stato... ciò l'avrebbe messa in pericolo?

Rocco non sapeva se vedere di nuovo Caite avrebbe placato ogni preoccupazione, ma era sicuro di volerla incontrare. "Bene. Andrò là e vedrò se può concedersi una pausa di dieci minuti. Ci rivediamo qui in caserma e poi ci avviamo."

Gumby annuì. "Salutacela."

Rocco stava per mandare il suo amico a quel paese quando si rese conto che Gumby diceva sul serio. Allora lo guardò, stringendo gli occhi in due fessure.

"Ehi! Mi piace," disse Gumby, alzando le mani in segno di resa. "Non come piace a *te*, ma ha mantenuto la calma quando siamo dovuti uscire dall'ascensore. Non era entusiasta, era ovviamente spaventata, ma ha tenuto duro. Ai miei occhi, queste cagate hanno molta importanza."

"Sì, è stata anche molto gentile," aggiunse Ace. "Sembra che abbia la testa a posto. Non sta cercando di sistemarsi sposando un militare. E tu ti meriti una brava ragazza che non ti scopi continuamente con gli occhi, ma una che desideri fare anche qualcos'altro, oltre a toglierti i pantaloni." Ace gli fece un sorrisetto.

Rocco alzò gli occhi al cielo. Un tempo, tutti e tre si interessavano più alla carnalità offerta dalle donne, piuttosto che alla loro testa; ma negli anni erano maturati, avevano imparato che oltre al fisico c'era di più, non trattavano più le donne nello stesso modo. "Ve la saluterò," disse con una punta di sarcasmo. "Sarò pronto a partire tra mezz'ora."

Gli altri due annuirono e si diressero verso la porta della caserma. Rocco si voltò e attraversò velocemente la base giungendo all'edificio di Caite, entrò e si diresse verso le scale. Fu ben felice di notare che sull'ascensore ci fosse un cartello con scritto "fuori servizio". Da quello che aveva detto Caite, era finalmente arrivato il momento di riparare quel dannato affare che continuava a bloccarsi.

Rocco si diresse lungo il corridoio, verso la scrivania di Caite, e sorrise quando la vide. Aveva la testa china su alcune carte e stava borbottando tra sé e sé.

"Ti rispondono mai?" chiese Rocco mentre si posizionava davanti alla scrivania.

Lei trasalì e alzò lo sguardo verso di lui.

"Miseriaccia, mi hai fatto paura!" gli disse, portandosi una mano al petto.

Rocco non poté fare a meno di seguire il movimento di quella manina. Lui le osservò il petto scosso da rapidi respiri mentre Caite cercava di ritrovare il suo equilibrio. Aveva un seno piccolo, ma perfettamente proporzionato al suo fisico. Il giorno in cui si erano conosciuti, Caite aveva detto di essere troppo pesante da sollevare; Rocco in quel frangente aveva trovato quell'affermazione ridicola, in quel preciso momento la pensava allo stesso modo. Non poteva vederle le gambe perché erano nascoste sotto la scrivania, ma Rocco si ricordava perfettamente: era una miscela perfetta di curve e sensualità senza risultare grassa.

Quello che le donne non vogliono proprio capire è che alla fine agli uomini non importa la dimensione del seno. Gli uomini adorano le tette; di tutte le forme e dimensioni. Se poi appartengono a una donna che adorano, allora sono assolutamente perfette, rifletté Rocco.

Inoltre, quello che *gli* interessava era che tipo di persona fosse. Non poteva dire di conoscere bene Caite, ma aveva parlato con alcune persone della base che la conoscevano. Aveva sentito per caso parlare al telefono un marinaio appena trasferito allo stesso piano della caserma, raccontava a qualcuno quanto lo avesse aiutato la signorina McCallan. Un giorno Rocco l'aveva mancata per un soffio nella mensa, era arrivato giusto in tempo per vederla aiutare una persona anziana a portarsi il cibo al tavolo, poi Caite se n'era andata. Rocco aveva anche chiesto un'opinione al comandante Horner e lui gli aveva confermato quanto Caite fosse sempre disponibile, efficiente e gentile con tutti. Quelli erano tutti dettagli molto importanti per Rocco.

"Scusa se ti ho spaventata," le disse dolcemente.

"Va tutto bene," disse subito Caite, agitando una mano come se nulla fosse. "Stavo solo cercando di capire cosa diavolo ha scritto il mio capo, la sua grafia è atroce! Se n'è andato e non tornerà prima di lunedì, mi ha lasciato un mucchio di indicazioni per la conferenza."

"Se n'è andato? Credevo che avesse organizzato lui," commentò Rocco.

Caite fece spallucce. "Sì... ma tutti sanno che *in realtà* sono le reclute come me a dover dirigere e organizzare eventi simili."

Non poteva darle torto. "Bene, quindi visto che non c'è il brontolone... puoi fare una pausa?"

Lei sembrò subito preoccupata. "Va tutto bene?"

"Certo," le disse, apprezzando quella preoccupazione così genuina. "È solo che non ti vedo da due giorni, volevo aggiornarti... e assicurarmi che i nostri orari combaciassero per la cena di stasera."

"Oh. Anche se non sono sicura di come possiamo 'aggiornarci' quando non ci conosciamo nemmeno."

Lui ridacchiò. "Hai ragione. Bene. Mi sei mancata e volevo salutarti. Va meglio così?"

Rocco fu affascinato dal modo in cui lei arrossì per quella confessione. Era passato molto tempo da quando aveva fatto arrossire una donna con parole così innocenti.

"Oh."

"Allora... puoi prenderti dieci minuti?" la incalzò.

Caite annuì. "Certo. Fammi mettere via alcune cose..." Iniziò a rimescolare le carte sulla sua scrivania; Rocco rimase colpito dalla professionalità di Caite: anche se si stava allontanando solo per pochi minuti, sapeva quanto fosse importante assicurarsi che tutto fosse protetto e organizzato. Caite chiuse a chiave il primo cassetto della scrivania, bloccò lo schermo del computer e si alzò.

Quel giorno indossava un altro paio di pantaloni neri larghi, con una camicia bianca a maniche corte. Rocco poteva intravedere il contorno della canottiera che indossava sotto la camicetta, ma non si vedeva abbastanza da essere indecente quando camminava. Le norme del paese disapprovavano ogni abito che lasciasse intravedere qualcosa.

"C'è una stanza relax in fondo al corridoio. Possiamo andare lì," gli disse.

Non volendo stare dove qualcuno avrebbe potuto sentirli (e volendola tutta per sé) Rocco le chiese: "Ti dispiace se usciamo?"

"Fuori?"

Lui ridacchiò, ricordando quanto non le piacesse il caldo. "Staremo poco. Non mi piacciono gli spazi chiusi," le disse. Non era una bugia: dopo aver trascorso un periodo come prigioniero dei talebani, qualche anno prima, preferiva rimanere all'aperto. Per non parlare del fatto che non aveva idea di chi fosse la talpa nel dipartimento del comandante Horner; non voleva rischiare che quel tizio (o tizia, chissà) sentisse qualcosa di interessante.

"Oh! Certo. Non c'è problema. Andiamo," disse rapidamente Caite, sempre pronta a scusarsi.

Rocco le fece cenno di precederlo e colse l'occasione per guardarle il sedere, mentre lei gli passava davanti. Non stava con una donna da molto tempo, ma ciò non significava che non sapesse più apprezzarne una bella.

Caite McCallan aveva un sedere perfetto. Rocco immaginò che forse lei si riferisse a quella particolare parte del corpo, quando aveva menzionato il suo peso. Ma quel sedere era tondo e incredibile: Rocco sentiva le dita prudergli per il bisogno di stringere quelle natiche invitanti.

Lei si guardò indietro e gli rivolse un timido sorriso. "Vieni?"

"Sono proprio dietro di te," le disse automaticamente, rimproverandosi mentalmente.

Scesero le scale e uscirono, affrontando il caldo. C'erano già almeno trentasei gradi; per quanto lui volesse passare del tempo con Caite, non voleva nemmeno che lei soffrisse la calura. Così Rocco fece un gesto verso una piccola panchina posta sotto un gruppo di alberi. Era ombreggiata e libera.

Si sedettero lì, con le ginocchia che si sfioravano.

"Allora..." disse lei dopo un momento.

"Allora," le fece eco lui, con un sorriso. "Come stai?"

"Io sto bene. E tu? Va tutto bene con le tue faccende?"

"Le mie faccende?"

"Sì. Il motivo per cui sei qui. Missione. Lavoro. Faccende."

Carina e premurosa, pensò lui. "Sì. Le mie faccende vanno bene. A breve andremo in missione per ottenere qualche informazione," le disse.

Caite si accigliò. "È sicuro?"

Rocco avrebbe voluto evitare di rispondere a quella domanda, ma la preoccupazione genuina di Caite lo toccò nel profondo. "È sicuro," le disse. "Non sempre le nostre missioni sono facili, ma tra le tante *faccende*, questa è relativamente innocua. Dobbiamo solo fare una ricognizione in un negozio locale."

"Bene."

Rocco voleva chiederle se avesse visto qualcosa di strano al lavoro. Forse Caite poteva aiutarlo a scoprire chi fosse la talpa di cui parlava il comandante Horner; ma uno, non c'era tempo; due, preferiva scoprire nuove cose su di *lei* nel breve tempo a disposizione. "Come sta andando la conferenza? C'è qualche problema?"

Caite scrollò le spalle. "Niente più del solito. Tutto il mondo è paese."

"Cosa intendi dire?"

"Tutti pensano che le regole valgano solo per gli altri, si 'dimenticano' i documenti che avrebbero dovuto portare, vogliono più di quanto gli spetti, si sentono più importanti di tutti gli altri intorno, sono maleducati, parlano troppo forte e dicono cose inappropriate."

A ogni parola pronunciata da Caite, Rocco si irritava sempre di più. "Qualcuno si è comportato in modo inappropriato con te?" le chiese in tono duro.

"Rocco, la gente fa *sempre* così con me. Sono solo una segretaria. Non ho un grado sulle spalle e *sono pure* una donna. Ma lascio perdere."

"Dovresti lamentarti."

Lei gli lanciò uno sguardo dubbioso. "Con chi? Con Joshua? Mi direbbe solo che se non sono in grado di gestire il lavoro, dovrei tornarmene a casa. Nel caso tu non l'abbia notato, non ci sono molte donne qui... forse perché siamo in Medio Oriente. Ho incontrato alcune persone fantastiche, ma ho anche ricevuto più occhiatacce di quante ne possa contare. Come ti dicevo, sono solo una segretaria e sono una donna. Sono due punti a mio sfavore."

Rocco digrignò i denti. "Non è giusto."

"No, hai perfettamente ragione. Ma un tizio dell'Iraq che si rifiuta di parlarmi perché sono una donna non è la fine del mondo. Tantomeno un gruppo di uomini che discutono a voce alta su come potrei comportarmi a letto quando...."

"No, non l'hanno fatto, cazzo!" la interruppe Rocco, furioso. "Siamo nel ventunesimo secolo. Non possono parlarti in questo modo!"

"Calmati," gli disse Caite, mettendogli una mano sulla coscia. "Non stavano parlando con me, parlavano tra di loro in francese pensando che non potessi capirli. Infatti quasi *non* ci riuscivo, a causa del loro accento, anche se parlo bene francese."

"Questo non li giustifica affatto."

"Hai ragione, no. Ma non hai capito il mio punto di vista."

"Hai un punto di vista?" le chiese Rocco.

"Sì, so che questo non è il mio posto. L'esercito è sempre stato un mondo di uomini. Lo sapevo quando ho accettato il lavoro, ma come sai avevo bisogno di soldi."

"Non devi sopportare questo schifo per i soldi."

"Ah, no?" Caite gli sorrise. "Non conosco nessun altro che mi pagherà i debiti che ho fatto per studiare, l'affitto esorbitante nella zona di San Diego o cibo, benzina e tutto ciò di cui ho bisogno. Tutto quello che sto dicendo è che ho le spalle larghe. Come donna in un mondo di uomini, ho imparato molto stando in disparte... ascoltando. Saresti sorpreso dalle cose che ho scoperto vivendo nelle retrovie e senza rispondere alla gente quando è maleducata."

"Ad esempio?" chiese Rocco con fermezza. Avrebbe voluto continuare il discorso per dirle che, se lei glielo avesse permesso, l'avrebbe aiutata volentieri, ma non era il momento, non era il posto giusto.

Caite sorrise di nuovo e si guardò intorno furtivamente, come per assicurarsi di avere il campo libero, prima di rivelargli qualche grande segreto. "Ad esempio, ci sono tre nuovi tizi che vivono in caserma e sono 'sexy da morire'."

Rocco sbatté le palpebre. Faceva sul serio?

"Si dice in giro... ok, lo dicono le due marinaie che ho sentito parlare in mensa... tu e i tuoi amici non siete ancora stati al club mentre loro ci sono stati ogni sera, per sicurezza. E se tu, Ace o Gumby aveste dato loro il minimo segno di interesse, sarebbero state più che disposte," si schiarì la gola e arrossì leggermente mentre continuava, "a prepararvi la colazione il mattino dopo, prima di farvi lasciare il loro appartamento."

Rocco non avrebbe dovuto essere scioccato, ma lo era. "Siamo qui per lavoro," disse seriamente.

Caite ridacchiò. "Mi hai chiesto cosa ho sentito. Te lo sto solo dicendo."

"Stai scherzando, vero?"

Lei scosse la testa. "No. So anche che c'è un secondo capo scelto che tradisce la moglie con un ufficiale della marina australiana, un sottufficiale è stato beccato con del materiale pedopornografico sul computer di lavoro e il dipartimento delle pubbliche relazioni ha dovuto darsi da fare per insabbiare lo scandalo provocato da un ammiraglio coinvolto in un giro di prostituzione mentre era in visita alla base."

Rocco la fissò, senza parole.

Caite sembrava estremamente orgogliosa di se stessa. "Non essere così scioccato, Rocco. Saresti sorpreso da quello che dice la gente quando pensa che non ci sia nessuno ad ascoltare. Ho solo imparato a stare in silenzio e ad ascoltare. È pazzesco quello che si dicono le persone, anche al telefono, quando non si prendono il tempo di guardarsi intorno e vedere chi potrebbe ascoltare. Io passo facilmente inosservata, la gente tende a notarmi solo quando guarda *davvero*." Fece spallucce. "È più facile e più sicuro tenere un basso profilo e non fare storie, piuttosto che cercare di smuovere le acque."

Rocco scosse la testa. "Per prima cosa, tu *non* passi inosservata. Non ho idea del perché lo pensi."

"Perché è vero," insistette Caite. "E va bene così, non mi dispiace. Non saprei cosa fare se gli uomini ci provassero sempre con me, o se le donne cercassero costantemente di parlarmi."

"Ti ho notata subito nel momento in cui siamo entrati in quell'ascensore," disse Rocco. "E non intendo perché eri l'unica lì dentro. Eri arrossata dal caldo e irritata dal fatto che mi fossi permesso di entrare con la forza nel *tuo* ascensore."

Lei lo fissò con enormi occhi colpevoli.

Rocco continuò: "Eri sorpresa dal fatto che ci fossimo presi la briga di salutarti. Quando l'ascensore si è bloccato non ti sei scomposta, ti sei semplicemente seduta senza un lamento."

"Ti ho detto che odio lamentarmi perché non serve mai a niente," gli disse Caite, arrossendo ancora di più.

"Penso che le persone che hai conosciuto finora siano cieche," disse Rocco. "Oppure sono così narcisisti che non si prendono mai il tempo di guardarsi intorno e di notare qualcun altro. Mi dispiace che gli altri siano stronzi con te, specialmente i miei colleghi della marina. Mi dispiace che tu debba sopportare un comportamento maleducato. Mi dispiace che tu non abbia trovato nessuno con cui sentirti abbastanza sicura da esplorare il Bahrain. È un paese fantastico, con persone meravigliose. Sì, la loro cultura è molto diversa dalla nostra, ma è proprio questo a rendere il paese così meraviglioso. Se mi dovessi fermare qui più a lungo, ti farei assolutamente fare un tour. Ti farei visitare il centro e ti indicherei le zone da evitare. Ti farei provare quanto sono deliziosi falafel e machboos, il pollo speziato, poi ti porterei da Tariq Pastries, così proveresti la baklava ricoperta di cioccolato."

Caite si leccava le labbra mentre lo fissava, il desiderio espresso sul viso era quasi doloroso da vedere.

Rocco alzò lentamente una mano e le sfiorò la guancia con il dorso delle dita, fissò i suoi occhi blu e le disse: "Non sminuirti, *ma petite fée*. Non pensare che nessuno ti veda. Io ti vedo, anche quegli stronzi che ti molestano sessualmente in francese ti hanno vista. E scommetto che il tuo capo si sente minacciato da te, quindi ti vede anche lui. Sei un'adulta. Puoi fare quello che vuoi, ti chiedo solo di stare attenta. Restare in silenzio è spesso una buona idea, tranne quando non lo è."

"Non capisco," sussurrò Caite.

"C'è un tempo per stare in silenzio e c'è un tempo per urlare più forte che puoi, addirittura a squarciagola. Saprai la differenza quando sarà il momento."

Caite fece un respiro profondo e si raddrizzò. Rocco si costrinse a ripotare la mano sul bordo della panchina. Caite aveva la pelle morbida, lui non desiderava altro che infilarle le dita nei capelli, inclinarle la testa all'indietro e vedere se anche quelle labbra erano morbide e dolci come tutto il resto.

Schiarendosi la gola, Rocco disse: "Allora... stasera... cena?"

Caite annuì.

"Ti prego, dimmi che non vuoi andare al fast food che c'è qui alla base," la prese in giro.

Lei sorrise. "No."

"Bene. C'è un posto nel Blocco 338 che penso ti piacerebbe."

"Blocco 338?"

Rocco la guardò sorpreso. "Sì. Alcuni dei quartieri intorno a Manama sono etichettati a blocchi. Per esempio, la base navale è più vicina al blocco 338, e il Ritz-Carlton è a nord, dall'altra parte dell'isola, nel blocco 428. Ci sono alcune zone in cui non si dovrebbe andare per nessun motivo. Ad esempio, i blocchi 404 e 424 non sono sicuri."

Lei annuì. "Me l'hanno detto quando sono arrivata. L'ambasciata degli Stati Uniti distribuisce mappe di luoghi che sono *off-limits*. Non ricordo nulla dei blocchi, ma ci hanno dato una mappa della città con alcune aree segnate in rosso dove non dovremmo andare."

"Bene. Comunque, il blocco 338 non è troppo lontano dalla base. C'è un ottimo ristorante all'interno di un hotel. Si chiama Kolors, ha praticamente ogni tipo di cibo internazionale che si possa desiderare. Ma se non c'è niente di interessante, la signora Natasha ci farà ordinare qualsiasi cosa tu voglia, anche se non è sul menu. Non credo che tu ti senta a tuo agio nell'andare molto lontano dalla base, ma forse potresti fidarti di me e spingerti un po' più fuori mano."

Caite annuì immediatamente, facendolo rilassare. "Mi piacerebbe."

"Allora è un appuntamento." Rocco non riusciva a smettere di sorridere, vedendola arrossire di nuovo. Notando che lei iniziava ad avere caldo, Rocco capì che era giunto il momento di portare dentro la sua ragazza.

Si fermò a quel pensiero. La sua ragazza. Era un'idea irrazionale ed era troppo presto, ma non gli sembrava sbagliata.

Si alzò e le tese una mano. "Andiamo. È ora che tu vada dentro, prima che ti sciolga."

"Fa caldo qui fuori," disse lei in sua difesa mentre si alzava.

"Non sai cos'è il caldo finché non sei stata nel deserto iracheno, in uniforme completa, compresi giubbotto antiproiettile ed elmetto, a quasi cinquanta gradi sotto il sole cocente, sulle tracce degli insorti," disse Rocco senza riflettere. "In confronto, questo sembra un bel giorno di primavera."

Lei lo fermò mettendogli una mano sul braccio. Era chiaramente colpita. "Grazie, Rocco."

"Per cosa?"

"Per quello che fai, per il tuo servizio al nostro paese, per aver affrontato il caldo torrido, per tenere al sicuro le persone come me e il nostro modo di vivere. Solo... grazie."

Il cuore di Rocco si sciolse. "Sono parole come le tue che fanno sì che ne valga la pena."

Senza pensarci, lui fece quello che sentiva giusto. Si chinò e le sfiorò delicatamente le labbra con le proprie.

Fu un bacio breve e casto, ma l'effetto su Rocco fu intenso, come se fosse stato colpito da un fulmine.

Guardò come lei si leccava le labbra, come per sentire il suo sapore con la lingua. Rocco stesso si sentiva la lingua bloccata, cosa che non gli era *mai* successa. Per mascherare la sorpresa scaturita dalla profondità di quell'emozione, prese la mano di Caite e se la sistemò sul braccio. Camminarono fianco a fianco fino al portone del palazzo.

"Ci vediamo qui alle cinque, quando esci dal lavoro. Ti accompagno al tuo appartamento così puoi cambiarti, poi prendiamo un taxi per andare al ristorante. Ti va bene?"

Lei lo fissò e annuì.

Rocco la tirò a sé per un breve momento. Era davvero piccola, in confronto a lui. Con il suo metro e novanta, Rocco era più alto di tante altre persone, ma con Caite si sentiva proporzionato. Si sentiva abbastanza grande da frapporsi tra lei e chiunque (o qualunque cosa) potesse minacciarla. Era un pensiero strano, ma gli capitava spesso di fantasticare su situazioni simili.

"Allora ci vediamo stasera."

"Promesso?" gli chiese con un piccolo sorriso.

Sorrise anche lui. "Niente mi terrebbe lontano da te," le rispose, facendo quello che aveva voluto fare dal momento in cui si era staccato dalle labbra di lei. Si chinò ancora una volta, ma quella seconda volta Caite si alzò in punta di piedi per incontrarlo a metà strada.

Il bacio fu ancora una volta breve e dolce, ma la promessa celata era, oh... così carnale.

Fu Rocco a leccarsi le labbra. "A più tardi, *ma petite fée*."

"A più tardi."

Rocco si girò e in qualche modo resistette all'impulso di girarsi ancora una volta. Si diresse verso la caserma, dove Ace e Gumby lo stavano aspettando.

I suoi amici avevano ragione. Anche se non vedeva l'ora che arrivasse quella sera e da quasi due anni non aspettava un evento con una simile trepidazione, Rocco si sentiva già più lucido.

Caite stava bene. Sapeva cavarsela da sola. Era intelligente, era una donna che lavorava in un campo dominato dagli uomini (specialmente lì in Bahrain), gli aveva dimostrato in dieci brevi minuti che sarebbe stata in grado di vivere tranquillamente. Non stava combinando guai, non stava litigando con nessuno. Anche se lui avrebbe voluto che si facesse valere un po' di più e che avesse più autostima, quando si trattava del suo fascino, era sicuro che Caite non correva alcun pericolo.

Sfortunatamente, non poteva dire lo stesso per sé.

Due ore dopo, Rocco, Ace e Gumby erano sdraiati su un pavimento umido sotto un negozio nel blocco 424, uno dei luoghi più pericolosi di Manama.

Il negozio avrebbe dovuto essere chiuso e sgombro, dato che Jeo Bitoo e la moglie stavano visitando dei parenti in Africa; i loro figli avrebbero dovuto essere seduti in un'aula, per partecipare alla conferenza nella base navale americana.

I SEAL stavano dando un'occhiata al negozio quando la porta sul retro si era aperta ed erano entrati tra i dieci e i quindici uomini, tutti muniti di mazze da baseball; anche se i SEAL erano certamente in grado di affrontare un combattimento ravvicinato, non erano in grado di contrastare una vera e propria banda. Nessuno disse molto, forse c'erano i fratelli Bitoo tra il gruppo o magari erano stati avvisati da qualcuno nel quartiere che aveva visto gli uomini intrufolarsi nel negozio del padre. Ovviamente avevano chiamato i rinforzi mentre si dirigevano verso il negozio, così i SEAL erano stati picchiati brutalmente e spinti senza tante cerimonie in un buco nel pavimento.

Rocco giaceva sulla schiena, fissava in alto con il suo unico occhio sano, mentre la botola sopra di loro veniva chiusa, lasciandoli nella completa oscurità. Erano finiti in una cantina almeno quattro metri sotto il negozio.

"Beh, merda," borbottò tra sé e sé, sapendo che Ace e Gumby erano privi di sensi e non avrebbero risposto. Era ovvio che uscire da quella situazione non sarebbe stato facile... se mai ne fossero usciti.

"Immagino che alla fine non potrò portare Caite fuori a cena." Fu l'ultima cosa che riuscì a dire prima di svenire.

CAPITOLO QUATTRO

CAITE GUARDÒ l'orologio per la centesima volta. Erano le cinque e trentadue.

All'inizio pensò semplicemente che Rocco fosse in ritardo. Poi pensò che le avesse dato buca... ma ricordando l'espressione sul suo volto e di come lui le avesse detto così solennemente che nulla l'avrebbe trattenuto, avvertì un presagio funesto.

Qualcosa non andava nel verso giusto, ma lei non aveva assolutamente modo di verificarlo.

Rocco non aveva il cellulare. Moltissimi impiegati erano già andati a casa e Caite non sapeva se qualcuno avesse idea del fatto che Rocco era un SEAL della marina... Diavolo, non ne era sicura nemmeno lei.

Ma per quanto si preoccupasse per lui, il dubbio continuava a tormentarla. Non poteva dire di conoscerlo davvero. Le aveva promesso una cena, ma poteva sempre averci ripensato.

Sospirando, Caite si alzò dalla panchina su cui era stata seduta e iniziò a camminare verso il cancello anteriore della base. Non aveva intenzione di sprecare il suo tempo seduta per ore ad aspettare qualcuno che probabilmente non si sarebbe mai presentato.

"Peggio per lui," sussurrò... ma non riuscì a trattenere un fremito sulle labbra.

———

Rocco gemette e si girò. Aprì gli occhi (beh, *l'unico* occhio che si apriva) e non vide un accidente. Era buio pesto, l'ambiente puzzava di muffa e sporcizia.

"Ace? Gumby?" gracchiò.

"Sì," rispose debolmente Gumby.

"Sono qui," disse Ace.

Rocco sospirò di sollievo. Si trovavano in una situazione difficile, ma almeno i suoi amici erano coscienti. Sollevò un braccio, stringendo i denti per il dolore provocato da quell'azione. Toccò il pulsante sul lato del suo orologio e imprecò quando vide che erano le otto di sera. Erano rimasti svenuti per ore.

"Rapporto?" chiese.

"Siamo in una specie di cantina," gli rispose Gumby. "Mentre tu e Ace eravate fuori combattimento, mi sono guardato intorno come ho potuto. Niente scale o gradini, ammetto di non aver ancora fatto una ricerca approfondita. Ma volete sentire la buona notizia?"

Rocco non aveva idea di cosa diavolo potesse esserci di buono in quella situazione, ma disse doverosamente: "Certo."

"Non moriremo di fame," disse Gumby. "Ci sono scatole di cibo qui sotto, ho anche trovato una scorta di bottiglie d'acqua."

"Bene," brontolò Ace. "Ma come faremo a uscire?"

"Questa è la parte difficile," rispose Gumby. "Sono abbastanza sicuro di avere una caviglia fuori uso. Quando quegli stronzi ci hanno spinto qui sotto, non sono riuscito ad atterrare bene. Voi, ragazzi?"

"Ho un polso fottuto," disse Rocco. "Ma le gambe sembrano a posto. Ho anche un occhio che non funziona bene."

"Io sanguino dalla testa, ma credo di non avere niente di rotto," aggiunse Ace.

"Giusto. Quindi siamo a posto," disse Gumby.

Rocco non riuscì a fare un sorriso. Il suo compagno di squadra aveva ragione. Le loro ferite potevano essere insormontabili per le persone normali, ma per i SEAL era diverso. Finché non si dissanguavano o non erano completamente immobili, potevano ancora combattere. "Ricordo di aver guardato il portello appena prima di svenire," comunicò Rocco agli altri due, "saremo circa quattro metri più in basso."

"Una robetta facile," disse Gumby, dal tono della voce Rocco capì che l'amico stava sorridendo.

"Sempre che non l'abbiano bloccato in qualche modo," disse Ace.

"Sì," concordò Gumby.

Ogni secondo che passava, Rocco era sempre più lucido. Gli faceva male il polso, sì, anche la testa, ma più che altro era infuriato. Si era perso l'appuntamento con Caite. Le aveva promesso che ci sarebbe stato e invece era bloccato lì. Non poteva sopportare il pensiero di lei che lo aspettava invano, fuori dall'edificio. Non voleva nemmeno contemplare cosa potesse aver pensato di lui. Molto facilmente si era sentita presa in giro: con la sua bassa autostima, probabilmente Caite aveva pensato che lui non si fosse presentato di proposito.

Digrignando i denti, Rocco si costrinse ad alzarsi in piedi. Dovevano uscire da quel buco nel terreno. Era grave che i fratelli Bitoo li avessero beccati nel negozio dei loro genitori.

"Gumby, hai trovato una torcia mentre cercavi in giro?"

"No. Ma ho trovato una scatola di candele e ho la mia pietra focaia."

Rocco sorrise. "Quelle tavolette d'argilla potrebbero essere nascoste da qualche parte qui sotto. Anche le informazioni del comandante potrebbero essere sbagliate, nell'indicare che il padre fosse l'unico coinvolto nell'affare di contrabbando. Immagino che i figli potrebbero sapere molto di più di quello che pensa il comandante. E se quelle tavolette *sono* qui sotto, alla fine dovranno tornare indietro e aprire quel portello."

"Il che significa che siamo fottuti," disse Ace. "Non sarà difficile farci fuori da lassù." Indicò il portello sopra le loro teste.

Rocco era completamente d'accordo. Se avessero trovato le tavolette, avrebbero avuto la conferma che i fratelli sarebbero tornati al più presto, e molto probabilmente non avrebbero avuto solo mazze da baseball.

"Sembra che sia giunta l'ora di giocare a nascondino," disse Rocco. "Non sappiamo quanto tempo abbiamo, quindi guardiamoci intorno e poi pensiamo a un piano. Non so voi, ma io vorrei rendere la vita il più difficile possibile a quegli stronzi che vogliono ucciderci."

Gli altri due uomini annuirono e in pochi minuti accesero molte candele. Tutti e tre si misero al lavoro perlustrando ogni angolo della loro prigione temporanea.

———

"È bello sentirti, tesoro," disse la madre di Caite.

Il solo sentire la voce della mamma le faceva venire nostalgia di casa. A Caite piaceva abbastanza il suo lavoro e le piaceva essere in grado di vedere una parte del mondo che non molti potevano visitare, ma quella sera era depressa e voleva sentire una voce familiare.

"Anche per me," disse Caite.

"Oh-oh," disse sua madre. "Cosa c'è che non va?"

"Come fai a sapere che c'è qualcosa che non va?" chiese Caite.

"Lo so e basta. Cosa c'è?"

Caite sospirò. "Mi hanno dato buca stasera... che schifo."

"Mi dispiace tanto. Cos'è successo?"

Caite continuò a raccontare alla madre tutto di Rocco: come si erano incontrati, come lui e i suoi amici erano stati abili in ascensore, della loro chiacchierata sotto gli alberi, di come lui aveva promesso di portarla fuori quella sera. Le aveva persino raccontato dei baci e dell'effetto straordinario che avevano avuto su di lei. "Mi ha fatto sentire bella, pensavo che ci tenesse davvero a me... pensavo di aver chiuso con i giochetti, ma non riesco a pensare a una buona ragione per cui sarebbe venuto a trovarmi questo pomeriggio per poi darmi buca stasera, se fosse stato serio nel volermi portare fuori. Non ha un cellulare... non posso credere di esserci cascata davvero!"

Ci fu un attimo di silenzio prima che sua madre parlasse: "Tesoro, tu *sei* bella. Non ho mai capito come fai a non rendertene conto... ma non è questo il punto. Sei brava a giudicare il carattere. Non ti ho mai sentito così attratta da un uomo così in fretta, prima d'ora. Da quello che hai detto, non credo che Rocco ti stesse prendendo in giro. Se è così gentile come dici, perché si sarebbe preso la briga di chiederti di uscire se non aveva intenzione di presentarsi?"

"Forse ha incontrato qualcun'altra?"

"Nelle poche ore tra quando ti ha vista e quando doveva venirti a prendere?" le chiese sua madre con scetticismo.

Caite sospirò. "Lo so, ma... è una motivazione più facile da pensare, rispetto alle alternative."

"Pensi che gli sia successo qualcosa?"

Era proprio quello il punto. Caite ne era convinta. Rocco

le aveva detto che nulla gli avrebbe impedito di incontrarla quella sera, eppure non si era presentato. La missione di quel giorno doveva essere tranquilla, ma se qualcosa fosse andato storto? E se fosse rimasto ferito... o ucciso? Le piaceva pensare che i suoi amici sarebbero andati da lei per dirle cosa fosse successo, ma non ne era sicura.

"Caite?" la incitò la madre.

"Non lo so. È possibile. Non me l'ha detto, ma credo che sia un SEAL della marina. In genere, i marinai che vengono qui non restano solo per una settimana, a meno che non stiano facendo qualcosa di super segreto. Non so a chi posso chiedere di lui senza metterlo nei guai."

"Sembra che tu sia in una situazione difficile," commentò la madre. "Il mio suggerimento è di farti una bella dormita. Forse le cose saranno più chiare domattina. Domani devi andare al lavoro, giusto?"

"Sì. Joshua è via, devo solo controllare le persone che vengono per la fiera del lavoro di sabato. C'è un pranzo in programma e devo assicurarmi che il catering sia pronto. Dopo di che me ne vado."

"E il personale deve farsi registrare prima di lasciare il paese, giusto?"

"Sì."

"Allora controlla il computer e vedi se il tuo giovane si è registrato. Altrimenti puoi vedere dove alloggia e andare a trovarlo."

"Mamma!" esclamò Caite. "Non posso farlo!"

"Perché no?"

"Perché no! Per prima cosa, è illegale. E poi..." abbassò la voce. "...se mi apre la porta e vedo che c'è un'altra donna con lui? O se la situazione diventa imbarazzante perché stava cercando di farmi del ghosting?"

"*Ghosting*? Cosa diavolo significa?"

"È quando qualcuno non ha il coraggio di dire a un altro

che non vuole più vederlo, o non vuole più usare i suoi servizi, o qualsiasi altra cosa. Smettono semplicemente di mandare email, chiamare e mandare messaggi, sperando che l'altra persona capisca l'antifona. Non voglio fare la parte di quella che non capisce l'antifona."

"Cavolo," disse sua madre con esasperazione. "Non capisco la gente. Non preferiresti saperlo piuttosto che passare giorni a preoccuparti per lui? E non disturbarti a dirmi che non ti preoccuperesti, perché ti conosco."

"Sì."

"Allora fallo. Non è che stai per guardare nei registri militari, o cose del genere. Basta sbirciare e vedere dove alloggia mentre è qui."

Caite annuì tra sé e sé. Era *davvero* una buona idea. "Ok, mamma. Lo farò."

"Bene. Tesoro?"

"Sì?"

"Se questo tizio ti ha dato buca, che si fotta."

"Mamma!"

"Cosa? Non mi è permesso imprecare? Seriamente, se non riesce a vedere l'incredibile, fantastica, bellissima e meravigliosa persona che sei, allora non ti merita."

"Grazie, mamma," sussurrò Caite. Non era sicura di sentirsi meglio riguardo alla situazione con Rocco, ma sua madre non mancava mai di farla sentire meglio con se stessa.

"Fammi sapere come va," le ordinò la madre.

"Lo farò."

"Ora ti lascio andare. Dormi un po'. Ti voglio bene."

"Ti voglio bene anch'io," le disse Caite. "Saluta papà da parte mia e mandagli un bacione."

"Certo. Sii prudente."

"Sempre. Non lascio mai la base... in quali guai potrei cacciarmi?" le disse Caite.

"Giusto. Buona notte, tesoro."

"Ciao, mamma."

"Ciao."

Caite spense il telefono e si rannicchiò di nuovo nel letto, sul fianco.

Chiuse gli occhi. Il sonno non arrivò facilmente; i pensieri sul perché Rocco non si fosse fatto vedere continuavano a passarle per la testa, ma alla fine Caite si abbandonò a un sonno inquieto.

———

"Bingo!" esclamò Ace.

La ricerca non era stata facile; tra l'oscurità della stanza, l'umidità e le ferite, ma finalmente la perseveranza aveva dato i suoi frutti.

Ace teneva in mano qualcosa avvolto in un giornale e sorrideva.

"Gesù!" esclamò Gumby. "Mettila giù prima di farla cadere!"

"Non ho intenzione di farla cadere," disse Ace con calma mentre cominciava a scartare il giornale. Era ammuffito e aveva un odore strano, ma nessuno di loro ci fece caso. Si chinarono tutti sulla tavoletta cuneiforme e la fissarono con stupore. Era marrone chiaro e c'erano incisioni che riconobbero subito come una scrittura usata in Mesopotamia. Il fatto che fosse intonsa, nonostante avesse migliaia di anni, era davvero un miracolo.

"Porca puttana," disse Rocco a voce bassa.

"Quante sono?" chiese Gumby.

Ace avvolse con cura la tavoletta e la diede a Rocco. Poi si voltò verso la scatola e frugò delicatamente tra i pacchetti. "Sei."

"Solo sei?" chiese Rocco corrucciato. Il comandante Horner aveva detto che ce ne sarebbero stare di più.

"Sì."

"Dovremmo continuare a cercare," disse Rocco. "Credo che dovrebbero essercene dieci."

Senza lamentarsi, gli altri annuirono. Tanto al momento non avevano molto altro da fare. Prima dovevano trovare quelle tavolette e poi escogitare un qualche piano di fuga. Inoltre, più tempo passava, maggiori erano le loro possibilità di uscire dalla zona senza essere scoperti, sempre che riuscissero a uscire dalla cantina. Avevano sopravvalutato la loro capacità di mimetizzarsi in quel quartiere pericoloso. Nonostante la barba e la pelle abbronzata, qualcuno li aveva notati.

Rocco guardò l'orologio. L'una in punto. Sperava che Caite dormisse e che stesse bene... ma soprattutto che non fosse troppo sconvolta.

Non si era mai ritrovato a preoccuparsi per una donna nel bel mezzo di una missione. Del resto, quella non era una donna qualsiasi. Rocco si chiedeva di continuo cosa stesse facendo Caite, a cosa stesse pensando, se stesse bene.

Però in quel momento avrebbe dovuto preoccuparsi più per se stesso. Doveva uscire dalla cantina e trovare le tavolette mancanti.

Ma tutto quello a cui riusciva a pensare era quanto fosse deluso di essersi perso la cena con Caite. Non aveva mantenuto una promessa. Non era stato in grado di aiutarla a scoprire la vita fuori dai cancelli della base navale.

"Aiutami con quest'affare," disse Gumby mentre lottava per spostare una scatola pesante dalla cima di una grande pila.

Mentre Rocco aiutava il suo compagno di squadra, giurò di tornare a concentrarsi sulla missione. Prima trovavano quelle dannate tavolette, prima potevano andarsene da lì... e prima lui sarebbe tornato da Caite implorandola di perdonarlo.

———

Caite sapeva di avere un aspetto orribile. Aveva dormito circa due ore, la notte prima. Aveva le borse sotto gli occhi e non aveva prestato alcuna attenzione a cosa si era messa addosso quella mattina. Odiava lavorare nei fine settimana, erano giorni che in genere le servivano per ricaricarsi. Di solito leggeva qualche libro e si rilassava nel suo appartamento.

Invece quel giorno era di nuovo al lavoro, a trattare con uomini che pensavano di essere migliori di tutti gli altri; doveva cercare di ritrovare la sua solita calma. Le sessioni mattutine che precedevano la fiera del lavoro si erano svolte senza intoppi, ma i ristoratori erano in ritardo e il pranzo era stato rimandato di mezz'ora, sconvolgendo il programma del pomeriggio.

Uno dei tenenti non ne era stato contento e l'aveva rimproverata. Non le importava essere rimproverata, in genere, ma si infuriava quando non era colpa sua. Come al solito, però, non alzò la testa e annuì di continuo, facendo del suo meglio per tranquillizzare l'ufficiale. Aveva capito che il tizio non voleva dover comunicare ai partecipanti il cambiamento di programma, ma gli imprevisti potevano capitare.

Anche i rappresentanti delle organizzazioni e delle imprese presenti alla fiera del lavoro non erano contenti. Avevano fissato i colloqui in anticipo, quindi i loro programmi erano tutti ingarbugliati. Ma ancora una volta, non era colpa di Caite. Lei aveva programmato tutto correttamente, purtroppo uno dei furgoni della ditta di catering aveva bucato una gomma durante il tragitto. La conferenza si era svolta in perfetto orario fino a quel punto. Se i partecipanti non potevano sopportare un ritardo di mezz'ora per il pranzo, non era certo un suo problema.

Per fortuna il pranzo era quasi finito, Caite era seduta a uno dei tavoli vuoti del salone, cercava di non pensare ciò che aveva fatto quella mattina, un'azione che non avrebbe mai tentato prima... cioè cercare sul computer il numero della stanza di Rocco. Non stava vendendo segreti di stato o altro, ma si sentiva comunque colpevole. Aveva scoperto che lui e i suoi amici avevano ancora le stanze assegnate per qualche altro giorno. Non erano ancora partiti.

Scarabocchiava su un blocco di carta davanti a sé, passando il tempo e cercando di sembrare occupata in modo che nessuno la interrompesse per rimproverarla di nuovo. Pensò a quello che voleva dire a Rocco. Sarebbe andata al dormitorio dopo l'inizio della fiera del lavoro e gli avrebbe detto quello che pensava di lui: era uno stronzo per averle dato buca.

Fu improvvisamente attratta da alcune voci dietro di lei. Non si mosse di un centimetro ma smise di scarabocchiare, ascoltando spudoratamente la conversazione. Era lo stesso gruppo di uomini che avevano parlato in francese qualche giorno prima, gli stessi uomini che avevano discusso di come sarebbe stata a letto e si erano chiesti se sarebbe stata in grado di affrontare cinque fratelli in una sola volta. Caite non poteva indovinare chi stesse parlando, dato che dava le spalle al gruppo; come al solito doveva concentrarsi molto per capire il dialetto tipico del paese nativo di quei tipi, ma non stavano parlando di lei.

No, stavano parlando di qualcosa di molto più terrificante.

"Perché siamo qui? Dobbiamo tornare a casa di papà e uccidere quegli stronzi!"

"Shhhh, abbassa la voce!"

"Stiamo parlando in francese. Nessuno lo capisce."

"E quella puttana laggiù?"

"Lei? Ma per favore. Lei è americana. Tutti sanno che gli americani non si preoccupano di imparare altre lingue oltre alla loro. Stronzi egocentrici."

"Come lo sai?"

"Perché sì. Ti faccio vedere. Ehi! Puttana. Voglio che tu venga qui a succhiarmi il cazzo."

Caite non rispose. Continuò a guardare il foglio davanti a sé e a scarabocchiare come se non avesse una sola preoccupazione al mondo. Il cuore le batteva così forte che riusciva a malapena a sentire qualcosa al di sopra del proprio *bum bum bum*. Ogni muscolo del corpo era teso, pronto a scattare se fosse stato necessario. Il pranzo che aveva appena ingerito minacciò di risalire e dovette deglutire a fatica diverse volte per controllare l'impulso di vomitare.

Non le era capitato molte volte di avere paura, non aveva mai provato il terrore puro. Ma in quel momento, era spaventata. Quegli uomini avevano parlato di lei in modo molto crudele, all'inizio della settimana. Caite riusciva a malapena a pensare, talmente era agitata. L'ultima cosa di cui aveva bisogno, oltre a tutto quello che le stava succedendo nella vita, era subire una violenza di natura sessuale.

Ma c'erano ancora molte persone nella stanza. Non l'avrebbero tirata su dalla sedia e trascinata via di peso... vero? Non ne aveva idea, il fatto che desse le spalle agli uomini non la aiutava. Non poteva vedere se si stavano avvicinando di soppiatto. Non sarebbe stata in grado di difendersi, se avessero deciso di farle qualcosa. *Merda. Merda!*

"Vedi?"

"Bene. Ma comunque abbassa la voce."

"Oh, giusto. Come ti stavo chiedendo... Perché siamo a questa stupida conferenza invece di occuparci di quei soldati nel negozio di papà?"

"Rilassati. Non possono uscire."

"Ma sono in cantina con le tavolette! Dobbiamo tirarle fuori il prima possibile."

"E lo faremo. Ma non possiamo fare nulla con quegli stronzi là sotto."

"E allora? Li lasciamo laggiù e basta? Non spariranno magicamente. Dobbiamo fare qualcosa."

"Pistole."

"Cosa?"

"Pistole. Gli spariamo. Avremmo dovuto farli fuori ieri sera. Possiamo tornare indietro e ucciderli."

Il cuore di Caite batteva ancora più forte. Soldati. In un negozio. Parlavano di Rocco, Ace e Gumby... vero? La conversazione era confusa perché parlavano velocemente, le differenze di cadenza non aiutavano.

Pensare che i suoi nuovi amici fossero nei guai rendeva il pericolo ancora più reale. Aveva avuto paura quando quegli idioti avevano parlato di lei, ma sapere che forse stavano parlando di Rocco e degli altri era ancora peggio.

Caite pensò di alzarsi e dirigersi verso un gruppo di uomini che stavano parlando dall'altra parte della stanza, ma non riusciva a muoversi. Stava sudando e allo stesso tempo tremava dal freddo.

"Dove troveremo una pistola?"

"Non lo so. Forse Chambers può aiutarci."

"Anche quello stronzo è un americano. Non gli interessa altro che portare quelle tavolette al suo compratore."

"Si preoccuperà se le sue tavolette del cazzo saranno confiscate dalla marina americana."

"State zitti, voi due. Sentite, Henri ha ragione. Quei tizi non

andranno da nessuna parte, adesso, ma non possiamo arrivare alle tavolette finché non ci occupiamo di loro."

"Sei sicuro che non possano uscire?"

"Certo. Erano incoscienti quando li abbiamo buttati di sotto, e li abbiamo conciati per le feste. Anche se in qualche modo riescono a raggiungere la botola, ci abbiamo messo sopra quel tavolo che papà usa per esporre quelle cazzate di casa nostra. È pesante come un macigno."

"E le pistole?"

"Puoi pensare a qualcosa di diverso dalle pistole, per un secondo?"

"Dobbiamo ucciderli! Torneranno subito qui e ci denunceranno."

"Certo che lo faranno. Non erano lì a caso... Li uccideremo, ma non stasera. Dobbiamo mantenere un basso profilo e crearci un alibi. Resteremo qui e continueremo a fingere di essere interessati a questa merda. Poi dobbiamo farci vedere in giro per il quartiere, per allontanare i sospetti da noi. Lasceremo quegli stronzi laggiù un'altra notte e torneremo domenica sera."

"E la pistola?"

"Me ne occuperò io. Conosco un tizio."

"Posso ucciderne uno?"

"Non è giusto! Voglio farlo io!"

"Zitti! Maledizione, voi due siete patetici."

"Ma loro sono solo tre, noi siamo cinque. Voglio essere sicuro di partecipare al divertimento."

"Bene, puoi ucciderne uno. David può sparare a un altro e Marc può uccidere l'ultimo."

"Cosa faremo con i loro corpi?"

"Li lasceremo lì a marcire."

"Ma... non cominceranno a puzzare?"

"Sì. Papà li troverà e chiamerà la polizia. Lo arresteranno, mamma dovrà tornare in Gabon e noi ci prenderemo il negozio. È la soluzione perfetta. Non guardarmi così, Emirck. Tu non vuoi tornare a casa, così come non lo vogliamo noi. È l'unico modo."

"Lo so, ma..."

"Niente ma. O sei con noi o sei contro di noi."

"Sono con voi."

"Bene. Quindi siamo tutti d'accordo? Sparpagliatevi e cercate di sembrare un po' interessati a questa merda. Ci incontreremo dopo la fiera del lavoro e andremo a casa. Io prendo la pistola e andiamo al negozio verso le otto di domani sera. Capito?"

"Sì."

"Ok."

"Buon piano."

"Fico."

Tre soldati.

Caite sentiva la bile in fondo alla gola ed era a due secondi dal vomitare sul tavolo, ma quando vide un movimento alla sua sinistra, alzò la testa e forzò le labbra in un sorriso mentre i tre uomini del Gabon le passavano davanti. La guardarono e lei pregò mentalmente che non stessero per attaccarla. Vedendo i loro sguardi intensi, si costrinse a chiedere: "Tutto bene?"

"Assolutamente," rispose il più alto degli uomini.

"Godetevi il resto della conferenza," disse loro nel modo più amichevole possibile, e loro continuarono a camminare.

Non dissero altro mentre si dirigevano verso le porte che conducevano al salone, dove era stata allestita la fiera del lavoro. Caite non aveva nemmeno sentito l'annuncio che la sala era aperta per i potenziali candidati.

Nel momento in cui scomparvero, lei balzò in piedi. Tremava visibilmente, ma si costrinse a camminare il più velocemente possibile, senza correre, verso la porta sul lato opposto della stanza.

Passò davanti a uno dei ristoratori e gli sorrise, ma non riuscì a proferire parola. Guardando l'orologio, vide che era l'una del pomeriggio. Doveva parlare con qualcuno, trovare qualcuno che la ascoltasse. Ma chi?

Il suo capo non c'era e le aveva detto senza mezzi termini di non contattarlo mai quando non era al lavoro. Quella era un'emergenza, ma probabilmente non gli sarebbe importato. Anzi, Joshua l'avrebbe accusata di essersi inventata tutto.

Caite aveva incontrato diverse volte il capo di Joshua, il comandante Horner. Era stato lì anche quella mattina per socializzare con i partecipanti alla conferenza, ma lei non aveva idea di come contattarlo nel fine settimana. Non aveva il suo numero di cellulare. Poteva cercare il suo indirizzo nel sistema, ma... lui le avrebbe creduto?

Merda, doveva chiamare Joshua. Non voleva, ma non aveva idea di chi altro potesse aiutarla. Lui era il suo superiore diretto, dopo tutto, e poteva almeno darle il numero di telefono del comandante o passargli le informazioni utili.

Il giorno seguente, alle otto, quegli uomini avrebbero ucciso Rocco e gli altri, quindi non c'era molto tempo per convincere qualcuno di non essere pazza: c'erano davvero tre membri della marina in grossi guai.

Caite si affrettò a scendere le scale fino al suo piano e andò direttamente verso la sua scrivania. Si sedette lì per un secondo, cercando di ricomporsi. Le mani le tremavano e sapeva che stava sudando come una fontana.

Fece un grande respiro per cercare di recuperare la solita compostezza prima di chiamare Joshua, si costrinse a calmarsi. Le sembrava di aver appena partecipato a una maratona. I muscoli del collo e delle spalle le facevano male a causa della tensione accumulata e aveva anche un mal di testa infernale. Era difficile pensare lucidamente, ma doveva assicurarsi di sembrare calma e obiettiva mentre parlava con il capo. Lui non l'avrebbe mai ascoltata se avesse gridato come una pazza.

Dando un'ultima occhiata in giro per assicurarsi di essere da sola, prese il telefono. Compose rapidamente il numero di casa di Joshua e aspettò con il fiato sospeso che lui rispondesse.

"Pronto?"

"Salve, signor Mullen, sono Caite. C'è un problema e ho bisogno del suo aiuto. Ero alla conferenza oggi e..."

"Sarà meglio che non chiami per qualche stupido dettaglio, signorina McCallan. Il suo lavoro è occuparsi di tutto da sola. Se non riesce a gestire un evento semplice come una conferenza, allora forse devo cercare qualcuno che lo faccia."

Irritata, Caite si costrinse a mantenere la calma. "No, non è niente del genere. C'è stato un problema con il pranzo, ma me ne sono occupata io. Chiamo perché ho sentito qualcosa, penso che ci possa essere del personale della marina che ha bisogno di assistenza e..."

"No."

Caite sbatté le palpebre per quella risposta brusca. "Cosa?"

"Ho detto di no. Non posso credere che mi abbia chiamato per un *pettegolezzo*! Non le ho detto che sono in licenza fino alla prossima settimana? Sa che non mi piace essere disturbato quando sono con la mia famiglia."

"Sì, scusi, ma..."

"Se dice un'altra parola, faccio rapporto," disse Joshua, senza lasciarla finire. "Anzi, se scopro che ha cercato di infastidire qualcun altro con qualche sciocchezza che ha sentito, mi assicurerò di farla tornare negli Stati Uniti senza lavoro così in fretta da farle girare la testa. Capito?"

Caite era così scioccata dal veleno nelle parole di Joshua che non avrebbe potuto rispondere neanche se avesse voluto.

"Ora torni al lavoro," disse Joshua prima di riagganciare.

Caite fissò il telefono qualche secondo prima di allungare lentamente la mano per rimetterlo a posto. E quindi? Il suo capo l'aveva ignorata, togliendole l'unico modo per aiutare Rocco e i suoi amici.

Poteva sfidarlo e cercare di trovare il numero di telefono del comandante in qualche altro modo... ma aveva bisogno di quel lavoro.

Pensando intensamente, considerò quali sarebbero stati i suoi prossimi passi. Poteva dimenticare di aver sentito qualcosa, ma non poteva accettare il pensiero che quegli uomini andassero in quel negozio e massacrassero Rocco, Ace e Gumby quando lei avrebbe potuto fare qualcosa per impedirlo.

Informazioni. Aveva bisogno di informazioni.

A tutti i partecipanti alla conferenza era stato richiesto di fornire i propri dettagli personali prima di essere accettati. Caite aprì il cassetto della sua scrivania e prese la cartella dei partecipanti alla conferenza, sfogliando i documenti finché non trovò quelli che stava cercando.

Timothee, Henri, David, Marc ed Emirck Bitoo.

Allegata a ogni richiesta c'era la foto scattata per il tesserino da visitatore. Timothee era il più grande, con i suoi trentacinque anni; secondo Caite era quello che aveva parlato di più, quello che si era detto in grado di ottenere una pistola. Il più giovane era Emirck, venticinque anni; gli altri fratelli erano di età simili.

Caite continuò a sfogliare le pagine e sentì il cuore sprofondare. Vivevano tutti nella stessa casa, ma avevano specificatamente detto che Rocco e gli altri erano tenuti prigionieri nel negozio del padre.

In preda al panico, tornò alla domanda di Timothee e si costrinse a leggere ogni parola, lentamente e con attenzione. Aveva bisogno di un miracolo. Aveva bisogno di sapere dove fosse quel negozio. Non sapeva cosa avrebbe fatto con quell'informazione, ma intanto ne aveva bisogno.

Fu solo quando arrivò alla domanda di Emirck che finalmente si lasciò andare in un sospiro di sollievo. Alla domanda su un contatto di emergenza, il più giovane della famiglia

Bitoo aveva elencato il padre... e incluso un indirizzo. Aveva anche annotato che quello era l'indirizzo sia di casa che di lavoro del padre.

Non volendo accendere il computer (nel caso in cui qualcuno avesse controllato i suoi dati di accesso) Caite tirò fuori il telefono. Inserì l'indirizzo e quasi si mise a piangere.

Proprio come sospettava, il negozio si trovava nel bel mezzo della zona in cui era stata avvertita di non andare per nessun motivo a causa dell'alto tasso di criminalità.

Mordendosi un labbro, si agitò fino a quando un rumore in fondo al corridoio la fece trasalire. Girando la testa, vide uno degli inservienti che scendeva dall'ascensore recentemente riparato. Gli sorrise e rimise rapidamente le domande nella cartelletta, nascondendola nella scrivania.

"Lavori ancora, eh?" le chiese il signore anziano.

Caite annuì mentre richiudeva il cassetto. "Sì, ma ho finito, grazie al cielo. Odio lavorare nel fine settimana."

"A me piace. È tranquillo," disse l'uomo delle pulizie con un sorriso.

"Ci scommetto." Caite odiava le chiacchiere, ma sapeva che doveva comportarsi nel modo più normale possibile. "Grazie al cielo, la mia parte nella conferenza è finita. Dovevo solo tornare e fare un ultimo rapporto sul ritardo dei ristoratori. Ora posso andare a casa e godermi quel che resta del fine settimana."

"Non fare niente che io non farei," disse l'uomo in modo gioviale, Caite sobbalzò internamente. Quello che stava pensando di fare era qualcosa che nessuno avrebbe dovuto fare.

"No, certo," gli disse mentre si dirigeva verso la tromba delle scale.

"Ci vediamo dopo."

"A più tardi!" gli rispose, salutandolo con la mano mentre apriva la porta. Una volta dentro la tromba delle scale, Caite si appoggiò alla porta e fece un respiro profondo. Tirò fuori il telefono e fissò la mappa con terrore. Non voleva andarci di persona, ma il suo capo le aveva dato poca scelta. Doveva fare quello che poteva per aiutare Rocco, Ace e Gumby. Se fosse successo loro qualcosa quando lei poteva agire per aiutarli... non se lo sarebbe mai perdonato.

Secondo i fratelli Bitoo, sarebbero rimasti lontani dal negozio fino alla sera seguente. Quindi Caite aveva tutto il tempo di arrivare, fare quello che poteva per aiutare Rocco e tornare alla base.

Sapendo che stava per fare una stupidaggine, Caite serrò le labbra e corse giù per le scale. Doveva tornare a casa e cambiarsi d'abito. I membri dell'esercito americano, le loro famiglie e gli impiegati del Dipartimento della Difesa non potevano indossare la tradizionale *abaya* del Bahrain, ma quella era un'emergenza. Caite non poteva scorrazzare per la città in jeans o pantaloni americani: doveva mimetizzarsi.

Aveva comprato una bellissima *abaya* da un venditore ambulante il mese precedente. Era un vestito nero con accenti rosa sull'orlo, sul davanti dove si chiudeva e intorno ai polsi. Aveva pensato di indossarlo come accappatoio, ma quando l'aveva portato a casa, aveva deciso che era troppo bello per indossarlo in casa. La commessa l'aveva persino convinta a comprare un *hijab*. Caite non era stata in grado di dire di no, non dopo aver visto sbucare una delle bambine della venditrice da sotto il tavolo. Aveva comprato il copricapo anche se sapeva che non l'avrebbe mai indossato.

Ma proprio in quel momento stava ringraziando la sua buona stella di averlo. L'unica cosa che le serviva era il coraggio di andare da sola a Manama, al buio, in una parte della città che era nota per essere pericolosa per gli stranieri.

Una volta vestita, fu sul punto di desistere. Si guardò allo specchio e si chiese cosa diavolo stesse facendo.

Ma poi pensò a Rocco. Era bloccato in quella cantina,

odiava gli spazi chiusi... probabilmente era ferito gravemente, così come Ace e Gumby, stando a quello che avevano detto i Bitoo. I SEAL erano intrappolati, non avevano vie di fuga.

Facendo un respiro profondo, Caite chiuse gli occhi e deglutì. Poi si voltò senza guardarsi una seconda volta, era vestita come una donna del Bahrain; pregò che nessuno la riconoscesse mentre usciva dal suo appartamento e cominciò a camminare verso nord. Avrebbe preso un taxi non appena si fosse allontanata dalla base, poi avrebbe cambiato taxi una volta arrivata al centro della città, giusto per evitare che qualcuno indovinasse le sue intenzioni di raggiungere una delle zone *off-limits*.

"Sarà meglio che ci siate," sussurrò mentre camminava a testa bassa, fissandosi i piedi mentre si affrettava lungo il marciapiede.

CAPITOLO CINQUE

STAVANO PER MORIRE.

Non c'era davvero alcun modo per evitarlo.

Che schifo.

Rocco e gli altri avevano sempre presente il rischio di morire in missione, ma in quella situazione... sembrava tutto sbagliato. Lui si era sempre immaginato di perire in un modo molto più drammatico: una bomba sul ciglio della strada, salvando uno dei suoi compagni di squadra da un proiettile, combattendo corpo a corpo con un terrorista...

Non si sarebbe mai immaginato neanche nei suoi pensieri più assurdi di morire cercando di ripararsi dietro vecchie casse malconce e sacchi di cibo mentre gli sparavano dall'alto.

Era *davvero* uno schifo il fatto che non avrebbero potuto salutare gli altri. Bubba, Rex e Phantom avrebbero sentito la loro mancanza. Erano più che semplici compagni di squadra; erano come fratelli. Avevano parlato della morte, erano pronti a immolarsi in nome della patria, ma avrebbero preferito andarsene tutti insieme. Magari poteva sembrare un pensiero morboso, ma per gente come i SEAL della marina non era niente di insolito.

Rocco e gli altri erano rimasti calmi per un po', riposando e scervellandosi per cercare di trovare il modo di evadere da quella prigione prima che ritornassero i fratelli Bitoo. Quei tipi sarebbero tornati di sicuro; non potevano lasciare tre sconosciuti sotto il negozio del padre. Secondo Rocco, era improbabile che i fratelli non sapessero nulla delle tavolette.

Ad ogni modo, non si erano trovate altre tavolette antiche. Rocco era sicuro che il comandante Horner avesse detto che ce n'erano dieci, ma dopo aver perlustrato ogni centimetro della cantina non se n'erano trovate altre.

Guardò l'orologio. Le undici di sabato sera. Erano passate più di ventiquattro ore da quando erano rimasti bloccati lì e da quando sarebbe dovuto andare a prendere Caite. Rocco sapeva che avrebbe dovuto smettere di pensare a lei e al loro appuntamento perso, ma proprio non ci riusciva.

C'erano cose molto più urgenti di cui occuparsi, come il fatto che non potevano uscire dalla profonda cantina in cui erano stati gettati.

Dato che la caviglia di Gumby era messa male e il polso di Rocco non era migliorato, Ace era stato scelto come candidato migliore per cercare di aprire la botola sopra di loro. Durante la lunga ricerca, avevano trovato una scaletta nascosta dietro alcune scatole, Rocco si era arrampicato su alcuni gradini tenendosi ben saldo. Ace gli si era arrampicato sulle spalle tenendo una scopa per vedere se era possibile forzare l'apertura della botola. Qualunque cosa ci avessero messo sopra i Bitoo, però, teneva chiusa la botola; per quanto Ace si sforzasse, non riusciva a metterci abbastanza forza per aprire il portello.

Avevano parlato per ore di quale sarebbe stato il piano, quando i Bitoo sarebbero tornati (e *sarebbero* tornati, era inevitabile). Sarebbero tornati quasi sicuramente con dei rinforzi.

In pratica, i SEAL erano fregati. Lo sapevano tutti e tre.

Erano buoni combattenti; potevano tenere testa ai nemici, ma erano feriti, sapevano che qualsiasi combattimento sarebbe stato estremamente sbilanciato. Anche se gli uomini del Gabon non avessero portato rinforzi, lì sotto i SEAL erano comunque un bersaglio facile. Avrebbero sparato loro uno per uno, non ci sarebbe stato niente da fare per impedirlo.

Avevano discusso di nascondersi, facendo credere di essere fuggiti e assaltando chiunque fosse sceso a cercarli, ma ciò non li avrebbe aiutati a scappare tutti interi, dato che gli altri li avrebbero aspettati nel negozio.

Il punto fondamentale era proprio quello: l'unica (*remota*) possibilità di fuga sfruttava l'elemento sorpresa. I SEAL avrebbero dovuto agire nel momento in cui qualcuno avesse rimosso qualsiasi cosa tenesse chiusa quella dannata botola. Gumby era molto bravo con il coltello, poteva far fuori chiunque in pochi secondi, Ace era abile nell'uccidere a mani nude... ma prima dovevano uscire dalla cantina.

Quindi ecco il piano: Rocco che lanciava Ace in alto, fuori dalla botola, nell'istante in cui veniva rimosso il blocco o qualcuno apriva il portello. Anche con il polso malandato, Rocco aveva ancora abbastanza forza nella parte superiore del corpo.

Sapevano che c'era un alto rischio di fallimento, ma non avevano altra scelta. Ace avrebbe fatto del suo meglio per affrontare chiunque si fosse trovato davanti, al di là della botola aperta, o almeno avrebbe cercato di bloccare qualche proiettile finché Rocco non fosse riuscito a far salire Gumby per assistere Ace. Poi i due avrebbero gettato una corda per far salire Rocco e farlo unire alla mischia.

Era un piano pericoloso e pieno di incognite, ma era il meglio che potessero escogitare in quelle circostanze. Avevano praticato quell'azione, "lanciare un compagno fuori da una buca", durante l'addestramento in California; era una mossa concepita perché era giunta l'informazione che i talebani avevano iniziato a scavare buche nel deserto, dentro ci buttavano i nemici nella speranza che morissero di sete e che i loro corpi si decomponessero senza che nessuno se ne accorgesse. Così Rocco e il resto della squadra si erano consultati con Wolf, Abe, Cookie, Mozart, Dude e Benny e avevano trovato un modo per uscire da quasi tutte le buche.

Avevano eseguito una versione modificata per far uscire Caite dalla cabina dell'ascensore...

Accidenti, era successo solo pochi giorni prima? Sembrava molto di più.

In pratica, un uomo stava in piedi sulle spalle di un altro. L'uomo in basso avrebbe poi tenuto saldamente i piedi dell'altro uomo e si sarebbe accovacciato. Al momento opportuno, si sarebbe alzato verso l'alto e avrebbe esteso le braccia, l'uomo in cima avrebbe saltato; così l'altezza combinata dei due, unita alla forza dello slancio, avrebbe potuto spingere il primo uomo verso l'alto fino a fargli raggiungere un'altezza di circa sei metri... se la mossa veniva eseguita correttamente.

Si erano esercitati a lungo nella palestra della base, in California. Si erano scambiati i partner e ognuno aveva assunto entrambe le posizioni, per familiarizzare con entrambi i ruoli.

A causa della caviglia malmessa, Gumby non poteva stare sotto, ma poteva essere lanciato verso l'alto. Rocco sapeva che la mossa gli avrebbe fatto male al polso, ma poteva sopportarlo. Ciò che contava era uscire da quel maledetto buco.

In quel momento, però, erano bloccati finché qualcuno (cattivo, buono, un passante a caso; non aveva importanza) non apriva la botola. Non sarebbero andati da nessuna parte finché qualcuno non avesse rimosso qualsiasi cosa stesse tenendo bloccata la botola.

"Qualche rimpianto?" chiese Ace a bassa voce mentre restavano in attesa seduti.

Rocco pensò subito a Caite. "Non saprà mai perché non

sono andato al nostro appuntamento," mormorò. "Penserà che le ho dato buca."

I suoi amici non replicarono. Non c'era nulla *da* dire. Avevano capito a chi si riferisse Rocco, e aveva ragione. Nessuno le aveva detto niente sulla missione segreta in cui erano coinvolti. Diavolo, nessuno ne sapeva nulla. Rocco sarebbe passato semplicemente come l'uomo che le aveva chiesto di uscire e poi l'aveva piantata in asso. Tremendo.

"Ho sempre voluto un cane," disse Gumby.

Nessuno lo prese in giro o gli disse che era un pazzo per aver pensato a un cane proprio prima di essere ucciso.

"Quando ero piccolo, ci siamo trasferiti troppo spesso e il mio vecchio si rifiutava di lasciarcene prendere uno, dicendo che era troppo difficile ottenere un buon alloggio in marina, con un cane al seguito. Ma mi sono sempre piaciuti i cani. Mi sono detto che non era giusto prendere un animale domestico stando via così tanto ma dannazione, vorrei averlo fatto comunque."

"Di che razza?" chiese Rocco.

"Un pitbull," disse immediatamente Gumby. "So che hanno una cattiva reputazione, ma ne ho incontrati di molto dolci, ex cani da combattimento. Non sto dicendo che sono tutti teneroni, ma ho sempre voluto dare una seconda possibilità a uno di loro. Sì, insomma... Mostrargli cosa significasse avere un padrone compassionevole e gentile."

Rimasero in silenzio per un momento. Né Ace né Rocco trovarono le parole per incoraggiare il loro amico. Sapevano che non sarebbero servite.

"Mi dispiace che non avrò mai figli," disse Ace dopo un po'. "Ho sempre pensato che avrei avuto molto tempo per sistemarmi."

"Quanti ne vorresti?" chiese Rocco.

"Tutti quelli che mia moglie vorrebbe concedermi," fu la sua risposta. "Non mi importa se sono maschi o femmine.

Crescendo come figlio unico, ho sempre invidiato i miei amici che avevano famiglie grandi e chiassose. Ora che i miei genitori sono morti, non mi rimangono molti parenti. Ho sempre voluto avere un sacco di bambini in modo che nessuno si sentisse mai solo."

Di nuovo, nessuno rispose e regnò il silenzio.

La cantina era sorprendentemente insonorizzata. Non riuscivano a sentire nient'altro che i loro respiri e l'acqua che gocciolava da qualche parte.

Anche se erano fiduciosi delle loro capacità di combattimento, tutti e tre sapevano che si trovavano in condizioni estremamente sfavorevoli. Forse se ci fossero stati anche Bubba, Rex e Phantom sarebbero stati in grado di escogitare un piano diverso per *cavarsela*. Diavolo, Phantom probabilmente avrebbe trovato qualche scappatoia. Ma tra loro tre, l'atmosfera era pesante e piena di pensieri.

Rocco non era pronto ad arrendersi. Un SEAL non si arrendeva mai fino alla fine, ma era anche realista.

Mi dispiace, Caite. Spero che tu possa trovare un uomo in grado di apprezzare la luce che splende in te.

———

Erano le undici e mezza di sera e sembrava ancora che fuori ci fossero almeno trentacinque gradi; Caite stava sudando copiosamente. L'*hijab* prudeva e l'*abaya* continuava ad avvolgersi intorno alle gambe, minacciando di farla inciampare ad ogni passo. Lei non era abituata a camminare con tutto quel tessuto in più.

Si concentrò sulla temperatura, piuttosto che sulla paura. C'era una ragione se le autorità americane dichiaravano quella parte della città *off-limits*; Caite aveva già assistito a scene che pensava succedessero solo nei film. Prostitute ad ogni angolo, uomini che si drogavano per strada, un'enorme rissa fuori da un bar e persino quella che sembrava essere una donna che veniva violentata in un vicolo buio.

Il tassista si era rifiutato di inoltrarsi nella periferia del quartiere dove voleva andare lei. Aveva avuto pietà di Caite e le aveva dato le indicazioni per arrivare al negozio; anche quando lei gli aveva offerto cento dollari, lui si era rifiutato di portarla fino a quell'indirizzo.

Così Caite finì per percorrere da sola l'ultimo tragitto di circa un chilometro e mezzo fino al negozio. Continuava a guardarsi alle spalle per vedere se era seguita, anche se non riusciva a vedere un bel niente.

Si sentiva estremamente paranoica e stava decisamente sfidando la fortuna. Era stata fortunata fino a quel momento, ma sapeva che la sua fortuna si sarebbe esaurita, prima o poi.

Continuava a ripensare alle parole carpite dai fratelli Bitoo durante la conferenza. Qualcuno doveva aver visto Rocco, Ace e Gumby entrare nel negozio e aveva contattato i cinque fratelli. Altrimenti come avrebbero potuto organizzarsi per andare al negozio del padre e tendere un'imboscata a Rocco e agli altri? E se qualcuno aveva visto i SEAL della marina, che probabilmente erano molto bravi a *non* farsi vedere, sicuramente quel qualcuno avrebbe visto *lei*. Le donne non potevano uscire da sole, dovevano sempre essere accompagnate da un uomo. Entrambi i tassisti le avevano fatto la predica su quel punto.

Non importava che stesse fingendo di essere del posto. Anzi, probabilmente era peggio fingersi una donna locale che palesarsi come straniera... Ma ormai era troppo tardi per avere ripensamenti.

Trattenendo il respiro, Caite si affrettò lungo il marciapiede, ignorando il sudore che le colava sulla schiena. Sotto l'*abaya* indossava una canottiera nera e dei leggings, le sembrava di indossare un cappotto di lana in piena estate; pensava che, se si fosse tolta la canottiera, avrebbe potuto letteralmente strizzarla, talmente era fradicia di sudore. Non desiderava altro che togliersi tutto e sedersi davanti a un ventilatore acceso.

Così concentrata su quanto avesse caldo, Caite quasi non si rese conto di essere arrivata a destinazione. C'erano diversi edifici a un piano, distavano tra loro circa mezzo metro, offrendole lo spazio sufficiente per infilarsi e raggiungere il lato posteriore... o perché qualcuno si nascondesse e le tendesse un'imboscata.

Rabbrividendo al pensiero, Caite si guardò intorno, cercando di trovare l'edificio giusto.

Eccolo lì. Nascosta tra quello che sembrava essere un barbiere e una specie di tabaccheria c'era un'insegna rotta e sbiadita con la scritta "Alimentari Bitoo." La saracinesca di metallo era abbassata sulla facciata, protetta da un grande lucchetto. L'edificio era in rovina come gli altri, sembrava che potesse crollare alla prima tempesta di polvere.

Dato che non poteva entrare dall'ingresso principale e voleva togliersi dalla strada, Caite fece un respiro profondo e si tuffò nel vicolo buio accanto al negozio. Puzzava di urina e cibo in decomposizione, ma non si fermò ad esaminare ciò che stava calpestando. Sperava solo di non inciampare in qualcuno che dormiva tra gli edifici.

Tirò un sospiro di sollievo quando raggiunse il retro, non fu sorpresa di constatare la mancanza di un lampione a illuminare la zona. Lo scenario era ancora più inquietante della facciata del negozio, ma al momento l'oscurità era sua alleata. Non voleva proprio che qualcuno la vedesse, la molestasse... o la facesse arrestare.

Sul retro c'era una porta di legno che sembrava promettente. Girò la maniglia e spinse, rimanendo delusa quando non accadde nulla. Sapendo che non avrebbe potuto aprire quella porta ma convinta di non essere arrivata fin lì per fallire, studiò la finestrella lì di fianco. Poteva romperla ed entrare, ma rompere il vetro avrebbe fatto molto rumore e non poteva rischiare di attirare l'attenzione su di sé.

Caite si avvicinò alla finestrella e spinse, tanto per provare.

Si aprì così in fretta che Caite perse l'equilibrio e quasi sbatté la testa contro il davanzale.

Guardò con enorme sorpresa la finestra che si era appena aperta. Le arrivava alle spalle, non sarebbe stato facile passare, ma incoraggiata dalla rapidità con cui aveva trovato un modo per entrare, Caite trascinò una scatola maleodorante più vicino alla finestra. Non aveva idea di cosa contenesse, ma il fetore era orribile. Trattenendo il respiro, calpestò con cautela la scatola chiusa e pregò che non cedesse, costringendola a sfiorare con il piede qualsiasi diavoleria emanasse un tanfo tanto terribile.

Muovendosi rapidamente, appoggiò le mani sul davanzale e saltò. Atterrò con la pancia sul legno, sentendo il materiale che le scavava nello stomaco, ma ignorò la leggera punta di dolore e si dimenò per spingersi dentro il negozio.

All'interno era buio e c'era un forte odore di incenso. La quiete era snervante, ma Caite non si fece scoraggiare. Non sapendo come altro entrare, si spinse del tutto, atterrando con mani e ginocchia sul freddo pavimento. L'atterraggio nella stanza silenziosa produsse un suono secco; Caite trattenne il respiro per alcuni secondi, cercando di determinare se qualcuno l'avesse sentita da fuori.

Non sentendo nessuna voce, si alzò in piedi e si voltò per chiudere la finestrella. La scatola sotto la finestra era un indizio sufficiente per far capire che qualcuno era entrato da lì; non voleva lasciare anche la finestra aperta.

Il secondo prima di lasciare il proprio appartamento, Caite aveva preso una piccola torcia; l'accese dopo averla tirata fuori dalla parte posteriore dei leggings.

Guardandosi intorno nel negozio, fu colpita dalla scarsa

quantità di cibo. Non c'erano verdure fresche sugli scaffali, ma solo alcune lattine di cibo in scatola. C'erano alcuni sacchetti di patatine e delle bottiglie d'acqua su uno scaffale, e poi basta. C'erano tanti altri articoli in vendita, la maggior parte le sembravano delle cianfrusaglie. Quel negozio le ricordava un grande mercatino dell'usato: sugli scaffali c'erano quelle che sembravano essere pentole e padelle usate, insieme ad altri articoli da cucina. C'era anche un ripiano pieno di vestiti che avevano visto giorni migliori.

Caite perse rapidamente interesse negli articoli venduti dal signor Bitoo. Era lì per un motivo ben preciso. Camminando in punta di piedi sul pavimento (il che era sciocco, considerando che non c'era nessuno in giro che potesse vederla) Caite notò un grande tavolo sistemato al centro. Aveva un'ampia gamba centrale che si svasava leggermente verso quattro supporti e sembrava fatto di cemento o di pietra.

Sopra il tavolo c'erano sculture di legno e alcuni batik, i tipici tessuti africani che aveva visto dai venditori ambulanti fuori dalla base. Caite si rese conto che probabilmente si trattava degli oggetti africani citati da uno dei fratelli Bitoo.

Si inginocchiò davanti al tavolo e fece scorrere le mani sul pavimento. Sentendo quella che sembrava proprio una maniglia, puntò la torcia. Sì! C'era un piccolo anello quasi nascosto sul pavimento sporco e graffiato del negozio.

Caite fu invasa da un sollievo travolgente. Ce l'aveva fatta! Aveva trovato Rocco, Ace e Gumby!

Voleva chiamarli e avvisarli della sua presenza, dicendo anche che avrebbe aperto la botola per farli uscire, ma rimase in silenzio. Non aveva idea di quanto fossero spessi i muri, non voleva farsi sentire urlare.

Si alzò così velocemente che sbatté la testa sulla parte inferiore del tavolo. Gemette e si portò una mano sulla nuca, chiuse gli occhi per un secondo, cercando di trattenere l'urlo di dolore che minacciava di scapparle.

Quando il dolore si ridusse a un livello sopportabile, lei si allontanò lentamente da sotto il tavolo e cercò di spingerlo via dalla botola nel pavimento.

Non si mosse.

Imprecando ci provò di nuovo, grugnendo per lo sforzo di far scivolare il tavolo lontano dalla botola. Tutto il peso era concentrato sul supporto centrale del tavolo; era troppo pesante per lei... Accidenti.

Cominciò a togliere alcuni oggetti e a riporli sul bancone, sperando di alleggerire il tavolo e riuscire a spostarlo.

Dopo circa cinque minuti, cercò di nuovo di spingere il tavolo lontano dalla botola.

"Dannazione!" squittì, quando si rese conto che il tavolo di pietra era *ancora* troppo pesante da spostare. Ma non concepiva il pensiero di essere arrivata fin lì per poi fallire, per nessun motivo al mondo.

Muovendo la torcia in giro per la stanza cercò qualcosa, *qualsiasi* cosa potesse aiutarla a spostare quel tavolo ingombrante.

Per poco le sfuggì.

Eccolo. Individuò un rotolo di corda nuovo di zecca dietro tre enormi vasi, era ancora avvolto nella plastica.

Caite si avvicinò con qualche difficoltà a quell'oggetto e lo raccolse. Lo scartò rapidamente, sentendosi improvvisamente in colpa: il povero signor Bitoo non aveva idea di cosa stessero facendo i suoi figli. Al momento era tornato a casa in Gabon, almeno da quello che aveva sentito.

Infilò una mano nella tasca dell'*abaya* (una delle ragioni per cui aveva scelto quel vestito, invece di altri più belli tra quelli offerti sulle bancarelle; non le piaceva indossare abiti che non avessero le tasche) e tirò fuori una banconota da cinque dollari. Si era assicurata di portare molti contanti per poter pagare i taxi. Mise la banconota sulla mensola, proprio dove aveva preso la corda.

Sentendosi meglio per non aver rubato, Caite si affrettò a srotolare la corda. Legò un'estremità intorno al supporto centrale del tavolo e avvolse l'altra intorno a un enorme rocchetto di legno nelle vicinanze.

Poi tirò la corda con tutta la sua forza, come se fosse una specie di carrucola.

All'inizio non pensava che avrebbe funzionato, ma lentamente, sempre più lentamente, il tavolo cominciò a muoversi. "Dai, dai," mormorò, continuando a tirare la corda con vigore.

Finalmente, *finalmente* il tavolo si spostò abbastanza dal punto dove Caite aveva individuato la botola.

Sentendosi orgogliosa di se stessa e compiaciuta, si avvicinò al portello.

Distratta dal sudore sotto le braccia che le inzuppava la canottiera e le colava sulla nuca sotto il caldo *hijab*, Caite non era preparata al fatto che la botola si aprisse.

Il suono prodotto dal portello, quando si schiantò contro il pavimento, fu a dir poco assordante.

Ma il problema più grande fu il grande uomo volato fuori dalla botola verso di lei.

Strillando di sorpresa, Caite fece un passo indietro e inciampò nel lungo materiale della sua *abaya*, cadde all'indietro nello stesso momento in cui l'uomo le afferrava la gola; entrambi caddero a terra con uno schianto.

"Avete sentito?" sussurrò Gumby.

"Sì," disse Ace.

Allo stesso tempo, Rocco disse: "Diavolo, sì."

"Sono tornati," disse inutilmente Gumby.

I tre uomini seguirono il movimento sopra di loro grazie al rumore dei passi.

"Sembra una sola persona," disse Ace. "Uno di loro potrebbe essere stato così stupido da tornare da solo?"

"Forse vuole le tavolette e sta per fare il doppio gioco con i fratelli," suggerì Rocco.

"Potremmo uscirne tutti interi, dopotutto," disse Ace, ovviamente impaziente.

"Non fare il cazzone," lo avvertì Rocco. "Gli altri potrebbero essere fuori."

Sentirono dei grugniti sopra di loro, oltre al fruscio delle cose che venivano spostate.

"Cosa sta facendo?" sussurrò Ace.

"Non ne ho idea. Sei pronto?" gli chiese Rocco.

Ace annuì, Rocco salì lentamente sulla scaletta che avevano posizionato sotto la botola. Guardò in alto e si assicurò di essersi posizionato perfettamente. Se avesse sbagliato a lanciare Ace, avrebbe potuto ferire seriamente il suo amico.

Giunsero altri rumori di raschiamento dall'alto, capirono che si stava avvicinando il momento. Chiunque fosse lassù stava spostando il tavolo dalla botola. Una volta rimosso, Ace avrebbe avuto solo pochi secondi per prenderlo di sorpresa e disarmarlo. L'obiettivo non era quello di uccidere qualcuno, ma non avrebbero esitato a farlo se necessario.

Ace si arrampicò dietro Rocco e gli salì con sicurezza sulle spalle. "Tutto a posto?" chiese Ace.

"Sì," rispose Rocco. Sentì la mano di Gumby sulla schiena per stabilizzarlo. Dopo aver lanciato Ace, Gumby avrebbe preso il suo posto e Rocco avrebbe lanciato anche lui fuori dalla botola. Poi avrebbe dovuto attendere che uno dei compagni gli buttasse giù una corda per farlo salire e unirsi alla lotta.

Ace alzò un piede, Rocco piegò il braccio e mise la mano sotto lo stivale di Ace. Poi fece lo stesso con l'altro. Piegò lentamente le ginocchia, pronto a mettere quanta più energia possibile per lanciare Ace verso l'alto.

"Ci siamo quasi...." disse Ace. Lo sguardo di Rocco era fisso sul gradino della scala di fronte a lui. Si fidava del fatto che Ace sapeva riconoscere il momento giusto.

"Pronto?" chiese Ace a bassa voce.

"Pronto," confermò Rocco.

"Al tre. Uno. Due. *Tre!*"

Nell'istante in cui l'ultima parola lasciò la bocca di Ace, Rocco grugnì e si tirò su più forte che poteva, raddrizzò le braccia e sentì Ace spingersi su con un grande salto. La botola si aprì con uno schianto enorme.

Rocco non alzò nemmeno lo sguardo, si accovacciò immediatamente e si preparò per far salire Gumby. Sapeva che l'amico soffriva per il dolore alla caviglia, ma l'avevano fasciata alla buona con quello che avevano trovato in cantina. Sapeva anche che Gumby non si sarebbe mai lamentato; avrebbe fatto del suo meglio, come sempre.

"Pronto," disse Gumby con sicurezza.

"Al tre," disse Rocco. "Uno. Due. Tre!"

Poi, ancora una volta, scattò verso l'alto. Quella volta fu un po' più imbarazzante perché Gumby era più alto e pesante di Ace, e Rocco non aveva il lusso di avere ancora qualcuno che lo sostenesse da dietro, come aveva fatto Gumby poco prima. Ma Gumby riuscì a saltare fuori dalla cantina senza problemi.

Rocco spostò rapidamente la scaletta e guardò in alto, restando in attesa.

Ci vollero diversi istanti... e Rocco non sentì alcun rumore bellicoso. Aveva sentito solo il tonfo quando Ace era uscito dalla botola, poi uno strillo di sorpresa... e poi niente.

Dopo quella che sembrò un'eternità, Gumby fece capolino dal bordo della botola, calò lentamente una scala di corda e gli disse: "Non dimenticare le tavolette."

"Tutto bene?" chiese Rocco.

"Tavolette, Rocco," ripeté Gumby, senza rispondergli.

"Cazzo," mormorò Rocco, voltandosi per afferrare la scatola contenente gli inestimabili reperti. Il polso lo tormentava ma lo ignorò, tenendo la scatola stretta sotto un braccio e salendo la scala ondeggiante come se fosse un gioco da ragazzi.

La vista che lo accolse quando raggiunse la cima lo fece bloccare immediatamente.

Gumby gli mise una mano sul braccio e disse: "Sta bene, amico. Non farti prendere dal panico."

"*Ma che cazzo?*" chiese Rocco.

Una donna giaceva sul pavimento. Ace era inginocchiato accanto a lei, le teneva una mano sulla spalla. Lei sbatté le palpebre e alzò lo sguardo verso di lui.

"Ciao, Rocco."

"*Caite?*" chiese Rocco, non capendo cosa diavolo stesse succedendo. Non riusciva a concepire che la persona stesa sul pavimento non fosse uno dei fratelli Bitoo, bensì una donna. Una donna che indossava un'*abaya* tradizionale e un *hijab*.

Caite.

Era *Caite*.

Lei si sedette lentamente, emettendo un gemito.

In pochi secondi, Rocco appoggiò la scatola di tavolette sul pavimento come se quei reperti non valessero milioni di dollari e si precipitò al fianco di Caite, le mise un braccio intorno alla schiena e l'aiutò a mettersi seduta. "Stai bene?"

"Sì. E *tu?*"

Rocco non era mai senza parole, aveva sempre qualcosa da dire, ma in quel momento non riusciva a pensare a come poter rispondere. Non poteva essere pronto a vedere Caite lì, vestita in quel modo. Faceva fatica a pensare.

"Dobbiamo andarcene da qui," disse Ace sottovoce. "Abbiamo fatto abbastanza rumore da far accorrere l'intero quartiere, soprattutto perché il negozio dovrebbe essere vuoto."

Rocco sapeva che il suo amico aveva ragione, ma non poteva muoversi. "Caite? Che diavolo ci fai qui? Come hai fatto a trovarci? Come sei vestita?"

Lei trasalì. "È una lunga storia. Una storia *molto* lunga."

"Una per cui non abbiamo tempo," lo avvertì Gumby. "Dobbiamo sparire."

"Dannazione," imprecò Rocco, ma si alzò in piedi. Fece alzare anche Caite e la guardò con attenzione. "Stai bene? Cos'è successo quassù?"

Lei non sostenne il suo sguardo, così Rocco guardò Ace.

"Ho fatto come previsto. Ho attaccato la prima persona che ho visto. Solo che lei stava già cadendo all'indietro. L'ho afferrata per la gola, sia per cercare di impedirle di cadere che per fermare il mio movimento in avanti. Siamo caduti entrambi sul pavimento e lei ha battuto la testa. Ma sta bene. Dobbiamo andare."

Rocco sapeva che la sua adrenalina non si era ancora placata, la sentiva scorrergli nelle vene. "Le hai messo le mani alla gola?" sibilò al suo amico.

"Rocco," disse Caite, mettendogli un palmo sulla guancia e cercando di convincerlo a guardarla. "Non sapeva che fossi io. Non mi ha fatto male. Sto bene."

Rocco amava la sensazione di quella manina sulla pelle. Il palmo gli solleticava la barba, facendogli venire voglia di appoggiarvisi. "Come fai a essere qui?" le chiese, ancora confuso oltre ogni immaginazione.

"Ho sentito i fratelli che dicevano di avervi gettato nella cantina del negozio del padre. Avevano intenzione di tornare domani sera per spararvi. Io... non sapevo con chi parlarne e il mio capo non mi ha dato retta. Non ero sicura di chi vi conoscesse, o chi sapesse *perché* siete qui. Così ho trovato l'indirizzo del negozio su uno dei documenti di registrazione della conferenza di uno dei fratelli e... beh, eccomi qui.”

Aveva omesso così tanti dettagli che Rocco non sapeva da dove cominciare.

“Non ora,” lo avvertì ancora una volta Gumby. “Dobbiamo andarcene da qui, cazzo. Io prendo le tavolette. Tu e Caite andate, io e Ace vi copriremo le spalle. Vi seguiremo finché non saremo fuori dal quartiere. Possiamo chiamare un taxi, ma visto che non abbiamo soldi, dovremo rubare un'auto.”

“Uhm... io ho dei soldi,” disse Caite esitando.

“Ma certo,” disse Gumby con un leggero sorriso. “Bene, allora vi seguiremo finché non troveremo un taxi. Potrebbe essere una lunga passeggiata, questo non è esattamente il miglior quartiere per i taxi.”

“Ho dovuto camminare un po' per arrivare fin qui. Il tassista si è rifiutato di avvicinarsi oltre,” disse Caite.

La testa di Rocco pulsava. Non poteva crederci, porca miseria. “Hai camminato in questo quartiere?! Da *sola*?”

Caite annuì.

“Cazzo! È un miracolo che tu sia arrivata tutta intera,” sibilò.

“Lo so.” Sembrava un po' frastornata.

Rocco si sentì davvero male. Non aveva intenzione di spaventarla, soprattutto quando era ovvio che lei conosceva bene quanto lui la pericolosità di quella zona.

Allora Rocco colpito da un pensiero. Caite non si era mai avventurata lontano dalla base perché si sentiva a disagio, eppure si era avventurata da sola in uno dei peggiori quartieri della città... perché *lui* aveva bisogno di aiuto.

Sapeva per certo che niente di quello che avrebbe mai potuto fare in vita sua sarebbe risultato coraggioso quanto quello che aveva compiuto Caite quella sera.

“Come facevi a sapere che stavano parlando di noi?” chiese a Caite, mettendole le mani sulle spalle; aveva bisogno di una risposta a quella domanda, prima di andare via. "Per quel che ne sai, potevano parlare di uno spacciatore del quartiere o di qualche altro stronzo."

"Vi hanno chiamato soldati. E hanno detto qualcosa sulla marina americana. Non ricordo bene tutto. Dopo che non ti sei presentato venerdì sera, ho controllato sul computer e ho visto che non avevi lasciato l'alloggio. Quindi eri ancora qui. Voglio dire, non ti avrei biasimato se fossi partito, ma poi quei tizi hanno iniziato a parlare di tre soldati, dicendo di volerli uccidere domenica sera e io... ho avuto la sensazione che foste voi tre. È stata una stupidaggine."

Rocco le mise un dito sotto il mento e le spinse leggermente la testa verso l'alto, in modo che fosse costretta a guardarlo negli occhi. Caite aveva il viso arrossato dal calore e la fronte imperlata di sudore. Rocco non poteva vederle altre parti del corpo; i capelli erano coperti dall'*hijab* e tutto il resto era avvolto nell'*abaya*. Ma i grandi occhi di Caite gli dissero tutto quello che aveva bisogno di sapere.

Ci era rimasta male quando lui non si era fatto vedere, proprio come temeva.

Rocco odiava il fatto di averla delusa, anche se non era stata colpa sua. "Non è stata una stupidaggine," le disse. "Ci hai salvato la vita, *ma petite fée*. Non sono sicuro che potremo mai ringraziarti abbastanza."

Quell'elogio la confuse. "Chiunque l'avrebbe fatto."

"Ti sbagli," le disse Rocco. Non stava mentendo. Fin troppe volte si erano imbattuti in persone che si preoccupavano più di salvarsi la pelle che di aiutare gli altri. Inclusi anche colleghi militari, SEAL e civili. Rocco poteva contare sulle dita di una mano il numero di persone che lo avevano sorpreso come aveva appena fatto Caite.

"Rocco..." lo avvertì Ace.

Rocco capì di non avere altro tempo. "Sei pronta a tornare al tuo appartamento?"

"Direi proprio di sì," disse lei, ovviamente sollevata dal cambio di argomento. "Non me ne andrò mai più da lì."

Rocco le sorrise.

"Vi seguiremo. Attireremo meno l'attenzione, se non stiamo tutti insieme."

"Oh!" disse Caite, che poi frugò nella sua tasca e tirò fuori alcune banconote, porgendole ad Ace. "Ecco. Ci sono sia dinari del Bahrain che banconote americane. Non ero sicura di cosa avrebbero accettato i tassisti."

Ace allungò la mano e prese la mazzetta di denaro. La sfogliò, prendendone la metà, poi diede il resto a Rocco. "Meglio che tu prenda questi, non si sa mai."

Rocco annuì. Non voleva che Caite fosse sorpresa con dei soldi in tasca. Sarebbe stato un miracolo se fossero riusciti a tornare alla base senza incontrare alcuni dei residenti più sgradevoli della città.

"Ci vediamo alla base, Rocco," disse Gumby.

Lui annuì. Dovevano portare le tavolette al comandante Horner e fare rapporto. "Stai bene con quella caviglia?" chiese all'amico.

Gumby sorrise. "Una passeggiata."

Rocco sapeva che l'amico stava minimizzando l'infortunio, ma non potevano farci un bel niente in quel momento. Dovevano tornare subito alla base, c'erano anche le altre ferite da controllare.

"Fate attenzione," disse Caite.

"Anche voi," risposero in coro Ace e Gumby.

Rocco guardò Ace slegare rapidamente la corda dal tavolo e dal rocchetto per poi riporre la corda sotto uno degli scaffali. Gumby tirò su la scala di corda dalla cantina e l'appese a un gancio sul muro. Ace chiuse la botola e aiutò Gumby a riportare il tavolo al suo posto. Riposero con noncuranza l'artigianato africano al suo posto originale.

"Ecco. Sembra tutto come prima, ci farà guadagnare un

po' di tempo. Quando i fratelli Bitoo guarderanno giù, domani sera, avranno una bella sorpresa," scherzò Ace. "Si chiederanno per giorni come diavolo abbiamo fatto a scappare."

"Come hai fatto a entrare qui?" chiese Gumby a Caite.

Lei indicò la finestrella. "Era aperta."

"Dannazione," disse Ace e scosse la testa. Si spostarono tutti verso l'uscita, Ace si dileguò per primo. Il passaggio era stretto, ma niente di impossibile. Gumby lo seguì.

Quando Rocco rimase da solo con Caite, le prese il viso tra le mani e appoggiò la fronte contro quella di lei. "Sono incazzato con te," le disse teneramente.

"Lo so," gli rispose lei aggrappandosi agli avambracci di Rocco con una stretta forte.

"Avresti potuto essere uccisa."

"Lo so," ripeté lei.

"Stuprata."

"Uh-huh."

"Costretta a prostituirti."

Lei annuì.

"Grazie," le disse in un sussurro. Rocco aveva seriamente pensato di non rivedere mai più né lei, né nessun altro. Aveva accettato l'idea di morire ed era pronto ad andarsene combattendo. Ma vedere Caite sdraiata per terra, nell'ultimo posto in cui si sarebbe aspettato di vederla, gli aveva fatto capire quanto *non* fosse pronto a morire.

"Non c'è di che," gli sussurrò lei.

"Roc?" sussurrò Ace da fuori. "Falla uscire."

"Pronta ad uscire da qui?" le chiese Rocco.

"Dio, sì," disse lei con entusiasmo.

Sapendo che se l'avesse baciata in quel momento non sarebbe stato in grado di limitarsi a un casto bacetto sulle labbra, si tirò indietro e la girò verso la finestra. "Metti le braccia sopra la testa. Fai finta di tuffarti dalla finestra. Ace e

Gumby saranno lì per afferrarti. Tieni il corpo teso finché non sei fuori. Capito?"

Lei annuì e puntò doverosamente le braccia in alto. Rocco la sollevò facilmente e lei fece esattamente come ordinato; in pochi secondi si trovò fuori dal negozio.

Dandosi un'ultima occhiata in giro e scuotendo la testa, Rocco la seguì. Prima faceva allontanare Caite da quella zona malfamata e la riportava a casa, meglio era. Aveva un sacco di domande da farle, ma non prima di essere al sicuro. Voleva sapere cosa diavolo stesse succedendo più di quanto volesse il suo prossimo respiro, ma avrebbe aspettato. La sicurezza di Caite veniva prima di tutto. Punto.

CAPITOLO SEI

Caite si lasciò sfuggire un sospiro di sollievo quando il taxi raggiunse il complesso del suo appartamento, vicino alla base. C'erano stati diversi momenti in cui aveva pensato di non farcela a tornare tutta intera.

Ma guardando Rocco non poteva dirsi dispiaciuta di aver corso quel rischio. Era ferito, ma c'era in lui un tratto tipico di molti soldati e marinai: non si era mai lamentato, neanche un secondo, nonostante avesse un occhio gonfio e dei lividi allarmanti sul viso.

Rocco non aveva avuto alcun problema ad aiutarla a uscire dalla finestrella del negozio di alimentari, ma si era agitato spesso sul sedile. Se aveva la faccia così conciata, Caite pensò che probabilmente anche il resto del corpo era ricoperto di lividi. Aveva anche tutti i capelli scombinati, se Caite si fosse imbattuta in lui con quell'aspetto, probabilmente sarebbe andata velocemente nella direzione opposta.

Il taxi si fermò e lei scese, aspettando che Rocco facesse lo stesso. Erano riusciti per un pelo a scappare dalla zona del negozio del signor Bitoo. Un gruppo di uomini li aveva seguiti da quando erano usciti per strada; Rocco l'aveva fatta marciare a passo spedito per quasi due chilometri. Gli uomini dietro di loro avevano continuato a urlare insulti e minacce.

Avevano detto loro cose in arabo, poi in inglese e persino in francese. Rocco non aveva reagito in alcun modo, si era comportato come se non li avesse neanche sentiti, ma il modo in cui teneva stretto il braccio di Caite smentiva il suo aspetto apparentemente rilassato. Aveva i muscoli contratti e a un certo punto le aveva sussurrato di scappare se fosse successo qualcosa.

Eh, come no. Caite non aveva rischiato la vita per trovarlo e salvarlo, solo per far sì che Rocco venisse accoltellato per strada. No. Se quegli uomini avessero fatto una mossa, lei sarebbe stata pronta a fare tutto il possibile per aiutare.

Ma alla fine non era stato necessario fare nulla. Era passato un taxi provvidenziale proprio quando la situazione stava per precipitare. Rocco si era letteralmente messo davanti all'auto, costringendo l'autista a fermarsi o a investirlo. Non fu sorprendente vedere come l'autista si fermò e seguì le indicazioni di Rocco, aspettando il tempo necessario per farli salire entrambi a bordo. Il SEAL della marina era enorme, ferito e furibondo.

Rocco aveva fatto entrare Caite e non aveva nemmeno avuto bisogno di dire all'autista di andare a tutto gas. Appena chiusa la portiera, il taxi era sfrecciato via, lasciandosi dietro il gruppo di uomini che urlavano e agitavano i pugni.

Caite sperava che anche Ace e Gumby fossero riusciti a trovare un taxi, ma quando aveva aperto la bocca per chiedere a Rocco quali fossero le probabilità che i suoi amici stessero bene, lui aveva scosso la testa e aveva fatto un cenno verso il tassista; Caite aveva capito che non era ancora il momento giusto per parlare, così si era morsa un labbro e aveva cercato di controllare il proprio respiro.

Rocco le aveva preso la mano e l'aveva tenuta stretta per tutto il viaggio di ritorno verso la base.

Nel momento in cui uscirono dal taxi, questo ripartì immediatamente, dirigendosi di nuovo verso il centro di Manama.

Rocco accompagnò Caite fino a una zona illuminata, vicino alle porte che conducevano al complesso di appartamenti, poi si voltò verso di lei. "Non ho molto tempo, Caite, ma ho bisogno di sapere come ci hai trovati."

Facendo un respiro profondo, lei gli raccontò di nuovo il tutto in modo sintetico.

Quando ebbe finito, Rocco si acciglìò. "Non posso credere che tu ci abbia trovato con così poche informazioni."

Caite si strofinò stancamente una tempia. "Ora non riesco a ricordare assolutamente tutto quello che hanno detto. Ero spaventata e avevo paura che si rendessero conto che potevo capire quello che stavano dicendo. È tutto un po' confuso, se devo essere onesta. Ricordo solo i pezzi che ti ho detto. Poi ho cercato i documenti della conferenza e ho trovato l'indirizzo del negozio. Ho avuto tanta fortuna."

"Sei sicura di non ricordare altro?" chiese Rocco.

Caite si acciglìò. Era sconvolta dopo tutto quello che era successo, le sembrava che fossero passate settimane da quando aveva origliato per caso la conversazione dei fratelli Bitoo. Scosse la testa.

"Ok, non preoccuparti. Sono sicuro che se più tardi ti ricorderai qualcosa di importante me lo farai sapere, vero?"

"Assolutamente." Caite dubitava ci fosse altro da ricordare; anzi, a quel punto voleva solo dimenticare tutto. "Vuoi salire?" gli chiese, cambiando argomento.

Lui la guardò con un'espressione indecifrabile. Da un lato, Caite sapeva che Rocco aveva delle faccende da sbrigare... ma non voleva ancora lasciarlo andare.

"Vorrei poterlo fare."

Caite fece una smorfia. "Giusto." Poi cercò di fare un

passo indietro, ma lui le strinse la presa sulla mano (che non aveva mai lasciato andare negli ultimi venti minuti).

"Fermati," le ordinò.

Caite rimase immobile.

"Non c'è niente che desideri di più che venire nel tuo appartamento e passare del tempo con te. Se potessi, ti chiederei di prepararmi un enorme panino, perché sto morendo di fame dopo aver mangiato la merda che c'era in quella cantina. Mi siederei sul tuo divano e tu mi racconteresti ogni secondo di ogni *minuto* che è passato da quando non mi sono presentato al nostro appuntamento. Dopo averti strappato la promessa che non avresti mai, *mai* più fatto qualcosa di così sconsiderato e pericoloso, ti seguirei nel tuo bagno, ti spoglierei e mi assicurerei di pulirti dalla testa ai piedi. Poi ti porterei a letto e ti mostrerei esattamente quanto sono orgoglioso di te, facendo l'amore per il resto della notte."

Caite lo fissò con occhi enormi. Sentì il cuore che iniziava a martellarle nel petto, spostò il peso da un piede all'altro.

Voleva tutto. Voleva ogni singola situazione descritta da Rocco.

Lei non aveva mai avuto un'avventura di una notte, prima di quel momento; le parole di Rocco avrebbero potute sembrare inquietanti e troppo sfacciate, ma dopo quello che avevano vissuto e quello che lei aveva fatto per lui, le sembravano semplicemente... giuste. Voleva sentirlo dentro di sé, sapere nel modo più carnale possibile quanto lui fosse ancora vivo e vegeto.

Quella notte i SEAL della marina avevano rischiato grosso. Caite sapeva bene quanto fossero stati fortunati. Se non avesse conosciuto il francese, o se non fosse stata attenta, o se qualcuno l'avesse fermata, o se non avesse avuto un'*abaya* da indossare... c'erano tanti dettagli che potevano andare storti. Ma non era successo. Quindi Caite voleva celebrare la vita nel modo più elementare possibile: facendo del gran sesso.

"...ma non posso."

Quelle ultime parole furono come una doccia fredda per Caite, spegnendo la fantasia erotica di loro due che si rotolavano tra le lenzuola.

Voleva protestare e dirgli che poteva farlo, che aveva bisogno di lui. Invece, si leccò le labbra e aspettò che lui continuasse.

"Ace e Gumby mi stanno aspettando. Dobbiamo portare quelle tavolette alle autorità e parlare con il nostro comandante per dirgli cosa è successo. Dovremo partecipare alle riunioni con le autorità locali e fornire le nostre deposizioni. Mancano ancora quattro tavolette, i fratelli dovranno essere convocati e interrogati. Ci sono mille compiti da svolgere... anche se nessuno di questi sembra essere più importante di te, in questo momento. Voglio che tu lo sappia. Ma non ho scelta, devo fare quello per cui sono venuto qui."

"Dovrò testimoniare o parlare con qualcuno?" gli chiese.

Rocco scosse la testa. "No. Basta. Devi starne fuori. Voglio che *nessuno* sappia che hai avuto a che fare con questo pasticcio. Non perché non sia orgoglioso di te, anzi, ma perché ti voglio al sicuro. Starai qui per almeno altri otto mesi. L'ultima cosa che voglio è che qualcuno ti prenda di mira per vendicarsi."

Caite non ci aveva nemmeno pensato, quella prospettiva era agghiacciante. Annuì e gli chiese: "Come dirai che sei uscito dalla cantina?"

"Diremo solo che ci abbiamo messo un po' a riprenderci, abbiamo escogitato un piano per raggiungere la botola che si è aperta subito."

Caite non era sicura che il comandante Horner ci avrebbe creduto, ma non contraddisse Rocco.

"Stai bene?" le chiese dolcemente.

"Sì. Tu?"

"Sono vivo, il fatto di essere vivo è più di quanto potessi sognare quando si è aperta quella stupida botola," le disse. "È difficile sorprendere un SEAL della marina, Caite, invece stasera tu ne hai sorpresi tre."

"Mi dispiace." Era la prima volta che lui ammetteva di essere un SEAL.

"Non dispiacerti," le disse immediatamente. Le portò una mano alle labbra. "Non dimenticherò mai quello che hai fatto per noi. Per *me*."

Sembrava che le stesse dicendo addio, facendo sentire Caite uno schifo.

"Quindi ci siamo?" gli chiese, non riuscendo a trattenersi.

"Cosa?"

"È un addio?"

"Per ora," le disse tristemente. "Saremo occupati con riunioni e rapporti, poi torneremo a casa negli Stati Uniti e dal resto della nostra squadra."

"Oh."

"Ma questo non significa che quando torni a casa non mi piacerebbe incontrarti, bere qualcosa, portarti fuori per quella cena che non siamo riusciti a fare ieri sera." Rocco apparve esitante, come se temesse un rifiuto da parte di Caite.

"Mi farebbe piacere," disse subito lei.

"Ti darò il mio numero," disse Rocco. "Ma solo se prometti di usarlo. Non costringermi a usare le mie conoscenze per darti la caccia," scherzò.

"Pensi che saresti in grado di trovarmi?" gli chiese.

"Assolutamente. Se mi dai il minimo incoraggiamento, *ma petite fée*, non riuscirai a liberarti di me."

"Non mi conosci nemmeno," protestò lei, anche se le piaceva sentirselo dire.

"Col cavolo," ribatté lui. "So tutto quello che devo sapere

per essere assolutamente certo di volerti rivedere. Voglio portarti fuori e vedere come potrebbe svilupparsi una relazione tra noi... e non sto parlando solo di sesso. Non ho dubbi che in quel campo saremo esplosivi."

Lei arrossì. "Non puoi saperlo."

"*Ma petite fée*, ogni volta che ti sono vicino mi eccito di più tenendoti la mano di quanto possa ricordare di aver provato con qualsiasi altra donna in passato. Stando a quei due baci che ci siamo dati, non avremo problemi a letto."

In effetti, Rocco aveva ragione. Anche lei aveva provato la stessa cosa; era una delle ragioni per cui era stata così delusa e ferita quando lui non si era presentato per l'appuntamento.

"Se ti do il mio numero, te lo ricorderai?" le chiese.

Lei annuì.

Le disse il proprio numero di telefono, facendoglielo ripetere più volte prima di essere sicuro che se lo sarebbe ricordato. "Mandami un messaggio appena atterri a San Diego," le ordinò Rocco. "Conterò i giorni."

"Tu..." Caite lasciò sfumare la frase.

"Cosa? Puoi chiedermi qualsiasi cosa."

"Non avevo intenzione di farti una domanda. Volevo solo dirti di stare attento. Avevo capito che eri un SEAL, so che siete abituati al pericolo."

"Di solito è molto più noioso di quello che è successo qui," le disse.

"Uh-huh," disse lei, scettica.

"Starò attento," le promise. "C'è una ragazza che voglio portare fuori a cena, quando torna a San Diego," le disse tranquillamente.

Lei arrossì ancora di più.

"E voglio presentarti al resto della squadra."

"Perché?"

"Come, perché?"

"Si, perché?"

"Perché non ho dubbi che ti vorranno bene, come fanno già Gumby e Ace."

Lei sorrise. "Come possono volermi bene? Li conosco da pochissimo."

Rocco ridacchiò. "Sanno tutto ciò che conta di te. Quando la situazione si è fatta critica, hai superato le tue paure e hai fatto quello che doveva essere fatto. Non è stato un comportamento furbo, avresti potuto essere uccisa, ma l'hai fatto comunque. Non avremmo pensato male di te se non avessi fatto nulla, ma l'hai *fatto*, aumentando il nostro affetto nei tuoi confronti. Nel caso in cui avessi battuto la testa e te ne sia dimenticata... ci hai salvato la vita, stasera. Eravamo bloccati in quella cantina senza via d'uscita. Come hai detto tu, i Bitoo stavano per tornare a ucciderci. Bubba, Rex e Phantom si faranno in quattro per farti capire quanto ti apprezzano."

"Hmmm, beh, sono una tipa da un ragazzo alla volta," scherzò lei, a disagio per tutte quelle lodi. Aveva avuto fin troppa paura quella stasera, ma non sarebbe stata capace di vivere con se stessa se non avesse fatto almeno un tentativo di salvataggio.

Rocco sorrise. "Hai dannatamente ragione." Guardò l'orologio. "Devo proprio andare."

"Giusto." Caite cercò di fare un altro passo indietro, ma ancora una volta lui non le lasciò la mano.

"Un bacio per salutarci?" le chiese.

Poteva suonare banale come richiesta, ma non lo era. Con la bocca improvvisamente secca, Caite annuì.

Rocco fece un passo verso di lei, le avvolse un braccio intorno alla vita e la tirò verso di sé, avvinghiandosi a lei. Le portò l'altra mano alla nuca. Caite avrebbe voluto avere i capelli liberi per poter sentire le dita di Rocco aggrovigliate tra le ciocche, ma indossava ancora l'*hijab* quando lui abbassò la testa.

I peli della barba le solleticarono la pelle per un momento, proprio come era successo le ultime due volte in cui l'aveva baciata, facendola rabbrividire nell'attesa.

Le labbra di Rocco erano calde, Caite schiuse immediatamente la bocca; lui le mise la lingua in bocca, lei chiuse gli occhi e si abbandonò alla passione.

Rocco non la deluse, prendendo il controllo del bacio; lei giurò di vedere le stelle.

Caite non seppe quantificare per quanto tempo si baciarono, ma alla fine Rocco si tirò indietro. Non si spostò di molto, però. "Dannazione, a volte odio il mio lavoro."

Quelle parole fecero inspirare Caite bruscamente. Rocco non odiava il suo lavoro quando rischiava la vita, ma lo odiava quando doveva smettere di baciarla? Accidenti. Caite non sapeva proprio cosa rispondere. Era il complimento più incredibile che avesse mai ricevuto. Non che ne avesse ricevuti molti, ma quello era senza dubbio il migliore.

"Sii prudente, Caite," le ordinò. "Il Bahrain è abbastanza sicuro, a meno che non ti immischi in un giro di contrabbando e cominci ad aggirarti furtivamente nel buio della notte nelle zone peggiori di Manama."

Lei gli regalò un piccolo sorriso. "Credo che i miei giorni da supereroina siano finiti."

"Dannatamente vero," concordò lui, poi si chinò e la baciò ancora una volta. Il bacio non fu profondo o intenso come quello precedente, ma nemmeno un semplice bacetto.

"Sei calda," osservò lui, quando finalmente si staccò.

"Prova *tu* a indossare questo vestito e a correre con quest'afa, poi mi saprai dire," gli disse Caite.

Invece di sorridere, Rocco si accigliò. "Non prendere un colpo di calore," le disse. "Assicurati di bere molta d'acqua quando vai di sopra e fai una lunga doccia fredda. Se ti senti le vertigini, vai dal medico."

"Lo farò," lo rassicurò lei.

Facendo un respiro profondo Rocco annuì, poi si allontanò da lei. Si tennero per mano fino all'ultimo secondo.

"Sii prudente," gli disse ancora Caite.

"Anche tu."

"Ci vediamo tra qualche mese."

"Assolutamente."

Rimasero fuori dal palazzo di Caite a fissarsi per un lungo momento, prima che lui le dicesse: "Devi girarti e andare a casa."

"Lo so."

"Per favore, *ma petite fée*. Non posso andarmene finché non lo fai tu." Il tono di Rocco sembrava sofferente.

Caite non avrebbe mai dimenticato il suono del soprannome pronunciato da quelle belle labbra. Annuì, gli voltò le spalle e si diresse verso la porta d'ingresso del palazzo. Aprì la porta ed entrò, voltandosi ancora una volta.

Rocco non c'era più.

CAPITOLO SETTE

I SUCCESSIVI GIORNI lavorativi furono poco movimentati. Caite tenne gli occhi aperti per avvistare Rocco, Ace o Gumby, ma non li vide mai. Anche il comandante Horner era stato assente negli ultimi due giorni. Alla fine cedette alla curiosità e controllò sul computer per vedere se i SEAL della marina fossero ancora alla base.

Purtroppo no. Erano partiti martedì.

Sospirando, rivolse la sua attenzione al rapporto finale sulla conferenza di Archeologia e Musei. Lei aveva il compito di battere a macchina il rapporto che Joshua doveva presentare ai suoi superiori. Ovviamente il lavoro non le interessava per nulla in quel momento... ma meglio stare in ufficio che seduta nel suo appartamento, desiderando di passare il tempo con Rocco.

"Signorina McCallan, può venire nel mio ufficio, per favore?" le chiese il capo, spaventandola a morte perché la trovò che stava sognando ad occhi aperti.

"Certo," gli rispose, spingendo indietro la sedia.

Seguì Joshua nel suo ufficio e si sedette sul bordo della sedia di fronte alla scrivania.

Il capo non le lasciò il tempo di farsi domande, cominciò immediatamente a parlare: "Mi è stato riferito che lei è uscita dalla base lo scorso fine settimana indossando un'*abaya* e un *hijab*. È vero?"

Caite aprì e chiuse la bocca, non sapendo cosa rispondere.

"E non menta," aggiunse Joshua in modo sinistro, con una perfida punta di allegria.

Lei digrignò i denti mentre cercava di capire cosa dire per non finire nei guai e tenere nascosti i dettagli sui SEAL della marina.

"Ripensandoci," disse Joshua, alzando la mano, "non voglio sentire le sue scuse. Conosce le regole. Sa che indossare l'abito tradizionale del Bahrain è contro il regolamento della marina. Ha firmato una informativa quando ha accettato questo lavoro."

"Lo so, ma..."

"Niente ma," la interruppe Joshua. "O l'ha fatto, o non l'ha fatto. Quale delle due?"

Sentendosi male, ma sapendo che non poteva mentire, Caite rispose: "L'ho fatto. Ma..."

"È licenziata," disse il suo capo con un piccolo sorriso. "Sapevo che non poteva gestire questo lavoro. L'unica cosa che mi impedisce di chiamare la sicurezza e farla scortare fuori dall'edificio è il fatto che non ha mentito. Ho un video di sicurezza del suo appartamento che la mostra mentre se ne va indossando quei vestiti, poi torna nel mezzo della notte, pomicia con qualcuno proprio fuori dall'edificio. Comportamento indecoroso," disse compiaciuto.

Caite voleva protestare. Voleva dirgli che siccome lei *non* era in marina, non era una condotta sconveniente, perché quella regola riguardava solo gli ufficiali. Inoltre, non era nemmeno nella base quando aveva baciato Rocco. Ma era ovvio che Joshua stava cercando un pretesto qualsiasi per licenziarla.

Inoltre, Caite *aveva* indossato l'*abaya* e l'*hijab* pur sapendo che era proibito... anche se lo aveva fatto per una buona ragione. Una ragione che non avrebbe mai condiviso con Joshua. Lui voleva assumere il suo amico già dal momento in cui Caite aveva messo piede nell'edificio, quindi finalmente avrebbe avuto la sua occasione.

"Ho parlato con il comandante: poiché è stata una brava impiegata, le pagheremo noi le spese per tornare a casa. Ha un volo prenotato per dopodomani. Le suggerisco di raccogliere tutti i suoi oggetti dalla scrivania e di lasciare tutta l'apparecchiatura elettronica che le è stata fornita."

Caite fissò Joshua incredula. Due giorni? Faceva proprio sul serio.

Si alzò senza dire una parola e si diresse verso la porta. Avrebbe dovuto lottare per il suo lavoro, ma era stanca di sgobbare solo per vedere quella vipera di Joshua che se ne prendeva il merito. Era stanca del caldo, le mancava la madre e francamente aveva nostalgia di casa.

"Oh, Caite?" disse Joshua quando lei raggiunse la porta.

Lei si voltò di nuovo a guardarlo.

"Si assicuri di inviarmi il rapporto sulla conferenza prima di andare."

Caite non si preoccupò di rispondere, lasciando l'ufficio senza dire una parola.

Ma vaffanculo. Non gli avrebbe mandato proprio un bel niente. Forse Joshua avrebbe fatto meglio a restare nei paraggi e partecipare alla dannata conferenza che aveva tanto voluto organizzare.

Caite tornò alla sua scrivania senza incrociare lo sguardo con nessuno e si sedette. Accese il computer e cancellò subito il file Word che aveva appena salvato. Poi andò nella cartella del cestino e lo cancellò anche da lì. Ciò non avrebbe impedito a un esperto di computer di trovarlo nelle profondità del disco rigido, ma almeno avrebbe tenuto Joshua sulle spine per un po'.

Impacchettò i suoi miseri averi e se ne andò, lasciandosi alle spalle la postazione lavorativa.

L'addetto alla sicurezza la fermò prima che lasciasse l'edificio. "Mi dispiace, Caite, ma devo prendere il tuo tesserino."

Fu l'ultima goccia. Le vennero gli occhi lucidi mentre si toglieva dalla camicia il tesserino di dipendente del Dipartimento della Difesa e glielo consegnava.

"Se ti può consolare, lo sanno tutti che Joshua è un idiota," le disse gentilente.

"Grazie. Abbi cura di te."

"Anche tu, Caite."

Lei annuì e lasciò l'edificio senza voltarsi indietro.

———

Due giorni dopo, Caite sedeva in un posto centrale di un aereo affollato diretto in California. Non aveva avuto il tempo di pensare a nient'altro che a fare i bagagli e a capire chi chiamare per farsi spedire a casa quel poco che si era portata in Bahrain. Aveva chiamato la madre e aveva pianto, poi aveva fatto un respiro profondo e si era messa a pensare al resto della sua vita. Aveva bisogno di un posto dove vivere, di una macchina, di un lavoro e di portare i suoi oggetti fuori dal magazzino.

Ma in quell'istante, seduta sull'aereo, aveva finalmente il tempo di pensare a quello che era successo.

Joshua aveva detto che aveva visto dei filmati di sorveglianza girati fuori dall'appartamento. Stava dicendo la verità? Aveva senso, le telecamere di sicurezza erano sempre in funzione... ma come aveva ottenuto i nastri? E perché? Non aveva senso.

In tutta onestà, però, Joshua le aveva fatto un favore. La scampagnata nei budelli di Manama aveva fatto scattare in Caite qualcosa che non era scattato nei quattro mesi precedenti: l'aveva resa più che pronta a tornare a casa. L'unica pecca era che avrebbe avuto pochissime possibilità di ottenere un altro lavoro governativo. Sapeva che Joshua non le avrebbe fornito una buona raccomandazione, e perché mai qualcuno avrebbe dovuto assumere una ragazza che era stata licenziata?

Sospirò.

Avrebbe dovuto ricominciare tutto da capo, dopo anni di lavoro presso gli uffici militari. Fortunatamente aveva risparmiato tutto quello che aveva guadagnato mentre era all'estero; tolti i soldi spesi per saldare i prestiti fatti per pagare la scuola, aveva una bella somma nel suo conto di risparmio. Ma presto sarebbe ritornata al punto di partenza, lo stesso che l'aveva costretta ad accettare quel lavoro.

Decidendo che non c'era assolutamente nulla che potesse fare, Caite si lasciò andare verso il poggiatesta e cercò di ignorare il bambino irritante che scalciava dietro di lei e il corpulento signore maleodorante che le russava al fianco.

———

"Licenziata?" chiese Rocco incredulo. "Per quale motivo?"

"Per aver indossato un'*abaya* e un *hijab* in pubblico," rispose Tex.

Rocco era seduto a casa a guardare la televisione quando il telefono aveva iniziato a squillare. Sul momento si era sorpreso di sentire l'ex SEAL della marina all'altro capo della linea, ma poco dopo si era infuriato.

"Stronzate!" esclamò.

"Sì, ma mi chiedo se non ci fosse anche un'altra ragione," disse Tex con calma.

Rocco si bloccò. "Tipo?"

"Tipo non mi sembra una coincidenza il fatto che sia stata licenziata subito dopo che tu e gli altri avete lasciato il paese. È quasi come se qualcuno sapesse che lei aveva qualcosa a che fare con il ritrovamento di quelle tavolette e con quel grande arresto per contrabbando."

"Merda," imprecò Rocco. "I fratelli Bitoo hanno detto chi era il loro contatto?"

"No, perché sono ancora irreperibili," disse Tex. "Le autorità della marina e le autorità civili del Bahrain non sono ancora riuscite a trovarli."

"Beh, merda. Sarebbe molto più facile se qualcuno si sbrigasse a trovarli... e *li convincesse* a denunciare il loro contatto," disse Rocco.

"Sì, è vero," disse Tex. "Comunque, si dice che quattro tavolette siano arrivate sane e salve qui negli Stati Uniti."

Rocco scosse la testa. Tex a volte lo spaventava con le sue conoscenze. "Sai chi le ha?"

"So dove sono arrivate nel paese e so a chi *dovevano* andare, ma ti garantisco che qualsiasi incursione nella proprietà del tizio non porterebbe a nulla. Non è un idiota, il suo avvocato è già stato coinvolto. Non troveranno mai quelle tavolette. Sono sparite. *Puff*. Scomparse."

"Cosa *non* mi stai dicendo?" chiese Rocco. Per quanto lo riguardava, non gli importava di quelle dannate tavolette. Sì certo, erano un patrimonio culturale, ma lui aveva svolto il suo dovere recuperandone alcune. Spettava al governo iracheno proteggere quelle che avevano recuperato.

"Qualcuno ha perso un sacco di soldi in quell'affare," disse Tex. "Sono sicuro che c'è gente incazzata. Ora cadrà una valanga di merda, se sai cosa intendo. Se il capo non è felice, non lo è nemmeno l'uomo sotto di lui, e nemmeno quello sotto, e così via..."

"Pensi che qualcuno abbia scoperto il coinvolgimento di Caite nel recuperare le tavolette e l'abbia fatta licenziare?"

"Credo che tu debba guardarti le spalle," rispose Tex. "Dietro a tutto questo c'è qualcuno con un bel po' di soldi. Dubito che si sporcherà le mani, ma potrebbe sfogare la sua perdita su qualcun altro. Potrebbe volersi vendicare della persona sotto di lui, e così via. Non so quanto tu possa rientrare nella lista delle vendette, ma c'è una possibilità."

"E Caite?"

"Forse il suo licenziamento *è stato* per vendetta, o forse no. Dico solo che qualsiasi cosa stia succedendo laggiù in Bahrain... mi puzza. Il comandante Horner sta cercando di sistemare questo casino, ma nel frattempo c'è un sacco di gente invischiata."

Come aveva notato Tex, *era* troppo strano che Caite fosse stata licenziata subito dopo la restituzione delle tavolette agli ufficiali iracheni. Sì, lei aveva infranto il protocollo, ma o lei non aveva detto a nessuno il perché o, come suggeriva Tex, qualcuno la voleva fuori dai piedi a prescindere.

Rocco non aveva dubbi che Caite avesse tenuto la bocca chiusa. Non c'era modo che raccontasse a qualcuno quello che era successo. Semplicemente non era il suo modo di fare.

"La terrò d'occhio," disse Rocco a Tex.

"Avevo la sensazione che l'avresti detto," rispose Tex. "Ora, hai visto Wolf o gli altri, ultimamente?"

"Abbiamo visto tutti quando siamo tornati. Volevamo fargli sapere che l'addestramento svolto su come uscire da luoghi profondi è stato fondamentale, in questa missione."

"Bene. Mia moglie mi ha chiesto di ritornare dalle vostre parti. Forse farò le valigie con la famiglia e verrò a trovarvi."

"Sono sicuro che farebbe piacere a tutti," disse Rocco a Tex. "Ehi, un'altra domanda prima di salutarci."

"Dimmi tutto."

"Hai già qualche informazione per contattare Caite? Le ho dato il mio numero ma con tutto quello che è successo, ho la sensazione che sarà restia ad usarlo."

"L'ho cercata prima di chiamarti e non ho ancora niente di concreto. L'unica cosa che ho è l'indirizzo del magazzino che sta usando. Non ha ancora firmato un contratto d'affitto o preso un cellulare."

"Ok. Mi farai sapere quando avrai un contatto?"

"Me lo sono già segnato," lo rassicurò Tex.

"Ti ringrazio."

"Ma figurati. A più tardi."

"Ciao."

Rocco riattaccò e fissò la televisione con aria assente. Non era felice che Caite fosse stata licenziata a causa sua. Oh, probabilmente lei non l'avrebbe vista in quel modo, ma lui sapeva che era così.

Voleva parlarle per assicurarsi che stesse bene e per fare il punto della situazione. Non riusciva nemmeno a smettere di pensare a quello che Tex gli aveva appena detto. Sì, avevano recuperato alcune tavolette, quelle che erano state contrabbandate fuori dal Bahrain tecnicamente non erano più un suo problema. Spettava all'autorità doganale indagare e catturare i responsabili.

Ma il fatto che il comandante Horner pensasse di avere una talpa nel dipartimento e il licenziamento di Caite lo tormentavano. Forse quei due fatti non erano collegati. E se invece lo fossero stati? Un contrabbandiere di alto livello se ne sarebbe fregato di un'impiegata del Dipartimento della Difesa ma, come aveva dedotto Tex, qualcuno più in basso avrebbe potuto vendicarsi con lei, soprattutto se lui (o lei) era finito nei casini a causa dell'operazione rovinata.

Sperava che Caite lo chiamasse, ma anche se non l'avesse fatto, Rocco avrebbe comunque avuto sue notizie. Le avrebbe dato un po' di tempo per riprendersi, ma se lei non lo avesse contattato, lui avrebbe ottenuto tutte le informazioni necessarie da Tex e l'avrebbe incontrata "per caso." Le avrebbe fatto capire che voleva ancora portarla fuori a cena.

———

"Ti avevo detto di occuparti di lei," sbraitò l'uomo non appena il suo contatto in Bahrain rispose alla chiamata.

"L'ho fatto!"

"Allora perché adesso è a San Diego che cerca un appartamento e un lavoro?"

Ci fu un breve silenzio all'altro capo della linea prima che l'uomo più giovane dicesse: "Voleva che la *uccidessi*?"

Controllando la sua ira, l'uomo seduto nel suo ufficio nella base navale di San Diego rispose: "È quello che significa 'occuparsi di lei'."

"Come facevo a saperlo? Sono uno smanettone di computer, non saprei come far fuori qualcuno! Sono entrato nelle telecamere di sicurezza del suo appartamento e ho ottenuto il video in cui lei indossa quegli indumenti arabi. Ho mandato il filmato al suo capo con una e-mail anonima, lui l'ha licenziata il giorno dopo. Problema risolto."

"Il problema *non* è risolto!" sbottò l'uomo con impazienza. "Ha sentito quegli idioti fare il mio nome. Lei sa chi sono!"

"Non avrebbe già detto qualcosa, se così fosse?"

"Forse sì, forse no, ma non posso correre questo rischio. Ho passato la vita a lavorare per arrivare dove sono arrivato e nessuna ventenne mi porterà via tutto questo. Ho almeno altre cinque spedizioni in cantiere, reperti che mi sistemeranno a vita. Se eri confuso sul significato delle mie istruzioni, avresti dovuto chiedere chiarimenti," lo rimproverò l'uomo.

"Ma non ero confuso," ribatté il ragazzo. "Pensavo che volesse farla licenziare."

"Maledetti stupidi incompetenti," borbottò l'uomo sottovoce. Poi, più forte, disse: "Non dire niente. Se ti azzardi a parlare con qualcuno, te ne pentirai."

Capendo chiaramente che poteva finire in grossi guai, il giovane di ventiquattro anni appena uscito dal college fece tutto il possibile per rassicurare l'uomo all'altro capo del telefono. "Sissignore. Voglio dire, certo che no, signore. Non direi mai una parola. Ho bisogno di questo lavoro. La mia ragazza si aspetta un anello costoso e ho bisogno di soldi. Terrò la bocca chiusa. Sissignore."

"Vedi di tacere... o la tua ragazza piangerà la morte del suo quasi fidanzato." Riattaccò prima che il ragazzo potesse dire altro. Infilò nella borsa il telefono usa e getta non rintracciabile e pensò di sbarazzarsene lungo la strada di casa.

L'ufficiale della marina si appoggiò alla sedia e unì le mani dietro la testa. Aveva l'uniforme perfettamente stirata, con le medaglie tutte al loro posto. Aveva l'aspetto più onesto del mondo. Gli piaceva il suo lavoro; era un peccato che la paga fosse così misera.

Doveva occuparsi di Caite McCallan. Aveva fatto interrogare i fratelli idioti da un altro contatto in Bahrain, prima che le autorità potessero arrivare a loro. Avevano ammesso di aver parlato del piano per liberarsi dei SEAL della marina a una conferenza a cui avevano partecipato, ma avevano giurato che nessuno poteva capirli.

Naturalmente non sapevano che la dannata segretaria si era specializzata in francese all'università, aveva sentito ogni parola e ovviamente aveva usato le sue conoscenze per far salvare i SEAL, insieme a sei delle dieci tavolette che lui aveva promesso a un collezionista di Washington. Avrebbe pagato caro per quello stupido errore, per molto tempo.

Quella segretaria aveva sentito fare il suo nome, quindi doveva morire. Era così semplice.

Le cose sarebbero state più facili se il ragazzo avesse fatto quello che gli aveva chiesto quando lei era ancora in Bahrain. Sarebbe stato facile farla assalire per strada e ucciderla. Tutti avrebbero pensato a un attacco casuale. Ma era tornata negli Stati Uniti, rendendo tutto più complicato.

Ciò non cambiava il fatto che doveva morire: sapeva

troppo, anche se lui sospettava che lei non se ne fosse ancora resa conto.

L'uomo si sedette e appoggiò i gomiti sulla scrivania che aveva di fronte. Unì i palmi delle mani mentre pensava a quale sarebbe stata la sua prossima mossa.

"Signore?" disse la sua segretaria attraverso l'interfono del telefono.

L'ufficiale premette un pulsante e rispose: "Sì?"

"Mi ha chiesto di farle sapere quando sarebbe arrivato il suo appuntamento delle due. È qui."

"Grazie. Lo faccia entrare."

In quel momento non aveva tempo di risolvere il problema Caite McCallan, ma lo avrebbe fatto. Quella puttanella doveva sparire per sempre. Era l'unico modo in cui lui sarebbe stato al sicuro.

CAPITOLO OTTO

"DAVVERO, CAITE?" le chiese la madre con una punta di irritazione nella voce.

"Sì, mamma. Ho bisogno di un lavoro e per il momento questo è quello che posso ottenere."

"Ma un negozio di alimentari? È un lavoro pericoloso! Guardo sempre il telegiornale, la gente che lavora in quei posti muore in sparatorie e rapine ogni giorno!"

Caite voleva ridere, ma si trattenne. "Mamma, devi smettere di guardare quei programmi o molto presto non vorrai più uscire di casa. Non c'è problema, comunque... Il negozio è in una bella zona di San Diego ed è vicino al mio nuovo appartamento. Andrà tutto bene."

"Non mi piace."

Sinceramente neanche a Caite piaceva molto quell'opzione, ma era disperata. Aveva bisogno di un lavoro, fare la cassiera le avrebbe fatto guadagnare un po' di soldi mentre cercava qualcosa di più consono alla sua formazione e agli impieghi precedenti. Si era già data una settimana e mezza per trovare un posto da segretaria, dopo essere tornata dal Bahrain e aver trovato un appartamento; ma non ci era riuscita, quindi aveva deciso di accettare qualsiasi lavoro disponibile.

"È solo un impiego temporaneo," cercò di rassicurare la madre. "Quando avrò trovato un altro lavoro come segretaria, mi licenzierò."

La madre sospirò. "Sai che se hai bisogno di soldi, tutto quello che devi fare è chiedere a me e tuo padre. Siamo felici di aiutarti."

Caite lo sapeva, ma l'ultima cosa che voleva era essere *quel* tipo di figlia. La stronzetta che spremeva i genitori. "Grazie, mamma, lo apprezzo, ma per ora sto bene così."

"Mi preoccupo per te."

"Lo so. Ti voglio bene. Devo andare, sono quasi a casa."

"Non dovresti parlare al telefono mentre cammini," la rimproverò la madre. "Dovresti prestare attenzione a ciò che ti circonda."

"Lo so."

"Bene. Ti lascio andare solo perché tu possa essere più consapevole di quello che succede intorno a te."

"Ok."

"Ti voglio bene, tesoro."

"Anch'io ti voglio bene, mamma. Salutami papà e digli di non ammazzarsi di lavoro."

La signora ridacchiò. "Sì, giusto. Ciao."

"Ciao."

Caite bloccò lo schermo del cellulare economico che aveva preso in un negozio la sera precedente e lo mise in borsa. Continuò a camminare lungo la strada verso il suo appartamento, aveva avuto la fortuna di trovare un monolocale non troppo lontano da dove si trovava il suo vecchio appartamento; conosceva già i percorsi degli autobus e, per sfizio, si era fermata al minimarket aperto giorno e notte, chiedendo se ci fosse un lavoro disponibile.

Era stata assunta su due piedi. Aveva detto al direttore di

non poter fare il turno di notte, inventandosi una storia su un bambino inesistente per il quale doveva essere a casa, il direttore aveva accettato quella condizione. Caite si sentiva in colpa per aver mentito, ma non era un'idiota. Guardava molti degli stessi programmi che guardava sua madre: conosceva le statistiche e sapeva che non succedeva niente di buono nei negozi di alimentari, nel cuore della notte.

Stava rimandando l'acquisto di un'auto, per il momento, voleva far durare i risparmi il più possibile. Anche se aveva ripagato la maggior parte dei finanziamenti, doveva ancora estinguere i prestiti per la scuola, oltre all'affitto e alle altre spese quotidiane.

Il marciapiede era pieno di crepe e di buche, Caite guardava in basso assicurandosi di non inciampare nei punti peggiori. Superò la fermata dell'autobus fuori dal suo appartamento e si diresse verso il suo palazzo. Le porte dei singoli appartamenti di quel complesso erano all'esterno, dettaglio di cui non era entusiasta, ma non poteva permettersi di fare la schizzinosa.

"Quando troverai un vero lavoro, potrai trasferirti," si disse mentre si dirigeva verso la scala che portava al secondo piano, dove si trovava l'appartamento numero tre.

"Non mi hai neanche mandato un messaggio," disse una voce profonda, facendo sussultare Caite per la sorpresa.

Lei alzò lo sguardo e vide Rocco appoggiato a una grande macchina blu.

All'inizio era eccitata di vederlo, ma poi si ricordò il motivo per il quale non l'aveva contattato.

Imbarazzo.

Rocco si spinse via dalla macchina e si diresse verso di lei. Quando fu vicino, la squadrò dalla testa ai piedi, poi tornò a guardarla negli occhi. "Stai bene?" le chiese dolcemente.

Caite annuì. Poi inarcò un sopracciglio: "Come mi hai trovata?"

"Ho saputo che eri stata licenziata. Quando non ti sei messa in contatto con me, ho usato le mie conoscenze per rintracciarti." Guardò l'appartamento e poi di nuovo verso di lei. "Hai bisogno di aiuto per prendere le tue cose dal magazzino?"

Caite avrebbe dovuto arrabbiarsi, specialmente dopo essere stata licenziata a causa di un maledetto ficcanaso ignoto, ma stava parlando con Rocco. Non poteva trattarlo male.

"Non volevo disturbarti," gli disse onestamente. "Ho un materasso ad aria e le cose che avevo nell'appartamento in Bahrain. Starò bene finché non troverò un nuovo posto dove vivere. Non volevo passare attraverso la seccatura di traslocare qui per poi dover traslocare di nuovo da un'altra parte."

Rocco scosse la testa. "Non esiste che tu dorma su quel cazzo di pavimento," disse, più a se stesso che a lei. Poi tirò fuori il telefono, cliccò un tasto e se lo portò all'orecchio.

"Cosa stai..."

"Ehi, Bubba, sono Rocco. Ho bisogno di aiuto questo pomeriggio... la roba di Caite è ancora in un magazzino tra la Centesima e la Terza strada. Sì, lì. Non ha ancora trovato il tempo di spostarla nella sua nuova casa... Fantastico. Lo apprezzerei molto. Un'ora va benissimo. Ci vediamo tra poco."

"Rocco, no. Va bene così, non ho bisogno..."

"È già deciso, *ma petite fée*. In questo momento la squadra si sta dirigendo al tuo deposito per prelevare i tuoi oggetti. Puoi telefonare in magazzino e dare ai ragazzi l'autorizzazione necessaria per togliere il lucchetto e recuperare tutto?"

Caite incrociò le braccia sul petto e guardò Rocco.

Lui sorrise, ma divenne subito serio. Alzò una mano e le sistemò una ciocca di capelli dietro l'orecchio. "Caite, hai bisogno delle tue cose. Non ci costa nulla aiutarti. Possiamo spostare tutta la tua roba prima che faccia buio. Inoltre ti farebbe risparmiare il pagamento mensile al deposito."

Rocco aveva ragione, ma Caite si sentiva comunque in difetto. "Io..." Si interruppe. Non sapeva cosa dire.

"Mi dispiace che tu sia stata licenziata," disse Rocco a voce bassa. "Non te lo meritavi. Avresti potuto lottare e dire perché indossavi l'*abaya*, e tutto il resto."

Lei scosse immediatamente la testa. "No. Non volevo mettervi nei guai."

"Tesoro, non ci avresti messo nei guai. Eravamo nel paese per una missione ufficiale."

"Lo so, ma hai detto che non volevi coinvolgermi."

"Per la *tua* sicurezza," ribatté lui. "Se avessi saputo che saresti stata licenziata, mi sarei assicurato di impedirlo, avrei detto al comandante Horner di te. Lui sa che c'era una donna coinvolta nel nostro salvataggio ma ha rispettato il mio desiderio di tenere nascosta la tua identità. Mi dispiace tanto, *ma petite fée*."

Caite scrollò le spalle. "Va tutto bene. Odiavo il mio capo e onestamente, dopo quella notte, non mi sentivo affatto sicura. Mi sento più sicura a camminare per strada qui, rispetto al Bahrain."

"Accetta il nostro aiuto," la implorò.

Non sapendo più cosa obiettare, Caite finalmente annuì.

"Grazie. Ora, invitami a salire."

In realtà, Caite non voleva farlo. Non era imbarazzata per l'appartamento, ma non era nemmeno pronta ad accogliere qualcuno. Soprattutto se quel qualcuno era Rocco.

"Potremmo andare a pranzo o qualcosa del genere, mentre aspettiamo i tuoi amici."

Rocco scosse la testa. "No. Voglio sapere cosa hai fatto da quando sei tornata. Hai trovato un lavoro? Posso aiutarti in qualche modo?"

"Possiamo parlarne a pranzo," disse Caite speranzosa.

Rocco la guardò con occhio critico. "Perché non mi vuoi nel tuo appartamento? Hai cambiato idea, non vuoi più uscire con me?"

Poi si allontanò da lei di un passo e Caite si sentì subito male per averglielo anche solo fatto pensare. "No!" sbottò lei.

"Allora cosa c'è?"

"Sono imbarazzata, ok?" mormorò lei. "In realtà non ho mobili e non c'è niente sulle pareti. Non ho ancora avuto il tempo di disfare i bagagli e... beh, è *imbarazzante*."

"Caite, sei appena tornata in patria. Non penserei mai male di te per l'aspetto del tuo appartamento... a meno che non sia sepolto dalla spazzatura o qualcosa del genere." Sorrise.

Lei scosse la testa. "No, è pulito. È solo... spoglio."

"Spoglio mi sta bene. Andiamo." Rocco la prese per mano e Caite fu immediatamente riportata con la mente nel Bahrain, quando lui aveva compiuto lo stesso gesto. Era una sensazione bella e... giusta.

Le fece strada su per le scale, dritto all'appartamento di Caite, al che lei si rese conto che Rocco aveva *davvero* ottenuto da qualcuno informazioni su di lei. Avrebbe dovuto preoccuparsi, ma non ne sentiva il bisogno visto che si sentiva al sicuro con Rocco. Gli aveva salvato la vita, in qualche modo quell'evento li legava nel profondo.

Rocco attese mentre lei tirava fuori la chiave dalla tasca e apriva la porta dell'appartamento. La tenne aperta e lui entrò. Caite lo lasciò passare avanti e osservò la sua reazione mentre si guardava intorno.

L'espressione facciale del SEAL della marina non cambiò, mentre spostava lo sguardo dalla cucina alla zona giorno. L'unico mobile nell'appartamento era una seggiolina di plastica. Aveva una crepa, ma era sempre meglio che sedersi sul pavimento.

"Vuoi qualcosa da bere?" gli chiese. Almeno era andata a fare la spesa.

Rocco si voltò verso di lei e non disse nulla per un lungo momento, prima di scuotere la testa. "Sto bene così, grazie."

Passarono diversi secondi di disagio. "Allora? Avanti, di' qualcosa. So che muori dalla voglia di farlo."

"Sul tuo appartamento?" le chiese.

Lei annuì.

Lui si mosse, andando verso di lei così velocemente da farle fare involontariamente un paio di passi all'indietro, facendola urtare contro il muro dell'appartamento. Rocco appoggiò gli avambracci sul muro vicino alla testa di Caite, sovrastandola. Lei sollevò le mani e gliele appoggiò sul petto; non voleva spingerlo via, rimase semplicemente lì.

"Vuoi sapere cosa penso del tuo appartamento?"

Caite deglutì a fatica e annuì.

"Lo odio."

Lei non sapeva cosa dire, ma tanto lui non le diede la possibilità di rispondere.

"Odio che tutto quello che hai qui dentro sia una fottuta sedia che qualcuno ha buttato via. Questo posto manca di qualsiasi tipo di personalità, e questo è semplicemente sbagliato, perché tu hai una personalità straordinaria. Ti immagino vivere in un posto circondato da un caos ordinato. Quadri, fiori, TV accesa con qualche programma in cui si ristrutturano case, soffici cuscini sul divano. Ma farò del mio meglio per restituirti tutto questo, *ma petite fée*. Trasporteremo qui le tue cose e poi vedremo cos'altro ti serve. Chiederemo aiuto ai nostri amici. Wolf, la sua squadra e le loro donne ti aiuteranno. Sistemeremo tutto."

Caite sentì la gola chiudersi per le lacrime non versate. Rocco aveva proprio ragione. Essendo così vuoto, l'appartamento era deprimente e persino spaventoso. Lei aveva dormito lì per l'ultima settimana e mezzo, terrorizzata. Ogni piccolo rumore la faceva sobbalzare, aveva persino piazzato la schifosa sedia di plastica davanti alla porta, sperando che avrebbe rallentato qualsiasi ingresso indesiderato.

"Aggiungerò anche un catenaccio alla tua porta. Questa non è la zona peggiore, ma non è nemmeno la migliore. Non mi piace il fatto che la tua porta dia direttamente all'esterno, ma capisco che questo è quello che puoi permetterti in questo momento. Ti aiuterò a sentirti al sicuro. Qualunque cosa ti serva, farò di tutto per fartela avere. Ok?"

Caite annuì, avrebbe preferito avere una protezione in più sulla porta, rispetto a un televisore o un tavolo da pranzo.

"Allora... hai trovato un lavoro?" le chiese Rocco senza spostarsi.

Caite voleva dirgli di allontanarsi, ma in realtà adorava averlo così vicino. "Sì. Proprio oggi, in effetti."

"Questa è una grande notizia. Dove?"

Ecco il momento fatidico. "Il negozio in fondo alla strada." Lui si accigliò e lei si affrettò a proseguire: "Lo so, lo so, ma al momento ho trovato questo. Sto ancora cercando qualcosa nel mio campo, ma non ci sono molti lavori per i laureati in lingua francese; sono abbastanza sicura che trovare un lavoro nella base navale sia fuori questione, considerando che sono stata licenziata e cacciata dal Bahrain. Comunque, di assistenti amministrativi ce ne sono tanti. Troverò presto qualcosa, ne sono sicura."

Rocco non disse nulla, ma Caite lo vide irrigidirsi. "Almeno dimmi che non stai lavorando di notte."

"Non lavoro di notte," gli disse subito. "Ho mentito e ho detto al direttore che avevo un bambino e che dovevo essere a casa ogni pomeriggio per andarlo a prendere alla fermata dell'autobus."

Rocco fece un piccolo sorriso. "È già qualcosa," disse dopo un po'. Poi si tirò indietro e Caite lasciò cadere le mani. Lui le afferrò delicatamente il gomito. "Dai, vediamo cos'hai da mangiare," le disse. "I ragazzi saranno qui tra poco."

La condusse verso la cucina e le fece cenno di salire sul bancone. Lei si accomodò e poi lo guardò mentre lui apriva il frigorifero e si chinava. Caite non poté fare a meno di guardargli il sedere; Rocco indossava un paio di jeans blu consumati che si adattavano ad ogni centimetro della sua forma incredibile. Secondo lei, Rocco stava bene anche con i pantaloni neri che indossava quella notte in Bahrain, ma non c'era niente come un uomo con un paio di jeans aderenti.

"Mi stai guardando il culo?" le chiese Rocco, guardandosi oltre la spalla chiaramente divertito.

"Sì," gli disse Caite, anche se arrossì.

"Bene. Allora continua," scherzò Rocco, poi si voltò per continuare la sua ispezione nel frigorifero.

———

Rocco si era sforzato parecchio di non chiedere a Caite di lasciare subito il suo nuovo lavoro. Un negozio di alimentari? Per l'amor del cielo, quello era il lavoro meno sicuro che potesse immaginare per chiunque, figuriamoci per *Caite*.

Però stava cercando di non fare il coglione. Tecnicamente non stavano nemmeno uscendo insieme, dato che lui non era ancora riuscito a portarla ad un solo appuntamento.

Quell'appartamento lo rendeva incredibilmente triste. Sapeva che Caite era imbarazzata per la mancanza di arredamento, ma a lui non importava. Lei meritava tutto: Rocco sospettava che offrirle dei soldi sarebbe stato inutile, non sapeva da dove cominciare quando si trattava di fare acquisti per una donna. Ma sicuramente Caroline, Alabama e le altre mogli della squadra SEAL di Wolf ne sapevano più di lui. Era sicuro che, non appena avessero scoperto la situazione di

Caite, si sarebbero fatte in quattro per darle una mano a sistemarsi.

Almeno il frigorifero e gli armadietti erano pieni di cibo, ne fu contento.

Rocco preparò un panino a ciascuno e si fece raccontare per bene dell'incontro di Caite con il suo capo, quando era stata licenziata, anzi, era stata praticamente sbattuta fuori dal paese con una fretta alquanto insolita. Lui la ascoltò mentre lei gli parlava dei suoi genitori e di quanto fossero fantastici. La madre si era offerta di venire in macchina dalla zona di San Francisco per aiutarla a sistemarsi, ma Caite aveva rifiutato.

Non aveva fratelli o sorelle e, ironia della sorte, entrambi i suoi genitori erano figli unici, quindi non aveva nemmeno zie o zii su cui contare. Nessun cugino.

Rocco non vedeva l'ora che Caite incontrasse il resto dei suoi compagni di squadra. Sapeva senza dubbio che l'avrebbero adorata come l'adorava lui. Beh, forse *non proprio* come lui.

Bussarono alla porta e Rocco disse: "Non muoverti. Ci penso io." Erano entrambi seduti sul bancone perché non c'era altro posto per gustarsi il loro pranzo. Caite annuì, Rocco sentiva lo sguardo fisso di lei sulla schiena mentre saltava giù e si dirigeva verso la porta d'ingresso.

Gli piaceva il modo in cui lei lo guardava.

Rocco non era un idiota. Sapeva di essere bello, ma era da molto tempo che non gli importava. La sua vita era stata troppo presa dall'addestramento e dalle missioni, da tempo si era stancato degli incontri da bar e delle uscite occasionali. Si sentiva comunque troppo vecchio per quei giochetti. Ok, a trentacinque anni non era un matusa, ma frequentare i bar pieni di ventenni lo faceva sentire fuori posto. Inoltre, vedere Wolf e gli altri con le rispettive famiglie gli aveva fatto desiderare qualcosa che non riusciva nemmeno a esprimere a parole.

Non si trattava solo di avere una moglie e dei figli.

Diavolo, poteva uscire e sposare la prima donna che gli piaceva. No, voleva il *legame* che avevano gli altri. Voleva sentirsi amato nel profondo e donare lo stesso amore a un'altra persona.

Non sapeva se Caite fosse la persona giusta, ma provava qualcosa di serio per lei: gli interessava molto di più di qualsiasi altra donna che aveva incontrato negli ultimi cinque anni o giù di lì. Inoltre era altruista, coraggiosa e aveva letteralmente messo in gioco la propria carriera per salvare lui, Ace e Gumby.

Rocco aprì la porta dopo aver dato un'occhiata attraverso lo spioncino e riconosciuto i suoi compagni. "Ehi."

"Ehi."

"Ciao."

"Ehilà."

Gli altri due uomini sollevarono solo il mento in segno di saluto.

"È andato tutto bene al deposito?" chiese Rocco.

"Sì. Nessun problema," disse Rex entrando nell'appartamento.

Gli altri entrarono e Rocco si diresse direttamente verso Caite, trovandola in piedi accanto al bancone della cucina, con un'aria incerta. La prese per mano e si calmò subito quando lei strinse la presa.

La portò nel soggiorno, dove li aspettavano gli altri della squadra. "Caite, voglio presentarti il miglior gruppo di amici e compagni di squadra che un uomo possa desiderare. Conosci già Gumby e Ace," disse facendo un cenno ai due uomini.

"Sì. Ciao ragazzi," disse Caite dolcemente. Quei due avevano un aspetto migliore rispetto all'ultima volta che li aveva visti. Proprio come Rocco, non avevano più lividi sulla faccia e si erano anche sistemati la barba.

Gumby si fece avanti e la tirò in un abbraccio stretto,

costringendo Caite a lasciare la mano di Rocco per non rischiare una distorsione al braccio.

"Spostati, è il mio turno," insistette Ace. Appena Gumby la lasciò andare, Ace la strinse a sé.

Gumby le tenne sempre una mano sul braccio, anche mentre lei abbracciava Ace, poi le disse: "Grazie, Caite. Davvero."

"Non è stato nulla di importante," borbottò lei.

"Nulla di importante?!" esclamò Bubba, poi tirò indietro Ace e mise le mani sulle spalle di Caite. "Hai impedito che i miei amici venissero uccisi. È *sicuramente* importante."

"Ragazzi," li avvertì Rocco, ma loro lo ignorarono.

Non gli piacevano le mani di Bubba su Caite. Era il più giovane del gruppo, appena trentenne, e riscuoteva molto successo tra le signorine. Era l'unico del gruppo a non avere la barba, Rocco aveva visto donne gettarsi letteralmente su di lui dopo aver bevuto troppo. Non voleva che il suo amico seducesse Caite con il suo aspetto da ragazzino.

Ma erano preoccupazioni infondate. Caite non ebbe il tempo di farsi abbindolare da Bubba, perché Phantom si avvicinò ai due e disse la sua: "Saranno anche stronzi a volte, ma noi siamo una squadra da quando ci siamo usciti dal centro di addestramento dei SEAL. Non so gli altri, ma non sono sicuro che potrei continuare ad essere un SEAL se non ci fossero loro a coprirmi le spalle."

Poi Rex, probabilmente l'uomo dall'aspetto più spaventoso della loro squadra, fece spostare Bubba e si mise di fronte a Caite.

Lei sgranò gli occhi mentre lo fissava. Non era il più alto del gruppo, ma tra le braccia ricoperte di tatuaggi e i capelli lunghi un po' selvaggi (e il cipiglio sul volto, in quel preciso momento)... Caite sembrava pronta a scappare. Persino Rocco doveva ammettere che se avessero fatto indossare a Rex una camicia di flanella a quadri e gli avessero appoggiato un'ascia sulla spalla, Rex sarebbe sembrato il classico stereo-tipo del boscaiolo. L'unico dettaglio che lo salvava erano i capelli lunghi.

Rex non toccò Caite, si chinò verso di lei e la fissò. "A guardarti, sembra che non faresti del male a una mosca," le disse in modo spavaldo. "Cosa ti ha fatto pensare di poter fare qualcosa per salvare i miei amici?"

"Uhm... niente?" gracchiò lei.

"Rex," disse Rocco con tono duro, ma l'amico lo ignorò.

"Giusto. Quindi *tu*, una donna in un paese noto per essere ostile alle donne, hai trotterellato nelle viscere di una città di cui non sapevi nulla per rintracciare tre SEAL della marina?"

Caite non disse nulla, ma deglutì a fatica.

"E non solo li hai trovati, ma sei riuscita a liberarli dalla prigione in cui stavano e li hai aiutati a sgattaiolare via dal quartiere, senza sparare un colpo e senza che nessuno si facesse del male. Come cazzo puoi pensare anche solo per *un secondo* che non sia nulla di importante?"

Caite si morse un labbro e scrollò leggermente le spalle. "Perché voi lo fate sempre, non potevo starmene con le mani in mano! Come mi sarei sentita se avessi letto sul giornale della base che tre dei nostri ragazzi della marina erano stati trovati morti, quando io avevo delle informazioni per aiutarli e non avevo fatto nulla? Avrei dovuto andare a casa e dimenti-care quello che avevo sentito? Dimenticare che Rocco mi aveva chiesto di uscire? Hai idea di quanto tempo è passato da quando mi hanno chiesto di uscire? Potrebbero passare anni prima di avere un'altra opportunità."

Alla fine di quel piccolo discorso, Rocco capì che lei si stava rilassando un po', e ciò lo fece sentire meglio. Ma non era preparato alla risposta di Rex.

"Esci con me. Dimmi l'ora e il luogo."

"Anche con me," fece eco Bubba.

"Non è giusto, l'abbiamo conosciuta prima noi," brontolò

Gumby. "Se deve uscire con *qualcuno*, dovrebbe essere con me o con Ace."

Rocco non ne poteva più. "Fate silenzio, cazzo," disse ai suoi amici avvicinandosi a Caite. La prese per la vita e la tirò a sé, fino a farsela sbattere contro il petto. Le avvolse l'altro braccio intorno al petto per rivendicarla ulteriormente. "Non uscirà con *nessuno* di voi zoticoni. Sta già uscendo con me."

Rex stava sorridendo, ma il suo sorriso si spense quando guardò di nuovo Caite. "*Era* una cosa importante, tesoro. Forse azzardata, ma importante. E che ti piaccia o no, ora hai sei fratelli maggiori a tua disposizione. Se hai bisogno di qualcosa, chiama uno di noi. Sposteremo la tua roba da un magazzino al tuo appartamento venti volte e la cosa non ci turberà minimamente. Se hai bisogno di qualcuno che ti riporti la spesa dal negozio, chiamaci. Hai bisogno di cento dollari per pagare la bolletta della luce? Ti copriamo noi. Ti serve un accompagnatore per andare al matrimonio di un cugino di secondo grado? Chiamaci e ci saremo. Voglio dire che quello che hai fatto in Bahrain è stato eccezionale, di conseguenza ti copriremo le spalle in ogni caso. Capito?"

"Cinque fratelli," disse Rocco nell'orecchio di Caite. La sentì tremare contro di lui, ma lei non distolse lo sguardo da quello di Rex.

"Ho capito, grazie."

"Bene."

"Anche se non voglio soldi in prestito. Prendere soldi in prestito dai membri della famiglia porta solo guai."

Ace imprecò sottovoce.

"Ben fatto, stronzo," mormorò Gumby.

Rex sorrise ma non rispose. Rocco si chiese se avessero già nascosto qualche banconota tra gli oggetti di Caite.

"Che ne dite di iniziare a portar dentro la sua roba?" chiese Bubba. "Questo posto ha seriamente bisogno di mobili."

"Giusto," disse Rex, poi si chinò vicino a lei e le sfiorò la guancia con le labbra, costringendo Rocco a lasciarla andare. "Grazie." Poi, senza aspettare che lei rispondesse, si diresse verso la porta d'ingresso.

Gli altri lo seguirono, ma non prima di fermarsi e baciarle la guancia proprio come aveva fatto Rex.

Quando tutti e cinque se ne furono andati, Rocco fece girare Caite perché lo guardasse in faccia. "Stai bene?"

"I tuoi amici sono intensi," confessò lei.

"Credi?" le chiese.

"Tu non credi?" ribatté Caite.

Rocco scosse la testa. "Credo di averli visti in troppe situazioni difficili per pensare che *oggi* siano stati intensi."

"Giusto. Dovremmo andare ad aiutarli."

"No, ce la fanno."

Caite gli tirò un braccio. "Seriamente, Rocco, dovremmo andare ad aiutarli. Sembra che la caviglia di Gumby sia a posto, però. "

"Seriamente, Caite. Se la cavano. La caviglia di Gumby va benissimo. Stiamo tutti bene, siamo guariti senza problemi. Devi restare qui e dirgli dove mettere la tua roba quando la porteranno dentro."

Lei annuì. "Allora perché *tu* non vai ad aiutarli?"

"Devo restare qui e assicurarmi che i miei amici non ti mettano di nuovo le labbra addosso."

Caite alzò gli occhi al cielo, ma sorrise. "Sei matto, mi stavano solo ringraziando."

Rocco non voleva dirle che erano decisamente seri sul fatto di portarla fuori. Se lei avesse dato a qualcuno di loro il minimo indizio di essere interessata, lui avrebbe dovuto venire alle mani. E quella processione di baci... Sì, certo, volevano ringraziarla, ma si stavano anche prendendo gioco di lui. Sapevano che gli avrebbe dato fastidio. Infatti era proprio così. L'unica persona che avrebbe dovuto toccarla con le labbra era *lui*.

L'ora e mezza successiva passò velocemente, con molte risate e prese in giro tra i SEAL e Caite. Rocco notò con gioia che lei reagiva con molta complicità alle battute e agli scherzi, una volta a suo agio con la squadra.

I ragazzi l'aiutarono a disfare le scatole; una volta finito, l'appartamento non era del tutto arredato, ma almeno aveva un piccolo divano, qualche sedia e soprattutto un bel letto.

"Dobbiamo andare," disse Bubba. Poi si rivolse a Rocco. "Se hai bisogno di altro aiuto, faccelo sapere."

"Lo farò."

"Ci vediamo domattina all'allenamento," disse Gumby a Rocco mentre se ne andava.

Gli altri quattro uomini seguirono l'esempio e presto Rocco e Caite rimasero da soli.

"Posso avere il tuo numero?" le chiese.

Caite annuì. "Certo. Anche se è solo un telefono usa e getta temporaneo finché non posso andare al negozio e prenderne uno nuovo."

"Lascerai che me ne occupi io per te?" chiese Rocco, anche se conosceva già la risposta, ma valeva la pena tentare.

"Grazie, ma no. Porterò in negozio il mio vecchio telefono e mi farò trasferire la carta SIM, così avrò tutti i miei contatti, le foto e il resto. Non ho ancora trovato il tempo di farlo, quindi è stato più facile prendere un telefono economico in negozio. Devo comunque aggiornare il mio vecchio telefono, e questo è un momento buono come un altro."

"Sarà un brutto colpo?" le chiese.

"Vuoi dire se avrò problemi con il prezzo?" Quando Rocco annuì, lei scosse la testa. "No. L'ho preventivato. Ho intenzione di aspettare a prendere una macchina, per il momento, almeno fino a quando non troverò un lavoro più stabile e remunerativo. Ma posso ancora permettermi un telefono."

"Sei sicura?"

"Sì. Ma grazie."

"C'è *qualcosa* che posso fare per aiutarti?" chiese Rocco con frustrazione.

Caite gli sorrise. "Puoi chiamarmi e mandarmi messaggi. Negli anni ho scoperto che i miei amici di lavoro erano solo 'amici di lavoro'. Andavamo d'accordo finché si lavorava insieme, ma appena cambiavo il posto, *puff*, non mi chiamavano più. Avrei bisogno di qualcuno con cui parlare, oltre a mia madre."

"Beh ovvio, *ma petite fée*. L'avrei fatto comunque. Volevo dire, c'è *qualcos'altro* che posso fare per te?"

Lei si mordicchiò il labbro inferiore. "Hai detto qualcosa circa l'aggiungere un altro catenaccio alla mia porta...?"

"Sì. Prendo tutto il necessario e torno domani, se per te va bene."

Caite annuì. "Domani lavoro dalle otto alle quattro, quindi dovrà essere dopo."

"Va bene. Vuoi che porti la cena?"

"Ma... dici davvero?" chiese Caite.

"Dico davvero," la rassicurò Rocco. "Cosa vuoi che ti porti domani?"

"Non sono schizzinosa. Prendi qualcosa di semplice. Ti ripagherò."

Rocco alzò gli occhi al cielo. "Ma sì...."

Lei ridacchiò. "Sembri un adolescente."

Ma lui non ricambiò il sorriso. "Non mi ripaghi, Caite. Quando un uomo porta la cena a una donna, lei non paga. Lavori questo fine settimana?"

Lei annuì.

"Ma non di notte, giusto?"

"Giusto."

"Allora che ne dici di sabato sera per il nostro appuntamento?"

"La cena che mi porti domani non è il nostro appuntamento?" gli chiese.

Lo infastidiva il fatto che lei fosse serissima. Invadendo il suo spazio personale, le avvolse un braccio intorno alla vita e gli piacque come lei gli appoggiò immediatamente le manine sul petto. "No, *ma petite fée, non* è l'appuntamento che recupera quello che abbiamo perso in Bahrain. Però *è* un appuntamento."

"Ok," disse lei con un piccolo sorriso.

"Ok," le fece eco lui. Poi, dopo un po', aggiunse: "Faccio fatica ad andarmene."

Caite ridacchiò. "Vuoi che dica qualcosa di cattivo per invogliarti?"

Rocco scosse la testa. "Non credo che tu abbia un solo briciolo di cattiveria in corpo."

"Oh, sì invece," ribatté lei. "Sono sicura che prima o poi dirò qualcosa che ti farà chiedere cosa diavolo stai facendo."

"Lo stesso vale per me. Non sono perfetto," la avvertì.

Lei mantenne un bel sorriso aperto. "Nemmeno io. Rocco, non mi aspetto un fidanzato da film. Sono fin troppo facile da accontentare. Sii gentile con me, non essere scortese con le persone con cui entriamo in contatto quando siamo insieme, e sono contenta così."

"Io sono gentile," confermò Rocco, anche se non ne era proprio sicuro.

Come se potesse leggergli nel pensiero, lei chiarì: "Voglio dire, sii gentile con le persone che se lo *meritano*. Non devi fare il bravo ragazzo con chi ti taglia la strada nel traffico, con chi ti fa il dito medio quando ti stai semplicemente facendo gli affari tuoi, o con chi si rifiuta di rispettare te o quello che fai per vivere."

"Sei una bestiolina assetata di sangue, vero?"

"Non sai quanto," disse Caite con un sorrisetto. "Quindi... devo dire qualcosa di perfido per farti andare via?"

"No. Vado. Ma prima..." Rocco si chinò e le baciò delicatamente una guancia, poi l'altra. "Ho bisogno di sostituire la sensazione delle loro labbra su di te."

Caite si rilassò contro di lui, Rocco si sentiva incredibilmente virile quando la stringeva tra le braccia. Lei era una monella tutta curve, lui lottò per tenere le mani a posto e non palparle il sedere come avrebbe voluto.

"Credo che Rex mi abbia sfiorato le labbra," lo stuzzicò lei. "Anche se non posso esserne sicura per via della sua barba. È un po' strano che siate tutti barbuti, no?"

Rocco la baciò senza esitazione, non preoccupandosi di risponderle spiegandole che la barba li aiutava a mimetizzarsi quando andavano all'estero.

Così come era già successo in Bahrain, entrambi persero la cognizione del tempo. Rocco non riusciva a ricordare l'ultima volta che aveva baciato una donna senza alcuna aspettativa di andare oltre. Voleva fare di più, ma non in quel momento. Era completamente soddisfatto di sapere cosa le piaceva e di sentire le mani di lei sul petto.

Quando Caite cominciò a succhiargli delicatamente il labbro inferiore, Rocco finalmente si tirò indietro.

"Non ti è piaciuto?" gli chiese. Caite aveva le guance arrossate e gli occhioni blu leggermente dilatati.

"Mi è piaciuto *troppo*. E sto cercando di essere gentile."

"Al diavolo la gentilezza," borbottò Caite.

Rocco ridacchiò. "Avremo un sacco di tempo, Caite," la rassicurò.

"È esattamente quello che hai detto in Bahrain e guarda cosa è successo! Ho dovuto salvarti le chiappe," scherzò lei.

Ridendo di gusto, Rocco le disse: "Hai ragione. Ma questa volta dico sul serio. Tornerò domani con la cena e con tutto il necessario per installare il catenaccio alla porta. Ti chiamerò, ci scambieremo messaggi e ci conosceremo meglio. Sabato invece andremo a quell'appuntamento e vedremo cosa succederà."

Caite sorrise e annuì.

Rocco la baciò ancora una volta, poi si allontanò. "Appena avrai il tuo nuovo telefono, voglio essere la prima persona a cui manderai un messaggio. Non costringermi a rintracciarti di nuovo," l'avvertì scherzosamente.

"Non mi hai mai detto come mi hai trovato," disse Caite, con le sopracciglia aggrottate.

"No. Questo è il mio segreto e tu non lo scoprirai mai," la prese in giro. "Ho la sensazione che avrò bisogno di un asso nella manica per stare un passo avanti a te."

Caite alzò gli occhi al cielo. "Come vuoi. Sono perfettamente innocua."

"Eh, certo," le fece eco Rocco, sempre sorridendo.

"Grazie per avermi aiutato oggi," gli disse Caite.

"Quando vuoi. E dico sul serio."

Lei annuì.

"A domani," disse Rocco, che poi indietreggiò verso la porta d'ingresso.

"Guida con prudenza."

"Va bene. Fai attenzione con il nuovo lavoro."

"Certo. Ciao, Rocco."

"Ciao, *ma petite fée*."

Rocco chiuse a malincuore la porta e la sentì chiudere a chiave. Si diresse giù per le scale verso la macchina. Odiava lasciare la sua fatina, ma non poteva restare. Non avevano ancora avuto il loro appuntamento.

Ma dopo sabato, potevano lasciarsi andare? Sì, certo, si stava muovendo velocemente, ma era facile vedere che Caite viaggiava sulla sua stessa lunghezza d'onda. Non sapeva come la pensasse lei su quando fosse appropriato fare sesso, dopo aver iniziato a frequentare qualcuno, ma in fondo... non aveva neanche importanza. Rocco aveva la sensazione che ne sarebbe valsa la pena, non era un problema aspettare una settimana o un anno.

Mentre si allontanava dall'appartamento per andare a casa, Rocco pensò che avrebbe voluto presentare Caite a Wolf e Caroline. Rispettava quell'uomo più di quanto potesse esprimere, e il fatto che volesse fargli conoscere la sua fatina era di per sé eloquente.

Non se ne rese conto, ma sorrise per tutto il viaggio di ritorno.

———

"Ha appena trovato lavoro in quel negozio di merda in fondo alla strada del suo appartamento," disse l'uomo all'altro capo del telefono.

L'ufficiale della marina annuì. "Bene. Ha una macchina?"

"No."

"Quindi va al lavoro a piedi?"

"Sì."

"Perfetto. Organizza un bel colpo. Sono sicuro che ruberai una macchina per completare la missione. Non farti vedere da nessuno e assicurati di colpirla abbastanza forte da ucciderla. Non voglio che si svegli all'ospedale malconcia, ma ancora viva." Aveva imparato a sue spese che doveva essere chiaro quando dava indicazioni. Niente più stronzate tipo "elimina il problema".

"La voglio morta," ribadì.

"Sì, sì, ho capito," disse l'uomo. "Porterò a termine l'incarico. Quando sarò pagato?"

"Metà adesso e metà quando lei sarà all'obitorio," disse preoccupato l'uomo dal suo ufficio d'angolo nella base navale.

"Sarò alla stazione di servizio dove ci siamo incontrati, per la prima metà dei soldi. Oggi alle cinque," rispose il membro della banda. "Non fare tardi."

Riagganciando senza rispondere, l'ufficiale si agitò sulla sedia. Ogni giorno che passava, Caite McCallan aveva sempre più tempo per ricordare il suo nome: doveva impedirlo a tutti i costi.

Guardando verso la porta del suo ufficio, prese rapidamente il telefono usa e getta e compose un altro numero. Aveva un altro carico di reperti inestimabili che stava per arrivare negli Stati Uniti, solo che non poteva più sbagliare. L'acquirente era sospettoso e ansioso, oltre che un bastardo di prima categoria. Doveva filare tutto liscio se voleva avere i suoi soldi e vivere un altro giorno.

CAPITOLO NOVE

S ABATO MATTINA, Caite si stava recando al lavoro sorridendo. Camminava sul marciapiede che costeggiava una strada importante mentre guardava il telefono, facendo attenzione di tanto in tanto ad alzare lo sguardo per evitare di scontrarsi con qualcuno.

Rocco: Buongiorno bellezza.

Caite: Buongiorno. Sicuro di non potermi dire dove andiamo stasera?

Rocco: Sì. Non ti piacciono molto le sorprese, vero?

Caite: No, mi fanno diventare matta. Come faccio a sapere cosa indossare? Che tipo di scarpe metto?

Rocco: Forse non hai bisogno di vestiti, magari ti porto a nuotare.

Caite: Beh, sarebbe un disastro visto che non so nuotare.

Rocco: Cosa? Dici sul serio?

Caite: Già.

Rocco: Beh, allora devo proprio insegnartelo.

Caite: Riesco a stare a galla, anche se non molto bene.

Rocco: Inizieremo nell'oceano, l'acqua salata ti terrà più a galla.

Rocco: Caite? Ci sei?

Caite: Non sono sicura che sia una grande idea... voglio fare una buona impressione su di te, non farti spazientire solo perché non so nuotare.

Rocco: Puoi parlare?

Caite: Stiamo già parlando.

Rocco: Ti chiamo.

Mentre Caite stava scrivendo una risposta, le squillò il telefono in mano. Rispose nel momento in cui si fermò ad un incrocio, in attesa del semaforo verde. "Ciao."

"Non sono spazientito con te solo perché non sai nuotare," le disse Rocco a mo' di saluto.

Lei sospirò. "Lo so, ma riconosco che sia strano non saper nuotare. Crescendo a San Francisco, sono andata spesso in spiaggia, ma ho sempre preferito giocare sulla sabbia. Quando sono cresciuta, mia madre mi ha fatto prendere delle lezioni ma io urlavo terrorizzata e mi rifiutavo di seguire qualsiasi indicazione dell'istruttore, così i miei genitori ci hanno rinunciato e hanno deciso che ci avrebbero riprovato qualche anno dopo. L'idea di restare immersa totalmente nell'acqua mi fa andare fuori di testa."

"Quindi non sai proprio nuotare?" chiese Rocco.

Caite non percepì alcuna critica nel suo tono, era sinceramente curioso. "Posso stare a galla, sì, a malapena," gli disse. "Finché non devo mettere la faccia in acqua sto bene, ma l'oceano mi mette davvero a disagio."

"Perché?"

"Ma come perché? Rocco, è pieno di *animali*, grandi e con denti affilati! Se non si tratta di squali o di granchi con le chele, ci sono le meduse... anche se non hanno denti, quegli affari possono pungerti." Rabbrividì. "No, no... Se devo stare in acqua dev'essere poco profonda, piena di cloro e pulita, e grazie tante."

"Lo sai che le piscine non sono proprio così tanto pulite, vero?" chiese Rocco.

"Oh, santo cielo, dai. Non mi dire queste cose," disse Caite mentre attraversava la strada quando scattò la luce verde.

"Ti fidi di me, vero?" le chiese.

"Sì." Caite non esitò un solo secondo nel rispondere. Si fidava più di lui che di chiunque altro facesse parte della sua vita. Rocco era andato a casa di Caite per montarle il catenaccio extra sulla porta, poi erano rimasti svegli fino a tardi per parlare di tutto e di più, conoscendosi meglio. Lui le aveva detto quanto fosse stato difficile provare a diventare un SEAL e quanto avesse legato con i compagni di squadra in quel periodo. Dopo quella chiacchierata, Caite sentiva di conoscerlo già di più. Senza dimenticare che lui l'aveva portata in salvo tra le vie del Bahrain... Sì, ovvio che si fidava di lui.

Caite gli aveva raccontato di aver avuto alcuni buoni amici al liceo, ma si erano dileguati quando era arrivato il momento di andare al college. Le era accaduta la stessa cosa all'università, aveva fatto amicizia ma poi anche quegli amici avevano preso strade diverse da lei e si erano persi di vista.

Ammise che voleva molto bene alla madre, anche se non riusciva a vederla quanto avrebbe voluto. Gli raccontò meglio quanto si era spaventata in Bahrain quando aveva cercato di salvare lui, Ace e Gumby.

Ma dal momento in cui aveva incontrato Rocco, Caite si era sentita al sicuro con lui: non avrebbe mai accettato il suo invito a cena, se non fosse stato così. Non aveva mai cambiato idea in merito, nemmeno dopo gli eventi successi dopo il loro primo incontro.

"Bene, se ti fidi di me, pensi davvero che ti farei fare qualcosa che possa metterti in imbarazzo o in pericolo?" le chiese.

Caite aggirò una famigliola e rivolse loro un sorriso, continuando a camminare sul marciapiede, diretta verso il minimarket. "No."

"Ovvio, no. Se ti prometto che nessuno squalo ti mangerà, saresti disposta a venire in spiaggia con me e permettermi di insegnarti a nuotare in tutta sicurezza?"

Caite si morse un labbro. In un primo momento voleva dire di no, in fondo non pensava di aver bisogno di saper nuotare, e poi aveva troppa paura.

Ma stava parlando con Rocco; non voleva proprio deluderlo, tanto quanto non voleva mettersi in imbarazzo da sola. "Mi *prometti* che non mi mangerà nessuna bestia?"

"Nessuna creatura marina, certo," le rispose Rocco.

Caite ci mise un attimo a realizzare il senso di quelle parole, ma quando fu così iniziò ad arrossire.

"Scusa," le disse Rocco, anche se non sembrava per nulla dispiaciuto. "Mi è scappata... Comunque potresti vedermi in costume da bagno, se sei d'accordo...."

"Adesso sei scorretto," gli disse Caite con una risata.

"No, non quando si tratta di qualcosa che desidero."

"Non sono sicura, Rocco... non mi sento sicura di fare esperienze nuove, come fai tu."

"Caite, ti giuro che ci divertiremo. Non ti costringerò a nuotare per quasi due chilometri tra le onde del mare mosso. Andremo in un giorno tranquillo, con l'acqua calma e piatta. Ti giuro che starai a galla così facilmente che inizierai a chiederti di cosa avessi avuto paura fino a quel momento. L'acqua salata ha un sapore schifoso, ma non c'è posto migliore per imparare a nuotare e a stare galla, per acquisire più confidenza con l'acqua."

"Ok, ma solo se mi prometti di lasciarti sbirciare il costume tutte le volte che voglio."

"Affare fatto. Però la stessa cosa vale anche per me."

Caite scoppiò a ridere. "Non c'è molto da sbirciare, sai," gli disse spontaneamente.

"Ti sbagli," le disse Rocco immediatamente. "Ho sbirciato con molta attenzione quando eri vestita e mi eccitavi già così. Tu in costume... Sicuramente *io* sarò imbarazzato, mi andrà in tiro e il costume non potrà nasconderlo."

Caite stava arrossendo di nuovo, ma ridacchiò lo stesso. "Grazie."

"Per cosa?"

"Per essere così alla mano, per avermi ridato l'entusiasmo di uscire di nuovo con qualcuno."

"Ehi, dovrei dirlo io," le disse Rocco.

"Sono quasi arrivata al lavoro," gli disse Caite. "Devo andare."

"Ok. Sarò da te alle cinque e mezza. Fai in tempo a tornare a casa e sistemarti?"

"Sì, dovrei staccare alle quattro."

"Fai attenzione, allora ci vediamo più tardi."

"Ehi, aspetta," gli disse improvvisamente Caite.

"Sì?"

"Dove andiamo? Non me l'hai ancora detto."

"No. Infatti."

"Rocco... dai, non ho ancora idea cosa mettermi," si lamentò Caite.

"Non stiamo andando a fare trekking e non stiamo andando al teatro dell'opera," le disse Rocco. "Vestiti per far colpo su un uomo al primo appuntamento."

Rocco aveva ragione, Caite annuì: si stava concentrando troppo su quel dettaglio. Anche se Rocco aveva un fisico invidiabile, non l'avrebbe portata a fare un'arrampicata o qualche attività simile. Almeno... non al loro primo appuntamento ufficiale.

"Ok, ce la posso fare."

"A più tardi, *ma petite fée*."

"Ciao." Caite riagganciò e ripose con cura il telefono in borsa. Più di una volta le era caduto e si era crepato lo schermo; dato che quel telefono era nuovo di zecca e aveva già pochi soldi, non poteva sprecarli in riparazioni.

Attraversò l'ultima strada sorridendo e attraversò il parcheggio, ormai quasi verso il minimarket. Dopo aver lavorato per qualche giorno, iniziava a sentirsi più a suo agio con il tipo di lavoro che l'aspettava. Non era nulla di complicato, ma era stancante stare in piedi tutto il giorno.

Decidendo che in quel fine settimana doveva ritagliarsi del tempo per cercare un altro posto come impiegata amministrativa, Caite aprì la porta e si diresse verso la stanza sul retro per riporre la borsa prima di affrontare un'altra lunga giornata.

———

Caite era esausta quando arrivò a fine turno, come previsto era stata in piedi tutto il giorno e le erano venuti i crampi in faccia a furia di sorridere. Era già abituata a trattare con il pubblico dai suoi lavori precedenti come impiegata, ma lavorare in un negozio era completamente diverso. Doveva stare attenta ai taccheggiatori, essere sempre disponibile e cortese, anche quando i clienti erano maleducati. Riempiva gli scaffali, versava il ghiaccio nel distributore di bibite, puliva gli schizzi e in generale teneva tutto in ordine.

Come se tutto ciò non bastasse, l'impiegato del turno di notte che avrebbe dovuto darle il cambio era in ritardo. Così Caite rimase in negozio fino alle quattro e venti, quindi quando sarebbe arrivata a casa non avrebbe avuto molto tempo per farsi una bella doccia e decidere come vestirsi per il tanto atteso appuntamento con Rocco.

Fu sul punto di chiamarlo per chiedergli di ritardare

almeno di un quarto d'ora, per potersi preparare senza fare le corse, ma poi decise che non era così necessario. Era convinta che Rocco non avrebbe avuto problemi ad aspettarla, se una volta arrivato non l'avesse trovata ancora pronta. Non sapeva se lui avesse prenotato da qualche parte (probabilmente sì) ma era piuttosto sicura di riuscire a farsi trovare pronta per l'orario stabilito.

Caite tirò fuori il telefono e fece scorrere le ultime e-mail mentre camminava verso casa: voleva controllare se avesse ricevuto risposta da qualche annuncio di lavoro per cui si era candidata, durante la pausa pranzo si era presa qualche minuto per compilare qualche formulario per proporsi come segretaria. Rimase delusa quando non vide nessuna e-mail di risposta, ma poi si ricordò che quel giorno era sabato; moltissimi uffici erano chiusi durante il fine settimana.

Sorrise vedendo che aveva ricevuto un'e-mail da suo padre, un uomo eccentrico e una delle persone più intelligenti che Caite avesse mai conosciuto. Gli piaceva compilare le parole crociate del *New York Times* e quasi sempre riusciva a finirle al primo colpo.

Il padre le mandava vari tipi di e-mail: a volte sulla conservazione della terra, a volte le mandava poesiole per raccontarle di sé. Ma lei adorava quando il padre le mandava le vignette disegnate a mano, vignette che andavano dal politico al nonsense. A volte Caite non le capiva, perché magari non conosceva l'argomento oggetto della satira che passava per la testa del padre, ma comunque le piacevano molto.

Aveva appena aperto l'e-mail e stava aspettando che si caricasse l'ultima vignetta quando sentì un forte rumore dietro di lei. Si voltò nello stesso momento in cui un uomo che correva nella sua direzione le gridava: "Attenta!"

Quando si rese conto di quello che stava succedendo, Caite rimase immobile per un istante.

Un grande pick-up nero era diretto verso di lei.

Le gomme del lato destro erano sulla piccola striscia d'erba accanto al marciapiede, in quel momento lei vide solo la gigantesca griglia anteriore del veicolo.

Agendo istintivamente, Caite scartò di lato ed emise un lamento quando colpì con la spalla l'edificio di mattoni lì accanto. Si ritrovò i capelli in faccia mentre sbatteva contro la dura superficie e sentì la folata d'aria causata dal furgoncino che le sfrecciava accanto.

In qualche modo, riuscì a restare in piedi, illesa e con il telefono in mano.

Il furgoncino rimbalzò sul marciapiede, dritto verso l'uomo che aveva gridato per avvertirla, poi tornò bruscamente sulla strada. Non appena toccò di nuovo l'asfalto con le gomme, ripartì a tutta velocità, come se stesse scappando dal diavolo in persona.

Caite rimase pietrificata e stordita contro il muro di mattoni per qualche istante.

"Porca troia! Ti ha quasi investita, stai bene?" esclamò l'uomo mentre la raggiungeva.

Caite annuì, ancora frastornata. "Sì, sto bene."

L'uomo si voltò e guardò nella direzione in cui era sparito il veicolo. "Non ho preso il numero di targa, è successo tutto troppo in fretta," disse, poi tornò a guardarla. "Sei sicura di stare bene? Hai colpito il muro con violenza."

Caite gli rivolse un sorriso tremolante. "Sto bene, non starei così bene se quell'affare mi avesse investita."

"Questo è vero... Merda, è stato pazzesco! Quel coglione probabilmente era al telefono, comunque sono contento che tu stia bene." Detto ciò l'uomo continuò per la sua strada, continuando a borbottare e a scuotere il capo.

Caite rimase imbambolata ancora qualche secondo, poi inspirò profondamente e guardò il telefono. La vignetta del padre aveva finito di caricarsi, c'erano i soliti omini a bastoncino, non poté fare a meno di scuotere la testa.

Nel primo quadro una persona stava dicendo all'altra: "Sai qual è il problema di essere intelligenti? Bene o male sai cosa succederà dopo."

Nel quadro successivo l'altra persona chiedeva: "Allora, cosa succederà dopo?"

E nell'ultimo quadro, la prima persona rispondeva: "Non lo so."

La battuta la fece ridere. "Oh, *avrei* proprio voluto sapere cosa stava per succedere, così mi sarei potuta togliere di mezzo più velocemente," mormorò. Salvò la vignetta sul telefono e fece un altro respiro profondo, poi guardò l'orologio e imprecò. Si era fatto tardi.

Cercando di archiviare l'incidente spaventoso appena successo, Caite affrettò il passo pensando a cosa avrebbe indossato quella sera. Era indecisa tra una gonna e un bel paio di pantaloni neri. In genere non era donna da tubino o da gonna, ma quello *era* un primo appuntamento. Voleva fare una buona impressione e farsi bella per Rocco.

Quando arrivò all'appartamento si era già dimenticata dell'incidente, si era detta che probabilmente quell'uomo aveva ragione; quasi sicuramente chi guidava stava messaggiando e non aveva fatto attenzione, c'erano tante persone irresponsabili al volante.

Non appena mise piede in casa, gettò la borsa sul bancone della cucina e si stava già togliendo la camicia ancora prima di arrivare in camera. Mancava poco all'incontro, sapeva che non sarebbe stata pronta per l'arrivo di Rocco.

Venti minuti dopo, Caite aveva deciso di indossare una provocante gonna blu invece dei pantaloni. In Bahrain, a causa della società estremamente conservatrice, aveva indossato solo pantaloni; di conseguenza aveva deciso di osare con degli abiti diversi dal solito, scegliendo quella gonna e un paio di scarpe con tacchi da cinque centimetri. Per completare il look scelse una maglia bianca con le spalle scoperte. Rocco bussò quando Caite doveva ancora asciugarsi i capelli e finire di truccarsi.

Lei aprì la porta e si girò immediatamente per tornare in camera. "Fai come se fossi a casa tua," gli disse mentre faceva per allontanarsi. "Non sono ancora pronta!"

Un braccio possente l'agganciò per la vita e la trattenne; Caite ridacchiò e lasciò che Rocco la girasse verso di lui.

"Lo so che sono in ritardo, mi dispiace tanto," squittì lei. "Sono uscita tardi dal lavoro e stavo per chiamarti, ma pensavo che comunque sarei stata pronta per il tuo arrivo."

"Hai un profumo delizioso," le disse Rocco, poi le seppellì il naso nel collo.

Caite inclinò la testa di lato, lasciandogli più spazio. "Rocco, devo andare ad asciugarmi i capelli..."

"Mmmh."

Così non l'aiutava di certo. "Rocco," insistette lei. "Suppongo che tu abbia fatto una prenotazione da qualche parte, visto che è sabato sera. Se non mi lasci andare, non ce la faremo e dovremo mangiare da McDonald's... non che l'idea mi dispiaccia... mi piacciono le loro patatine fritte, ma pensavo che probabilmente avessi qualcos'altro in programma."

"Non stiamo andando da McDonald's," le disse mentre le faceva scivolare il naso lungo il collo.

Caite rabbrividì a quella sensazione, solleticata dalla barba. Sentì l'impulso improvviso di dirgli che in realtà non voleva andare da nessuna parte, che voleva solo trascinarlo in camera, spingerlo sul letto e cavalcarlo.

Ma nel momento in cui lei sviluppò tale pensiero, lui tirò su la testa e la guardò attentamente dai capelli fino alle scarpe. "Bella gonna," le disse dopo un attimo.

"Grazie," ribatté Caite timidamente.

"Sei perfetta così come sei," le disse mentre le sistemava una ciocca di capelli umidi dietro l'orecchio.

"Devo finire di prepararmi," gli disse lei quasi sussurrando.

Rocco annuì e fece un passo indietro.

"Serviti pure da bere, se vuoi. Fai quello che vuoi."

"Sto bene così."

"Ok, allora... mi sbrigo."

"Va tutto bene *ma petite fée*, prenditi tutto il tempo che serve. La nostra prenotazione non è prima delle sette."

"Oh. Ok." Poi Caite gli sorrise, si voltò di scatto e sparì in camera.

Un quarto d'ora dopo, tornò in sala e sorrise alla visione che la accolse.

Rocco era seduto sul divano immerso nella lettura di un romanzo rosa, sembrava non essersi accorto della sua presenza.

"Sono pronta," gli disse.

Lui non reagì minimamente, quindi in realtà si era accorto di lei. Rimise il libro al suo posto sul tavolino accanto al divano e si alzò.

"Non mi sembri uno da romanzo rosa," gli disse con un po' di nervosismo.

Rocco si mosse fino a trovarsi proprio di fronte a lei, Caite fu costretta a reclinare leggermente il capo all'indietro per mantenere il contatto visivo.

"Di solito no, ma da quel poco che ho letto, quello lì non è male," le disse.

"È un libro romantico ma con della suspense. Mi piace quando c'è un conflitto aperto nel finale, piuttosto che una lotta o qualche impedimento tra l'eroe e l'eroina. Mi piace anche quando l'eroina spacca qualche culo e non ha paura di tenere testa al nemico della situazione."

"Hmmm. Sei bellissima," disse Rocco.

Caite aveva farfugliato qualche nozione sul libro per via del suo nervosismo, serrò le labbra per evitare di dire qualcos'altro di stupido.

Rocco si chinò e le sfiorò una guancia con le labbra.

Caite prima non era riuscita a godersi Rocco, ma in quel momento lo osservò. Indossava un paio di pantaloni color cachi e una polo bianca. Si era pettinato con cura i capelli, come quando lo aveva conosciuto. Si era sistemato anche la barba, in pratica era un uomo delizioso.

Poi Caite fu colpita da un pensiero.

"Le nostre maglie hanno lo stesso colore," sbottò lei.

Lui sorrise. "A quanto pare."

"Posso andare a cambiarmi," gli disse, già elaborando cosa potesse indossare da abbinare con la gonna.

"Perché?" le chiese Rocco prendendola per mano, intrecciando le loro dita. "Mi piace."

"C'è qualcosa che *non* ti piace?" gli chiese Caite, inclinando la testa.

Rocco ridacchiò. "Oh, fin troppe cose. Gli stronzi che fanno i bulli con quelli più deboli di loro, i piselli verdi, il cambiamento climatico... Ma il fatto che indossiamo un indumento dello stesso colore non mi turba minimamente."

Caite sorrise. "Ok."

Rocco la spinse rapidamente più vicina a sé e nel seguire il movimento Caite inciampò e gettò fuori un braccio per mantenere l'equilibrio. Le dita le finirono sul petto di Rocco, ma lui l'afferrò e la mantenne in equilibrio con facilità. "Tranquilla."

"Scusa," disse lei imbarazzata. "Sono proprio goffa."

Lui scosse la testa. "Non avrei dovuto tirarti senza preavviso, anche se ovviamente mi fa piacere avere addosso le tue mani. Allora, pronta per uscire?"

Caite fu sorpresa dal repentino cambio di argomento, ma annuì.

Si diressero verso la porta e lei si fermò un attimo per trasferire il portafogli e il telefono in una borsa più piccola, Rocco attese pazientemente dietro di lei mentre Caite chiudeva la porta. Dopodiché lei sistemò le chiavi nella borsetta, si voltò verso di lui e gli sorrise.

Lui ricambiò il sorriso e scesero le scale fino a raggiungere le macchina di Rocco. Lui le aprì la portiera e quando lei entrò in macchina, lui richiuse la portiera con attenzione.

Caite fece un respiro profondo e guardò Rocco fare il giro della macchina per raggiungere il lato del conducente; che uomo fantastico, non riusciva ancora a credere che proprio una come *lei* avesse un appuntamento con lui. Non si sentiva niente di speciale e non capiva proprio cosa ci trovasse Rocco in lei. A ogni modo, Caite avrebbe fatto tutto il possibile per mantenere vivo l'interesse di quell'uomo, dato che era sicuramente l'evento migliore che le fosse capitato da molto tempo.

Rocco era coraggioso, onorevole e degno di fiducia... oltre a essere un Adone. Caite credeva fermamente che tutto accadesse per una ragione e in quel momento non avrebbe potuto essere più felice di essere stata licenziata. Se non fosse successo, quella sera si sarebbe ritrovata ancora in Bahrain a lavorare per quello stronzo di Joshua, sognando ad occhi aperti il SEAL della marina che probabilmente non avrebbe mai più rivisto.

———

Rocco non riusciva a staccare gli occhi da Caite, era così splendida che lui a malapena riusciva a trattenersi dal saltarle addosso. Come lei gli aveva aperto la porta, quando era arrivato, gli era diventato duro: vedendola con i capelli bagnati lungo le spalle, Rocco iniziò immediatamente a immaginare scenari di docce bollenti insieme. Per fortuna lei si era precipitata in camera per finire di prepararsi, perché altrimenti se la sarebbe mangiata con gli occhi.

Ma dopo che Caite si era asciugata i capelli e si era truccata, lui era rimasto completamente sbalordito. Era una donna bellissima, possibile che nessuno se la fosse già accaparrata? Comunque non aveva più importanza, dato che Caite ormai usciva con *lui*.

Rocco la portò in un piccolo ristorante di pesce a conduzione familiare, sulla spiaggia vicino alla base navale. Non era molto elegante, ma non era nemmeno una bettola; lui conosceva i proprietari, che gli avevano riservato un tavolo proprio sulla spiaggia.

Rocco e Caite passarono tre ore mangiando, ridendo e conoscendosi meglio.

"Grazie per avermi portata qui," gli disse.

Avevano guardato il tramonto e trascorso l'ultima ora a chiacchierare sorseggiando vino. Rocco sperava che la serata non terminasse mai, ma purtroppo stava arrivando il momento di tornare a casa. "Grazie a te per aver accettato. Andiamo?"

Caite abbassò lo sguardo per un istante verso il proprio bicchiere vuoto, poi lo rialzò verso di lui. "Sì... e no."

"Spiegati meglio," le disse Rocco.

"Sì, perché abbiamo finito di mangiare, sono esausta per aver lavorato tutto il giorno e mi fanno male i piedi. Ma no, perché non voglio che finisca la serata."

Con quella risposta, Caite riuscì a descrivere esattamente come la pensasse Rocco... a parte il dolore ai piedi. Il cameriere gli aveva restituito la carta di credito un'ora prima, così Rocco si alzò in piedi e le tese una mano. "Vieni, *ma petite fée*, andiamo a casa prima che si faccia troppo tardi."

Sospirando, lei gli prese la mano e lui la aiutò ad alzarsi, le avvolse un braccio intorno alla parte bassa della schiena e la condusse fuori dal ristorante, assicurandosi di farla camminare verso la parte interna del marciapiede mentre si dirigevano verso il parcheggio. Nessuno dei due disse nulla durante il tragitto, godendo semplicemente della reciproca compagnia.

Quando arrivarono alla macchina di Rocco si fermarono, Caite dava le spalle alla portiera. Lei alzò lo sguardo verso di lui, Rocco intravide un misto di nervoso e desiderio negli occhi di Caite. Era quasi sicuro di emanare le stesse emozioni dal proprio viso.

Mettendole un dito sotto il mento, le chiese: "Posso?"

Caite annuì. "Prego." Poi si leccò le labbra.

Rocco si chinò e la baciò.

Iniziarono a pomiciare per un tempo indefinito, potevano essere venti minuti o venti secondi; non si curarono di essere in piedi e tra la gente, come se fossero tornati a essere due adolescenti. Per Rocco era passato molto tempo da quando aveva baciato una donna con tanta passione e creatività; in genere non era un amante dei baci, per lui erano giusto un modo per arrivare al sodo... ma con Caite, i baci *erano* già molto sodi. Si inebriò del gusto del vino bevuto da lei, mischiato al suo sapore naturale: una vera delizia.

Durante il bacio, lei gli accarezzava la schiena, indugiando anche sul sedere, Rocco fece lo stesso; accarezzarle le curve non faceva altro che dare più forza all'erezione; non riuscendo a controllarsi, si spinse contro di lei e gemette quando Caite si dimenò.

A un certo punto Rocco si tirò indietro. Doveva fermarsi in quel momento o il tutto sarebbe diventato molto imbarazzante per lui. Inoltre, non voleva trattare Caite come se fosse una ragazza facile, o farle pensare che lui l'apprezzasse solo per l'aspetto fisico.

"Dobbiamo fermarci," le disse con voce roca di desiderio.

"Lo so," gli disse lei con tono altrettanto basso.

Rocco si riavvicinò per abbracciarla e stringerla a sé. Lei gli appoggiò la testa su una spalla e ricambiò la stretta. Rocco non seppe quantificare la durata di quel dolce abbraccio, ma alcune grida provenienti dalla spiaggia lo misero in allarme, era proprio il momento di andare; non voleva esporre Caite ai pericoli della notte.

Anche lei sembrò risvegliarsi dall'incantesimo spezzato da quelle voci, si tirò indietro e gli sorrise mestamente. Senza dire una parola, Rocco le aprì la portiera e l'aiutò a salire in macchina, poi raggiunse di corsa il lato del conducente. Non appena ingranò la marcia per uscire dal parcheggio, prese Caite per mano e gliela tenne finché giunsero all'appartamento.

Una volta arrivati, Rocco la aiutò a scendere dalla macchina e l'accompagnò fino alla porta. Lei l'aprì e si girò verso di lui.

"Vuoi entrare?" gli chiese timidamente.

"Sai che vorrei farlo, ma sei stanca," le disse dolcemente. "Non sto dicendo che succederebbe qualcosa se entrassi, ma penso che, per come è andata la serata, entrambi vorremmo spingerci fino in fondo. Ma sinceramente sono felicissimo anche così, non sono un coglione che ti ha portata a cena solo per scoparti. Mi piaci, Caite, mi piaci davvero tanto. Vedo un lungo futuro davanti a noi, ma voglio che la nostra prima volta sia memorabile, voglio che tu sia in forze e... sveglia." Le sorrise. "Non voglio che ti addormenti nel bel mezzo dei miei tentativi di sedurti."

La vide arrossire di nuovo, adorava quell'aspetto di lei. "Non mi addormenterei," protestò Caite.

Rocco sollevò una mano e le accarezzò la parte posteriore del collo. "A volte l'attesa rende tutto più eccitante."

Lei si accigliò e distolse lo sguardo. Rocco apparve confuso fino a quando lei disse: "Se mi stai scaricando perché stai cercando di essere un bravo ragazzo e non vuoi dirmi che non sei interessato, preferisco che tu lo dica e basta."

"Caite," la rimproverò dolcemente Rocco, "per caso ti ho dato *qualche* segnale di voler porre fine alla nostra frequentazione?"

Lei scosse la testa (per quanto possibile, avendo la mano di Rocco sul collo).

"Infatti, perché non voglio terminare nulla. *Sto* cercando di fare il bravo ragazzo, questo sì. Vedo che sei stanca e preferisco che tu vada a riposarti piuttosto che lasciarmi entrare e farti stancare ancora di più. Capito?"

"Sì. È solo che... mi piaci tanto, anch'io voglio davvero vedere come andrà tra noi... Mi sono solo fatta prendere dal panico. Scusa."

Rocco si rilassò. Sapeva che lei aveva pronunciato quelle parole in modo istintivo, per proteggersi, motivo in più per arrabbiarsi: non per quello che aveva detto lei, ma perché era ovvio che qualcuno l'aveva trattata male, se lei temeva che lui la stesse prendendo in giro. "Domani lavori, giusto?" le chiese gentilmente.

Lei annuì.

"Va bene. Sono lusingato per il fatto che tu mi voglia ancora qui con te, *ma petite fée*, davvero. Ti garantisco che non vedo l'ora di averti nuda sotto di me, ma so anche che non c'è fretta. Arriverà il momento, puoi starne certa."

"Come ho fatto ad essere così fortunata?" chiese Caite.

Rocco scosse la testa. "No. Questo è quello che dovrei dire io," le disse con un altro sorriso. "Che ne dici di darmi il bacio della buonanotte?"

Senza dire nulla, Caite fece un passo verso di lui e si mise in punta di piedi. Gli avvolse le braccia intorno al collo e sollevò il mento verso l'alto. Rocco le mantenne la presa sul collo e con l'altra mano le strinse il sedere, spingendola verso di lui. Si scambiarono un bacio rovente e pieno di aspettative.

Prima di lasciarla andare con riluttanza, Rocco le mordicchiò il labbro inferiore.

"Sai... Se qualcun altro si azzardasse a mettermi una mano sul collo sarei infastidita e probabilmente lo accuserei di volermi controllare, ma quando lo fai tu... mi scioglie. Non prendermi in giro, Rocco," gli disse Caite con una nota di agonia. "Ho avuto un paio di settimane difficili e se tu ti prendessi gioco di me, sarei devastata."

"Non ti prendo in giro," le disse Rocco, incapace di irritarsi a quel pensiero: aveva già capito che lei cercava di proteggersi. "Voglio tutto di te, Caite. Voglio le tue paure, i sogni, le speranze... Voglio starti accanto quando la vita ti riserverà qualche brutto tiro. Voglio essere la prima persona con cui vuoi parlare quando hai bisogno di sfogarti o di festeggiare qualcosa; non ti farei mai del male. Potrei toccarti in modi nuovi, ma non lo farò mai con rabbia o per controllarti. Capito?"

"Capito," confermò lei. Poi allungò una mano e gli accarezzò la barba. "È proprio morbida."

"È un po' troppo lunga... devo tagliarla ancora di più, rispetto a stasera."

Nonostante si sentisse timida, Caite trovò il coraggio di guardarlo dritto negli occhi. "Non ancora... Non sono mai uscita con un uomo barbuto."

Il pensiero di Rocco fu invaso da nuove scene piccanti, ma lui si costrinse a respingerle. "Non vedo l'ora," le disse, poi la baciò sulla fronte e si ritrasse. "Domani ti mando un messaggio," le disse. "Stai attenta, al lavoro."

"Certo."

"Mi sono divertito stasera. Grazie."

"Grazie a *te*," rispose lei. "Ci sentiamo più tardi."

"Sì, ovvio," le disse Rocco. "Ora entra e chiudi la porta a chiave, Caite."

Lei annuì, si morse un labbro e poi fece un passo indietro. Mantenne sempre il contatto visivo con Rocco, fino a chiudere del tutto la porta.

Rocco sentì scattare la serratura e il catenaccio, annuendo soddisfatto. Mentre tornava verso la macchina, controllò che ora era: non era poi così tardi... forse poteva tornare all'appartamento di Caite. Però... no. Meglio di no, Caite aveva bisogno di riposare: Rocco voleva che la loro prima notte d'amore potesse trascorrere tranquillamente, senza che il mattino dopo uno dei due fosse costretto ad alzarsi presto. Voleva prendersi tutto il tempo necessario per amarla come desiderava.

Rocco scosse la testa tornando a casa. Non si sarebbe mai immaginato così coinvolto da una donna, come gli era capitato con Caite. Certo, c'era sempre la possibilità che qualcosa potesse andare storto; magari lei avrebbe compiuto una follia, o dopo qualche mese non avrebbe gestito la carriera militare di Rocco. In egual modo, c'era la possibilità che *lui* facesse qualche stupidata e dicesse o facesse qualcosa di imperdonabile agli occhi di Caite.

Ma per la prima volta in vita sua Rocco era eccitato dalla prospettiva di avere una relazione a lungo termine con una donna. Né temeva né si preoccupava che lei potesse nutrire sentimenti più profondi rispetto a lui, anzi; quasi sicuramente sarebbe stato lui quello ad affezionarsi di più.

Facendo un respiro profondo, Rocco decise di procedere un giorno alla volta. Proprio come le aveva detto poco prima, avevano tutto il tempo del mondo.

———

"Mi pigli per il culo?" sbraitò il capitano Isaac Chambers, in mutande nel patio sul retro della casa in cui viveva con la moglie e i tre figli. Aveva detto alla moglie che doveva fare una telefonata rapida, era uscito estraendo il telefono usa e getta per non farsi sentire da nessuno.

"Purtroppo no. Ci ho provato, ma c'erano dei testimoni... Ce l'avevo nel mirino, era quasi fatta, ma un coglione l'ha avvertita e lei è schizzata via all'ultimo secondo."

"Dannazione! Ma come cazzo hai fatto a sbagliare? Non ti ho affidato un compito difficile!"

"Stavo cercando di farlo sembrare un incidente."

"Perché? Merda, saresti comunque scomparso nel nulla. Perché cazzo non sei tornato indietro per provare a colpirla di nuovo?"

"Perché c'era troppa *gente* in giro," rispose l'altro uomo. "Senta, cinquemila dollari non sono abbastanza per rischiare di finire dietro le sbarre."

"Allora avresti dovuto dirmelo prima di prenderti la metà dei soldi, e che cazzo. Ora ritorna subito lì e assicurati di ucciderla!"

"Mi chiamo fuori," disse l'uomo con tono piatto.

"Oh, no, *non* sei fuori. Hai preso duemilacinquecento dollari e porterai a termine l'incarico!" ordinò Chambers.

"Vaffanculo! Non sono uno dei tuoi froci della marina a cui puoi dare ordini. Ho detto che sono *fuori*. Dovrai trovare qualcun altro che si occupi di questa merda."

Chambers digrignò i denti. "Allora ridammi i soldi."

"No. Fottiti, testa di cazzo," disse l'uomo, poi riattaccò.

Non appena terminò la conversazione, Isaac Chambers scagliò con foga il telefono usa e getta contro il lato di casa sua. L'oggetto si frantumò in mille pezzi e un pezzo di plastica gli graffiò il viso prima che riuscisse a spostarsi.

Chambers si chinò e appoggiò le mani sulle cosce, imprecando e cercando al tempo stesso di controllarsi. Stava perdendo troppi soldi, troppo velocemente. Sua moglie si lamentava continuamente di aver bisogno di soldi per andare a fare shopping, e lui aveva sempre delle spese per i figli, campeggi o altro che fossero.

Ma non era quello il problema principale; la sua reputazione nel giro del contrabbando aveva subito un duro colpo e doveva assolutamente fare in modo che gli ultimi lavori venissero portati a termine senza ulteriori complicazioni. Aveva bisogno della percentuale che avrebbe guadagnato nel portare le antiche tavolette fuori dall'Iraq e dritto tra le mani dei collezionisti negli Stati Uniti.

Il vero problema era che se Caite McCallan si fosse ricordata di fare il suo nome, la reputazione di Chambers sarebbe finita nel fango.

Si era già occupato di sistemare la famiglia Bitoo, a loro era capitato un incidente molto sfortunato. Non poteva rischiare che i poliziotti li trovassero. Uno dei fratelli (non ricordava quale, neanche gli importava) era stato abbastanza stupido da contattarlo, raccontandogli tutto quello che era successo in Bahrain, compresa la cattura e la fuga dei SEAL della marina. Così Chambers aveva chiamato il suo contatto alla base navale in Medio Oriente e aveva ottenuto le copie del rapporto che i SEAL avevano consegnato al comandante Horner.

Non avevano fatto riferimento a Caite McCallan, ma quando Chambers aveva letto il curriculum dell'impiegata gli era stato tutto chiaro. La stronza parlava bene il francese, i fratelli Bitoo avevano già ammesso di aver parlato dei loro piani di sistemare i SEAL, ne avevano parlato tra loro proprio durante la conferenza, quindi era più che ovvio che la McCallan li avesse sentiti per caso.

Chambers aveva pagato profumatamente per assicurarsi che i Bitoo tenessero la bocca chiusa... per sempre. Non sapeva dove fossero stati gettati i corpi o come fossero stati uccisi, gli importava solo mantenere la sua reputazione al sicuro.

Dunque anche Caite McCallan doveva morire. Gli uomini morti (o le donne, in quel caso) non potevano andare in giro a spifferare segreti. Chambers aveva bisogno che lei stesse zitta; sicuramente a breve si sarebbe ricordata di fare il suo nome. Doveva agire prima che lei potesse combinare qualche guaio.

Isaac Chambers rientrò in casa senza curarsi dei fram-

menti del telefono. Doveva trovare qualcuno in grado di ucciderla, possibile che fosse così difficile? C'era sempre qualche
stronzo in cerca di soldi. Doveva solo trovare qualcuno più
disperato dell'ultima persona che aveva assunto, e soprattutto
pagarlo meno.

Era sotto di duemilacinquecento dollari e non poteva
permettersi di fare di nuovo un errore del genere; doveva
trovare qualche drogato che la facesse fuori a metà prezzo.

CAPITOLO DIECI

"Buongiorno, *ma petite fée*," le disse Rocco quando Caite rispose al telefono. Era passato qualche giorno dal loro appuntamento e da allora si erano parlati ogni giorno. Rocco non vedeva l'ora di incontrarla di nuovo, ma purtroppo doveva aspettare.

"Buongiorno," gli rispose Caite con voce assonnata.

Rocco adorava quella voce. "Hai dormito bene?" le chiese.

"Mmmh... direi di sì, visto che ho parlato con te proprio prima di andare a letto!"

Rocco si sistemò l'uccello in tiro e si costrinse a concentrarsi su quello che doveva dirle. "Quanto sei dolce."

"Questo fine settimana sono libera," gli disse lei. "Stamattina mi sono arrivati i turni via e-mail."

Rocco imprecò mentalmente. "È fantastico, ma purtroppo ho brutte notizie."

"Che succede?"

Lui detestava doverle dare quella notizia. "Io e i ragazzi partiamo questo pomeriggio per andare fuori città."

Per un attimo ci fu silenzio e all'improvviso Rocco realizzò che avrebbe preferito darle la notizia di persona, soprattutto perché era la prima volta che doveva partire per una missione dando così poco preavviso. "Caite?"

"Sì, sono qui. Suppongo che tu non possa dirmi nulla su dove stai andando o per quanto tempo starai via... vero?"

"Vorrei poterlo fare."

"Ok. Per favore, sii prudente."

Dannazione, Rocco avrebbe *proprio* dovuto dirglielo di persona. "Chiaro. Questo fa parte di me," le disse gentilmente. "Questo è il mio lavoro... agli altri può far cagare, lo capisco. Se tu mi chiamassi dicendomi che devi partire senza potermi dire dove vai, cosa fai o quando torni, io perderei la testa... Non è giusto che io faccia lo stesso con te e che mi aspetti che tu sia tranquilla in merito."

"Guarda che *non* ho problemi con il tuo lavoro," protestò subito Caite. "Sono orgogliosa di te, Rocco, lo sai che ammiro te e i tuoi amici, so anche che noi civili americani stiamo vivendo serenamente grazie a voi. Solo che ora che ti conosco... è diverso."

"Lo so. Essere la ragazza o la moglie di un SEAL non è mai facile."

"Allora è così che stanno le cose? Siamo insieme?" gli chiese lei, incerta.

"Caite, da quando ti ho rintracciata ci siamo parlati ogni giorno... Non passo un minuto senza pensarti, chiedendomi cosa stai facendo. Posso garantirti che sento ancora il tuo sapore sulle labbra, sogno di baciarti e... fantastico su come sarà la nostra prima notte d'amore. Quindi sì... ti ritengo senz'altro la mia ragazza."

"Oh."

"Oh? Tutto qui?" la stuzzicò. "E tu mi consideri il tuo ragazzo?"

"Sì."

Lei gli rispose così in fretta da calmare ogni possibile dubbio in Rocco.

"Bene."

"Allora, quando parti?" gli chiese Caite.

Rocco si accigliò. "Tra circa quattro ore."

"Dannazione."

"Sì...vorrei venire a salutarti prima di partire, ma abbiamo delle riunioni, dobbiamo preparare l'attrezzatura e partire."

"Capisco."

Rocco abbassò leggermente la voce. "Mi mancherai, *ma petite fée*... Non sai quanto."

"Uh... sì, posso immaginarlo... anche tu mi mancherai allo stesso modo. Mi sono un po' abituata a te."

"Davvero?"

"Sì. Mi chiamerai quando torni?"

"Ma certo. Se per te va bene, verrò a trovarti il prima possibile."

"Sì, per favore." Poi lei sospirò.

"Cosa c'è?"

"Ho appena realizzato quanto abbiamo parlato negli ultimi giorni. Sei la prima persona che chiamo quando esco dal lavoro e parliamo anche la mattina, prima che io vada in negozio. Mi mancherà avere qualcuno con cui parlare."

Rocco si rimproverò mentalmente di non averla presentata a Caroline e alle altre mogli dei suoi amici SEAL. "Mi dispiace di averti tenuta tutta per me."

"Non dire così, non è vero."

"Per il momento. Quando tornerò mi assicurerò di presentarti alcune compagne di altri amici SEAL. Beh, ora loro non vanno più in missione, ma si occupano di addestramento. Hanno sposato donne straordinarie, so che avranno un sacco di consigli da darti e ti aiuteranno ad affrontare i periodi in cui sarò in missione."

Lei rimase in silenzio a lungo, così Rocco la chiamò: "Caite?"

"Sono qui."

"Cosa c'è che non va?"

"Mi sembra serio... presentarmi alle donne dei tuoi amici."

Rocco sospirò esasperato. "Cosa ti ho appena detto, *ma petite fée?* Ora stiamo insieme, siamo una coppia che si frequenta. Usciamo insieme. Farò di tutto per facilitarti i momenti in cui non ci sarò. Non mi piace il pensiero che tu sia tutta sola quando sono via. Ma dimmi, hai qualche novità sui lavori d'ufficio?"

Rocco sapeva che era un brusco cambiamento di argomento, ma si ricordò in quel momento che era davvero curioso di saperlo.

"Non ancora."

"Accidenti."

"Per ora sto bene al minimarket."

"Ti ci senti al sicuro?" le chiese Rocco.

"Certo."

"Dico sul serio, Caite. I crimini di natura violenta in posti simili sono alle stelle."

"*Lo so*, Rocco... non è che se resti qui il mio lavoro diventerà meno pericoloso. Purtroppo è quello che è, sai che sto cercando un altro lavoro, ma non è così semplice."

Caite era chiaramente irritata. "Sì ma se succede qualcosa non posso correre da te, se sono fuori dal paese."

Rocco riuscì a calmarla con quelle parole. "Me la caverò, mi hanno istruita su cosa fare in caso di rapina. Inoltre non faccio il turno di notte, che è ben più pericoloso. Non farò stupidate... sempre *se* succeda qualcosa."

Rocco voleva tanto dirle che quella missione non sarebbe stata tanto lunga, che sarebbe tornato nel giro di una settimana... ma non poteva condividere alcun dettaglio. In quel momento si sentì davvero frustrato per la segretezza richiesta dal suo lavoro.

"Comunque vorrei darti alcuni numeri telefono di uomini di cui mi fido, sai... metti che succede qualcosa."

Caite sospirò, poi gli chiese: "Sei proprio preoccupato, eh?"

"Sì."

"Sai, dovrei essere *io* quella che si preoccupa. Se ti succede qualcosa, come farò a saperlo? So come funziona nell'esercito, non ti dimenticare per anni come collaboratrice esterna per il Dipartimento della Difesa. Non siamo sposati quindi se vieni ferito o peggio, se muori... non lo saprò mai. Quindi dovrei essere io a fare a *te* la ramanzina dicendoti di stare attento, e non il contrario!"

Caite aveva ragione. "Mi assicurerò di dire al mio amico Wolf di contattarti immediatamente, se mi dovesse succedere qualcosa."

"Questo non mi fa sentire meglio," gli disse Caite sussurrando.

Diamine, la situazione stava precipitando. "Quando tornerò, ti porterò a cena fuori e quando ti riporterò a casa non resterò sulla porta. Passerò tutta la notte ad esplorare la chimica che scorre tra noi, e non vedo l'ora di esplorare ogni singolo centimetro del tuo splendido corpo."

"Perfido," protestò Caite con un piccolo sbuffo. "Ora sono triste *ed* eccitata, e non ho il tempo di fare niente prima di dover andare al lavoro."

"Ehi, *ora* chi è la perfida qui?" le chiese Rocco improvvisamente colpito da un'immagine di lei sdraiata sul letto, senza vestiti e con una mano tra le gambe.

"Grazie per avermi detto che parti," gli disse Caite a bassa voce.

"Ci saranno delle volte in cui non avremo a disposizione tutto il tempo che abbiamo avuto oggi per salutarci," le disse onestamente. "Ma non me ne andrò *mai* e poi mai senza fartelo sapere, non potrei mai farti un torto del genere."

"Ok."

"Ora devo proprio scappare, i ragazzi mi stanno aspettando."

"Per favore, stai attento," lo pregò Caite.

"Sempre," le disse Rocco. "Più tardi ti giro qualche numero. Usali se hai bisogno di qualcosa, *per favore*."

"Andrà tutto bene."

Rocco non fu proprio entusiasta di quella risposta, ma non aveva tempo di insistere. Una volta tornato, le avrebbe presentato Wolf e Cutter. Forse se Caite li avesse conosciuti di persona si sarebbe sentita più a suo agio nel chiamarli in caso di bisogno, quando Rocco non era nei paraggi. Poi, così facendo, Rocco avrebbe avuto modo di vedere se Caroline, Dakota e le altre donne avrebbero accolto Caite sotto la loro ala. Gli venne in mente che Wolf gli aveva raccontato di come si era sentita sola Caroline, quando aveva iniziato ad uscire con lui, mentre gli altri uomini della squadra non avevano ancora trovato la loro anima gemella. Probabilmente Caite si sentiva proprio così, in quel momento.

Rocco aveva già pronte le parole "ti amo" nel cuore ma non poteva ancora dirle. Era troppo presto, Caite si sarebbe spaventata di sicuro. "Stai attenta," le disse.

"Anche tu."

"Ti chiamo quando torno. "

"Ok."

"Ciao, *ma petite fée*. "

"Ciao, Rocco."

Rocco riagganciò sentendosi inquieto e ansioso. Ripensò ancora che avrebbe dovuto avvisarla di persona.

Sospirando, mise il telefono in tasca e si girò per andare verso la sala conferenze. Il comandante Storm North e il resto della squadra lo stavano aspettando per iniziare la riunione. Tutto ciò che sapeva Rocco riguardava una missione in Africa, sulle tracce di una soffiata su altri reperti contrabbandati fuori dal Medio Oriente.

Tre giorni dopo la partenza di Rocco, Caite si sentiva molto triste. Si rimproverò per sentirsi così giù: era abituata a vivere una vita solitaria. Nei periodi intensi di lavoro, passava giornate intere senza parlare con nessuno al di fuori dell'ufficio.

Ma Rocco le aveva procurato la gioia di attendere qualcosa. Di solito Caite lo chiamava quando usciva dal lavoro, mentre tornava a piedi al suo appartamento, poi chiacchieravano di nuovo la sera, prima di andare a dormire.

Lui la chiamava ogni mattina per assicurarsi che stesse bene, Rocco si allenava presto e quindi la chiamava sempre lui per primo. Caite era già sveglia quando lui la chiamava, ma le piaceva poter parlare con lui prima di andare al lavoro.

Parlavano un po' di tutto, raramente affrontavano argomenti impegnativi, ma in qualche modo nelle ultime due settimane Caite sentiva di conoscere Rocco meglio di qualsiasi altro uomo con cui era uscita in passato; sapeva che aveva i genitori vivi e vegeti in Florida, era figlio unico ma considerava gli uomini con cui lavorava come fratelli di sangue.

Odiava i colori vivaci e non sopportava i pomodori, amava i frutti di mare e le mele, ma detestava il sushi e la torta di mele. Amava allenarsi; anche se tanti dei suoi amici sfoggiavano tatuaggi, lui non aveva il minimo desiderio di farsene uno.

Tutto il tempo speso in messaggi e conversazioni per approfondire la conoscenza portarono Caite a desiderare con impazienza ciò che non le era importato con altri uomini: portare la relazione con Rocco su un altro livello.

Caite voleva Rocco, lo bramava; il solo pensarlo le faceva irrigidire i capezzoli.

In passato aveva ceduto alle avances dei pochi uomini che aveva frequentato, perché alla fine non si aspettava altro, ma in realtà non aveva mai avuto bisogno di nessuno, non come le capitava con Rocco.

Le mancava parlare con lui, raccontargli della sua giornata e sentirlo parlare di quello che gli accadeva, era affascinante sentirlo discorrere del suo lavoro. Caite non aveva idea che i SEAL si allenassero tanto quanto facevano Rocco e la sua squadra; quegli uomini si allenavano senza sosta e compievano azioni incredibili come saltare fuori da una buca nel terreno, e conoscevano molti modi per superare il nemico in astuzia; lei invece, pur avendo lavorato per i militari, non sapeva nulla del genere.

Caite si chiese dove fosse Rocco e cosa stesse facendo in quel momento, pregando che fosse al sicuro. Non era una sprovveduta, sapeva benissimo che dovunque fosse il suo uomo e qualunque fosse la missione in corso, probabilmente era pericolosa. I SEAL correvano sempre il rischio di essere uccisi, catturati, torturati...

Caite si passò una mano sul viso con un lamento e si alzò in piedi. In quel momento il negozio era deserto, poco prima aveva finito di riempire gli scaffali e sistemato le sigarette dietro il bancone. Non c'era nessuno a fare benzina e il suo collega era nel retro, in teoria a fare l'inventario, ma più probabilmente si stava fumando una canna. A Caite non importava neanche, faceva fatica a preoccuparsi di qualcosa quando non c'era Rocco.

Udendo la campanella dell'ingresso tintinnare, Caite alzò lo sguardo. Si tirò su sorpresa fissando l'uomo che indossava un passamontagna.

Lui alzò una pistola e la puntò verso di lei. Caite alzò immediatamente le braccia, per dimostrargli che era disarmata.

"Dammi tutti i soldi," ringhiò l'uomo con tono minaccioso.

Annuendo, Caite spinse immediatamente il pulsante sul

registratore di cassa per sbloccare il cassetto, che si aprì facendo tintinnare un piccolo campanello. Prese rapidamente le banconote e le spinse verso l'uomo dall'altra parte del bancone.

Riuscì a vedergli solo gli occhi che scintillavano alla luce. Sapeva che la telecamera di sicurezza stava riprendendo tutto, pregava con tutta se stessa che l'uomo dicesse o facesse qualcosa che successivamente avrebbe portato le autorità a riconoscerlo.

Lui prese i soldi senza nemmeno guardarli.

Caite capì subito cosa sarebbe successo.

Quando partì il colpo, si spostò di lato ma non fu abbastanza rapida.

Mentre cadeva, fu attraversata da un dolore lancinante al braccio. Colpì con la testa uno scaffale dietro il bancone, pensò rapidamente a quanto si sarebbe infuriato Rocco una volta tornato a casa, scoprendo che la sua donna era stata uccisa in una stupida rapina.

Con la vista annebbiata, Caite riuscì appena a distinguere l'uomo che faceva un passo verso il bancone e sbirciava verso di lei, mentre lei vedeva il suo stesso sangue accumularsi sul pavimento. Poi lui si voltò rapidamente e corse fuori dal negozio. Il suono del campanello sopra la porta svanì nel nulla, mentre Caite perdeva i sensi.

———

Otto ore dopo, Caite giaceva sul divano del suo appartamento. Teneva il telefono in mano e fissava l'ultimo messaggio che Rocco le aveva mandato prima di partire: c'erano i nomi e i numeri degli uomini che lui le aveva detto di contattare in caso di necessità.

Sapeva di poterli chiamare... ma cosa gli avrebbe detto?

"Ciao, sono Caite, tu non mi conosci ma oggi mi hanno sparato."

Come avrebbero reagito? Avevano già le loro famiglie di cui preoccuparsi, non l'avevano mai vista o conosciuta. Inoltre ormai Caite era a casa, viva e vegeta.

Pensò di chiamare i suoi genitori, ma poi decise che avrebbe aspettato a farlo. Se avesse chiamato sua madre, sapeva che si sarebbe subito messa al volante per raggiungerla. Per quanto volesse bene ai suoi genitori, Caite non se la sentiva di affrontarli al momento.

L'episodio del negozio si era svolto in modo decisamente surreale. Caite aveva ripreso conoscenza sul pavimento dietro il bancone, con i paramedici che le facevano domande e la scuotevano leggermente.

Il proiettile le aveva appena sfiorato la parte superiore del braccio: era stata molto fortunata, Caite lo sapeva meglio di tutti quei medici, paramedici e poliziotti che glielo avevano detto più e più volte.

Inizialmente aveva perso molto sangue dalla testa, ma una volta pulita la ferita, i medici avevano scoperto che si trattava solo di un taglio superficiale. Le avevano messo tre punti in testa e altri quattro sul braccio. Dalla risonanza magnetica non era risultata alcuna commozione cerebrale, infatti Caite non avvertiva nausea o vertigini. Il medico del pronto soccorso voleva tenerla in osservazione per una notte, ma Caite si era rifiutata; sapeva che il conto per la sola visita al pronto soccorso le sarebbe costato molto più di quanto potesse permettersi con il suo misero stipendio.

Quindi Caite era casa con il braccio gonfio. Aveva anche il mal di testa e si sentiva molto dispiaciuta per l'accaduto. Il direttore del minimarket le aveva "generosamente" offerto tre giorni di ferie, ma Caite stava seriamente pensando di licenziarsi.

Si sentiva travolta dalla vita, in quel momento, come se il

terreno le stesse crollando sotto i piedi. Tra i soldi, la mancanza di Rocco, il dolore per le ferite e il fatto di essere quasi morta... non era una che piangeva facilmente, quando la vita si faceva difficile, era stata forte per tutto il giorno ma a un certo punto era arrivata al limite. Le lacrime cominciarono a scorrere prima che riuscisse a controllarle.

Rannicchiandosi in posizione fetale (attenta a non muovere il braccio nel modo sbagliato o a fare pressione sulla ferita alla testa), Caite si arrese totalmente alle lacrime, anche se era stata in grado di trattenerle per tutto il giorno. Non era crollata neanche quando aveva sentito i poliziotti che le dicevano che, se lei non si fosse buttata prontamente su un lato, il proiettile le avrebbe colpito il cuore e non il braccio.

Caite era abituata ad essere forte e a prendersi cura di se stessa, ma in quel momento così delicato, non voleva stare da sola: voleva Rocco.

———

Rocco era ben contento di essere tornato in California. Erano passati solo tre giorni da quando erano partiti, ma gli sembrava di essere stato via un'eternità. Non si era reso conto di quanto gli piacesse parlare con Caite e di quanta luce gli avesse portato nella vita. Rocco non pensava più solo ai SEAL, anzi, pensava costantemente a lei: si chiedeva di continuo cosa stesse facendo Caite, se fosse riuscita a trovare il tempo di pranzare, non vedeva l'ora di sentirla e parlare con lei delle rispettive giornate.

Dopo aver terminato il rapporto con il comandante North e il resto della squadra, Rocco smaniava per chiamare Caite e farle sapere che era tornato a casa. Era tardi, ma non pensava che a lei sarebbe dispiaciuto essere svegliata.

"È quella giusta, vero?" gli chiese Gumby quando la squadra si diresse fuori dalla sala per le riunioni.

Rocco guardò l'amico e annuì, per nulla sorpreso che Gumby gli avesse chiesto di Caite, dato che ne aveva parlato molto negli ultimi giorni. "Sì, sono abbastanza sicuro di sì. Cioè... non ho idea di cosa ci riservi il futuro, ma lei è molto importante."

"È fantastico," disse Gumby.

"Non hai paura di perdere lo slancio?" gli chiese Phantom.

Rocco si voltò a fissarlo. Sapeva che Phantom aveva avuto un'infanzia orribile e si era arruolato in marina praticamente per sfuggire alla famiglia violenta, ma non era sicuro di capire a cosa fosse dovuto quell'atteggiamento ostile.

"Ti crea problemi il fatto che esco con Caite?" gli chiese, fermandosi nel corridoio per affrontarlo.

Tutta la squadra si fermò.

"Sì, se ciò significa che penserai di continuo alla figa invece di coprirci le spalle in missione."

Rocco si infuriò. "Diresti queste stronzate a Wolf, a Dude o persino a Cookie? Morirebbero per le loro famiglie e sono tra i SEAL più tosti che abbia mai incontrato."

"Per loro è diverso," gli disse Phantom.

"Perché?" gli domandò Rocco.

Mentre pensava alla risposta, Phantom strinse i denti. "Perché tu non sei come loro."

"E *questo* cosa significa?" chiese Rocco.

Phantom si passò una mano tra i capelli già arruffati. "Significa che ti voglio bene come se fossi mio fratello. Abbiamo affrontato le situazioni più merdose insieme... Ma non voglio che una tipa mandi tutto a puttane."

Rocco si sforzò di rilassarsi. Fece un passo verso Phantom e gli mise una mano sulla spalla. "Caite non sarà mai un intralcio... Mai. Questa squadra è la mia famiglia. Solo perché Bubba ha un fratello gemello non significa che lui si preoccupi meno per *noi*. Io tengo a Caite, lo ammetto senza problemi; posso anche ammettere che voglio vedere come potrebbe andare una relazione tra noi, ci sono stati momenti in cui ho pensato a lei, durante questa missione. Ma ciò *non* significa che quando scoppierà un casino non farò bene il mio lavoro o non farò tutto il necessario per proteggere *te* e tutti gli altri componenti di questa squadra."

Nessuno disse una parola mentre Phantom e Rocco si fissarono per qualche istante.

Alla fine, Phantom annuì. "È solo che... faccio fatica ad affrontare i cambiamenti."

"Lo so, ma Caite non è una qualsiasi, come quelle che ci siamo scopati in passato. Avrei voluto che tu fossi in Bahrain per vederla, Phantom. È stata fenomenale... era terrorizzata, ma continuava a seguire l'istinto in modo coraggioso. Dalle una possibilità."

"Non devo darle nessuna possibilità," gli rispose l'amico. "Lei mi piace già... Sono solo preoccupato per te. Eri molto più tranquillo del solito in questa operazione, quindi ho pensato che il tuo cambiamento fosse dovuto a lei."

Rocco annuì. "Se Wolf e i suoi compagni di squadra hanno famiglia e sono ancora in grado di lavorare, possiamo farlo benissimo anche noi."

Tutti gli uomini intorno a loro annuirono, concordando con Rocco.

"Bene, ora che è tutto sistemato... devo fare una telefonata."

Tutti sorrisero e si diressero di nuovo verso il corridoio, chiacchierando su quello che avrebbero fatto nei prossimi due giorni di riposo. Il comandante North era generoso nel concedere loro del tempo libero quando tornavano dalle missioni. A volte i SEAL dovevano tornare a rilasciare dichiarazioni su dettagli circa le missioni svolte all'estero, ma cercavano sempre di completare il rapporto appena tornati, in modo da potersi rilassare del tutto per un paio di giorni.

Una volta raggiunto il parcheggio, tutti si salutarono e

Rocco salì sulla sua Acura. Accese con impazienza il telefono... ma si accigliò quando non fu accolto da nessun messaggio. Si aspettava almeno un messaggio da parte di Caite, anche se lei sapeva che lui non avrebbe potuto rispondere.

Cliccò sul nome di Caite e attese.

La chiamata andò dritta alla segreteria telefonica, sorprendendo Rocco.

Le mandò subito un messaggio e picchiettò con impazienza sul volante. Rocco era stato così entusiasta all'idea di parlare con la sua ragazza e di sentirne la voce... ma dal momento che non poteva sentirla, si sentì deluso. Inoltre era anche leggermente preoccupato.

Caite era stata la prima ad ammettere di non avere alcuna vita sociale al di fuori del lavoro, quindi il fatto che lei non gli rispondesse alle (Rocco guardò l'orologio) dieci e mezza di sera lo preoccupò.

Cliccò ancora una volta sul nome di Caite e quando scattò di nuovo la segreteria, Rocco prese una decisione. Mentre metteva in moto, si convinse che stava solo andando a controllare che lei stesse bene, non voleva che si fosse ferita (o peggio) nel suo appartamento, senza poter raggiungere il telefono.

Magari era un pensiero irrazionale ma Rocco sapeva che non sarebbe riuscito a dormire se non avesse constatato di persona che Caite stava bene.

Arrivò all'appartamento della sua donna senza intoppi; non vide alcuna luce accesa fuori casa, ma ciò non significava nulla. Rocco si bloccò un istante; forse Caite stava dormendo e si sarebbe spaventata se lui avesse bussato alla porta. Scartò quel pensiero, magari si sarebbe spaventata un istante, ma di sicuro sarebbe stata contenta di vederlo.

Rocco fece le scale due gradini alla volta e non appena giunto alla porta non si trattenne dal bussare forte.

Nell'attesa, si guardò intorno: tutto sembrava placido e tranquillo, nessuna festa in corso tra i vicini di casa, se c'era qualcuno negli appartamenti vicini si faceva gli affari suoi.

Dopo un momento, bussò di nuovo.

Se Caite non gli avesse risposto, Rocco era pronto a chiamare Rex. Il suo amico sapeva forzare le serrature come nessun altro, quindi avrebbe aperto la porta di Caite in pochi secondi. Volendo, Rocco poteva andare dall'amministratore del palazzo ma non voleva dover spiegare le sue motivazioni e ascoltare il tizio mentre si lagnava di leggi e frescacce varie.

Se si trattava di Caite, Rocco era pronto a fregarsene delle leggi.

Quel pensiero avrebbe dovuto spaventarlo, ma ciò non accadde. Se Caite era nei guai, lui doveva fare di tutto per aiutarla.

Nel momento in cui Rocco sollevò il cellulare per chiamare Rex, sentì dei rumori provenire da dietro la porta.

Caite era sveglia e stava per aprire la porta.

Rocco sfoggiò un enorme sorriso trepidante, impaziente di rivederla di nuovo...

Ma gli svanì il sorriso nel momento in cui Caite aprì la porta.

Aveva un aspetto tremendo: capelli arruffati, profonde rughe sulla fronte, occhi iniettati di sangue e tracce di lacrime sulle guance.

"Ma che cazzo...?" sussurrò Rocco mentre faceva un passo avanti, spingendo delicatamente la porta per aprirla di più e costringendo Caite a fare un passo indietro. Entrò nell'appartamento e richiuse rapidamente la porta. Le mise le mani sulle spalle, si chinò e le chiese allarmato: "Cos'è successo?"

Anziché rispondergli, Caite scoppiò in lacrime.

Sempre più agitato, Rocco la abbracciò immediatamente; lei non si ribellò minimamente, si limitò ad avvolgergli un braccio intorno al collo e ad appoggiargli il viso sul petto.

Rocco sentì la camicia inumidita dalle lacrime, ma non gli importava. La condusse verso il divano e si sedette, facendola sedere sulle proprie ginocchia. Notò subito un sacco di fazzoletti appallottolati sparsi per il pavimento e un flacone di medicine sul tavolino vicino al divano.

"Caite? Dimmi cosa succede," le ordinò sempre più preoccupato.

Lei rispose stringendo ancora più forte la sua presa su di lui.

Rocco si costrinse a calmarsi facendo un respiro profondo. Stringeva Caite tra le braccia, era viva; in breve avrebbe scoperto tutto il resto.

Ci vollero alcuni minuti, ma Caite smise gradualmente di piangere, tirando su con il naso di tanto in tanto. Rocco si chinò per prendere un fazzolettino dalla scatola sul tavolino e glielo porse. Caite lo prese senza proferire parola e si asciugò le lacrime, prima di soffiarsi il naso.

"Stai bene?" le chiese Rocco dopo un momento.

Lei annuì. "Sì, sto bene. Ho solo avuto una pessima giornata."

"Mi dispiace, *ma petite fée*."

Lei raddrizzò la schiena, poi gli rivolse un pallido sorriso. "Sei tornato."

"Sì, sono tornato stasera. Sono passato in ufficio per fare rapporto, poi quando non mi hai risposto al telefono sono venuto subito qui... Ero preoccupato."

Caite apparve confusa, iniziò a guardarsi intorno. "Hai chiamato? Non ho sentito nulla... ma *dov'è* il mio telefono?"

Lo trovarono sepolto tra i cuscini del divano, oltretutto spento. Ovvio che Caite non l'avesse sentito suonare.

"Sono felice che tu sia tornato," gli disse lei.

"Dimmi... cos'è successo?" le chiese Rocco. Poi notò un dettaglio che prima gli era sfuggito. "Ma cosa cazzo...?" le chiese sfiorandole una tempia. I punti erano nascosti tra i capelli. Rocco le scostò delicatamente alcune ciocche per poter esaminare la ferita più da vicino.

"Oggi c'è stata una rapina in negozio," gli disse lei senza alcuna inflessione nella voce, preoccupando Rocco. "Ho seguito la procedura e ho dato i soldi al tizio, ma ho capito che non sarebbe semplicemente scappato via. Mi ha sparato e mi sono buttata di lato, ho sbattuto la testa contro lo scaffale dietro il bancone; prima di svenire ho visto che mi ha guardata, vedendomi circondata dal sangue il tizio avrà pensato di avermi colpita. È fuggito, quando ho ripreso i sensi c'erano i paramedici."

Troppe informazioni per Rocco, si sentì travolto. "Ti ha *sparato*?"

Caite annuì.

"Sei svenuta?"

Lei annuì di nuovo.

"L'hanno preso?"

Caite scosse la testa.

"Cazzo, cazzo, *cazzo*!" imprecò Rocco.

"Sto bene," gli disse lei. "Il proiettile mi ha solo sfiorato. Sto bene."

"Ti ha *colpita*?" sbraitò Rocco. "Dove? Perché non sei in ospedale? Dannazione!"

Lei gli mise una mano sul petto, cercando di calmarlo. "È solo un graffio, sto bene. Sono andata all'ospedale, mi hanno messo qualche punto e poi mi hanno lasciata andare dato che non hanno rilevato alcuna commozione cerebrale, o altro. Non volevo passare la notte al pronto soccorso."

Senza dire una parola, Rocco si alzò e prese in braccio Caite, ignorando il modo in cui lei si irrigidì ed emise un gridolino. Attraversò il corridoio e la portò in camera da letto, adagiandola con delicatezza sul letto. "Fammi vedere," le disse.

"Rocco, non è niente."

"Ti hanno sparato, cazzo! È il mio peggior incubo diventato realtà, sei stata ferita e io non ero qui per aiutarti. Fammi vedere, Caite. Devo vedere che stai bene."

Lei lo fissò per un istante, poi si spostò sul letto e le liberò il braccio dalla lunga manica della maglia che stava indossando. Caite gli mostrò il braccio ferito, facendo attenzione a coprirsi (non che Rocco avesse intenzione di fare altro, vista la situazione).

Rocco sentì una fitta allo stomaco solo vedendo la grande benda bianca intorno al bicipite di Caite.

Come SEAL aveva assistito a molte scene orribili: arti staccati da soldati e nemici, ustioni così orribili da non riuscire a riconoscere il volto di un alleato che aveva combattuto con lui, bambini fatti a pezzi da bombe artigianali... ma niente lo aveva mai fatto stare così male come vedere quella benda bianca sulla pelle color latte di Caite.

Le srotolò la benda lentamente, con dita tremanti, rimuovendo con molta attenzione la garza intorno al braccio, poi fissò per qualche istante la ferita. Come aveva detto Caite, c'erano solo pochi punti, ma Rocco rabbrividì lo stesso quando li vide. I punti di spago nero gli sembravano antenne di insetti che le fuoriuscivano dalla pelle. Nonostante fosse piccola, la ferita era rossa e gonfia, sembrava molto dolorosa.

Rocco aveva già visto ferite simili, lui stesso ne aveva subite; gli era bastato osservare lo squarcio sulla pelle di Caite per capire quanto lei avesse rischiato, e quel pensiero rischiò di farlo uscire di testa.

Si chinò in avanti e le baciò delicatamente un punto della pelle a destra della ferita, poi a sinistra. Chiuse gli occhi e rimase lì un momento, cercando di tenere a bada le proprie emozioni.

"Rocco?"

Lui aprì gli occhi e guardò Caite. Lei aveva di nuovo gli

occhi velati di lacrime, Rocco detestava vedere quanto si sentisse vulnerabile la sua ragazza. "Sì, *ma petite fée?*"

"Puoi... vuoi restare? Solo per stanotte? "

"Ma certo," le disse.

Non le disse che lui aveva già intenzione di restare lì, quella notte. Non poteva andarsene, neanche se lei glielo avesse chiesto.

Rocco le avvolse di nuovo il braccio nella garza con molta attenzione, poi le chiese: "Hai preso qualcosa contro il dolore?"

Lei scosse la testa. "Non ho mangiato niente, il dottore ha detto di non prendere nulla a stomaco vuoto. Ero troppo stanca per mettermi a preparare qualcosa."

Lui detestò anche quel dettaglio. "Ok, allora tu schiaccia un pisolino mentre ti preparo un po' di zuppa. *Hai* della zuppa, giusto?"

"Sì, ma non devi prepararla. Ora mi alzo e..."

Nel momento in cui lei provò ad alzarsi, Rocco le mise le mani sulle spalle e la trattenne gentilmente. "Ci penso io, piccola. Ora devi solo rilassarti, lascia che mi prenda cura di te."

Caite sentì fremere le labbra e gli occhi riempirsi ancora di lacrime. Li chiuse, ma Rocco fece in tempo a notarlo.

"Caite?"

"Sto bene," gli disse lei dopo un momento. "Io... prima mi sentivo triste, sola e dolorante. Ma ora tu sei qui con me, mi vuoi aiutare, sei gentile... Dovrei essere io a chiederti se tu *stai* bene, ma... ho avuto una giornata talmente orribile!" Le ultime parole si erano ridotte praticamente a un lamento.

Rocco sollevò delicatamente Caite e la abbracciò, facendola sfogare contro il proprio petto. Lui voleva fare molto di più: voleva scovare lo stronzo che aveva osato ferirla, ma in quel momento poteva solo abbracciare Caite e fare il possibile per farla stare meglio.

Dopo un po', lei si tirò indietro e lui la fece sdraiare di nuovo. "Va meglio?" le chiese.

Lei annuì.

"Ok, ora vado a prepararti una bella zuppa e ti porto gli antidolorifici."

"Grazie."

Rocco le fece scorrere la punta delle dita su una guancia. "Non devi ringraziarmi."

"Davvero... non c'è bisogno che tu resti qui. Ho avuto solo un momento di debolezza; sono sicura che domani dovrai andare al lavoro e ti servirà la tua roba."

"Ho una borsa in macchina," le disse Rocco. "Dentro ci sono vestiti puliti e alcuni prodotti da bagno. Vedi, potrebbero chiamarci in qualsiasi momento e quindi ho sempre pronta una borsa d'emergenza. Inoltre, ho due giorni liberi: il nostro comandante si assicura di farci avere sempre del tempo libero, quando torniamo da una missione. Quindi il mio posto è qui con te, non vorrei essere da nessun'altra parte."

Caite si leccò le labbra. "Fantastico."

Lui sorrise. "Sì." Poi si chinò in avanti e le baciò la fronte. "Dai, fai un sonnellino. Tornerò in un battibaleno."

Rocco attese che lei chiudesse gli occhi e rallentasse il respiro, poi si alzò silenziosamente e tornò in sala. Come prima cosa decise di mettere in ordine, raccogliendo tutti i fazzoletti e la coperta che era caduta dal divano. Poi prese le pillole e andò in cucina, si mise a leggere l'etichetta. Si trattava di acetaminofene super-forte, Rocco ne fu contento; non avrebbe certo permesso che Caite diventasse dipendente da certe pillole, ma era un bene che i medici non avessero ritenuto necessario l'utilizzo di antidolorifici più potenti.

Preparò una ciotola di zuppa con pollo e noodles e la portò in camera da letto. Svegliò Caite con dolcezza e si limitò a guardarla mentre lei sorseggiava ogni cucchiaiata di zuppa. Caite si era calmata ed era ancora molto assonnata. Rocco le diede una pillola e lei la ingoiò senza discutere. Lui la esortò ad accoccolarsi di nuovo sotto le coperte e poi si sedette di fianco a lei, guardandola dormire.

Passata un'ora o poco più, Rocco riportò i piatti sporchi in cucina e si diresse verso la sua macchina per prendere la borsa. Una volta tornato in casa, indossò un paio di pantaloni della tuta e salì sul letto di Caite, restando sopra le coperte; si posizionò di fianco a lei per continuare a guardarla dormire.

Dopo un po' anche Rocco si addormentò, ma a differenza di Caite lui non dormì molto bene. Continuava a sognare che qualcuno sparasse a Caite, ferendola a morte, mentre lui scherzava e rideva con i suoi amici in un bar dall'altra parte della città.

———

"Sei sicuro che è morta?" chiese Isaac Chambers all'uomo che aveva assunto per uccidere Caite McCallan.

"Assolutamente sì. L'ultima volta che l'ho vista era distesa in una pozza di sangue dietro il bancone."

Chambers si aggirava inquieto nella sua cucina. Erano le due del mattino, si era alzato apposta per chiamare e assicurarsi di essersi liberato di quella scocciatura una volte per tutte. "Sì però non hanno detto niente al telegiornale," gli disse.

"Senti le ho sparato proprio come volevi, cazzo," ribatté l'uomo. "Quando avrò i miei soldi?"

L'ufficiale strinse i denti. Aveva assunto quel tizio per la modica cifra di mille dollari e non si fidava per nulla di lui, sapeva che gli importava solo di ottenere soldi per la droga e non di fare un buon lavoro.

"Quando mi dimostrerai che è morta sul serio."

"Fanculo. Per caso volevi che mi prendessi del tempo per scattare delle foto?" si lamentò il drogato.

"Dov'è la pistola?"

"L'ho gettato nell'oceano, proprio come mi hai detto tu," disse l'uomo impaziente.

Chambers si sentì un po' più sollevato, almeno la pistola non era riconducibile a lui. "Bene. Incontriamoci nello stesso motel, domani verso l'ora di pranzo: avrò i tuoi soldi."

"Ehi, pensavo che mi avresti pagato stasera," si lagnò il tizio.

"È notte fonda," ringhiò Chambers. "Non ho intenzione di lasciare la famiglia per guidare fino a là, in questo momento. Fino a quando non potrò darti i soldi, dovrai arrangiarti per fare un tiro."

"E va bene. Ma è meglio che tu ci sia domani."

"Altrimenti?"

"Fidati di me... Te ne pentirai."

"Non. Minacciarmi," enunciò Chambers con voce estremamente bassa e letale.

"Allora assicurati di essere lì domani con i miei soldi," gli disse il drogato.

Chambers riagganciò la chiamata senza rispondere. "Sarà meglio che quella stronza sia morta," mormorò. In caso contrario, o lei era la persona più fortunata del mondo, o *lui* era il *meno* fortunato.

CAPITOLO UNDICI

UNA SETTIMANA DOPO, Caite si rigirò nel letto e sorrise nel vedere l'impronta nel cuscino accanto a sé. Rocco aveva passato ogni notte a casa di Caite da quando era tornato dalla missione in Africa. Si limitavano a dormire in quel letto, ma lei doveva ammettere che averlo lì e poter parlare con lui fino a prendere sonno era una specie di sogno che si realizzava.

Rocco era un coinquilino perfetto: la aiutava a cucinare, faceva il bucato, rifaceva il letto e soprattutto la faceva ridere e star meglio sul fatto di essere disoccupata... un'altra volta.

Caite aveva deciso di licenziarsi la mattina dopo la rapina; dopo aver sognato di avere la canna di una pistola puntata in faccia, aveva capito che non poteva ritornare in quel negozio.

Ovviamente Rocco aveva appoggiato totalmente quella decisione.

"Prenditi il tempo necessario per sentirti meglio," le aveva detto. "Se hai bisogno di soldi, posso aiutarti."

"Non è necessario," gli aveva detto subito Caite. "Se dovessi aver bisogno, i miei genitori mi aiuteranno."

"Secondo te a che punto siamo nella nostra relazione?" le aveva chiesto Rocco.

"Uhm... non lo so...?"

"Non stiamo semplicemente uscendo, Caite," le aveva detto lui. "Se hai bisogno di qualcosa, devo saperlo, così posso fare di tutto per aiutarti."

Caite non aveva potuto fare altro che accettare, sentendosi stordita e felice.

Ma dopo una settimana di convivenza, Rocco non l'aveva ancora sfiorata in un qualsiasi modo per poter andare oltre, quindi Caite stava cominciando ad avere dei dubbi circa la loro relazione. Lui l'aveva baciata, certo, ma era sempre stato molto attento a non esagerare. Forse Rocco si era reso conto che tra loro non poteva funzionare, dopo aver vissuto una settimana a stretto contatto con Caite; forse lui non avvertiva la stessa tensione sessuale che sentiva lei.

Per Caite, dormire accanto a lui ogni notte era una meraviglia e una tortura al tempo stesso. Voleva solo allungare una mano e tirargli giù i pantaloncini per vedere cosa le stesse nascondendo, assaggiare ogni centimetro di Rocco, sentirlo fino in fondo dentro di lei... Ma lui non le aveva mandato alcun segnale in merito, e se Caite avesse fatto la prima mossa per poi finire respinta sarebbe stata più che imbarazzata: sarebbe stata devastata.

Alla fine Caite si rassegnò, fingendo ogni sera di essere stanchissima, cercando disperatamente di addormentarsi prima che lui la raggiungesse a letto.

Fino a quel momento la tattica aveva funzionato, ma ormai Caite si sentiva meglio... ed era molto eccitata. Avendo Rocco sempre attorno, non aveva nemmeno l'opportunità di prendersi un momento tutto per sé.

Caite tese le orecchie, a quanto pare Rocco non era in casa.

Era tornato al lavoro da qualche giorno e si alzava sempre prima di lei, assicurandosi di svegliarla con un tenero bacio sulla fronte mormorando un dolce "buongiorno" prima di raggiungere la squadra per l'addestramento.

Caite controllò l'orologio: erano solo le cinque e quarantacinque, aveva ancora circa mezz'ora prima che lui tornasse per prepararle la colazione, per poi ritornare alla base.

Girandosi sulla schiena, Caite chiuse gli occhi e fece scivolare una mano nei pantaloncini del pigiama, portò l'altra sotto la canotta e si pizzicò un capezzolo mentre si chiedeva come sarebbe stato fare l'amore con Rocco. Sarebbe stato lento e gentile, oppure lui le avrebbe spalancato le gambe per prendersi ciò che voleva?

Caite non poteva saperlo ma era certa che in ogni caso le sarebbe piaciuto.

Massaggiandosi il clitoride sempre più velocemente, iniziò a fantasticare su tutto ciò che avrebbe voluto fare con Rocco.

L'orgasmo la colpì rapidamente e Caite inarcò la schiena, ansimando e godendo delle sensazioni che la attraversavano.

Dopo essere venuta, continuò ad accarezzarsi lentamente, adorando quanto si fosse bagnata e quanto le piacesse sentire il dito scivolare sul clitoride. Si stuzzicò, assicurandosi di non premere abbastanza forte per eccitarsi di nuovo, ma solo per mantenere vivide quelle sensazioni piacevoli.

Qualcosa di indefinito la costrinse ad aprire gli occhi, Caite ruotò la testa verso la porta e si bloccò.

Rocco era lì, la luce del soggiorno gli metteva in risalto il corpo muscoloso.

Era a torso nudo e i pantaloni della tuta gli cadevano sui fianchi, con il grosso uccello in tiro attraverso la stoffa... e Caite non riuscì a non leccarsi le labbra.

Senza proferire parola, Rocco si mosse dallo stipite della porta e si diresse verso di lei.

Caite tirò via la mano dalla canotta ma non osò muovere l'altra. Forse lui non aveva capito cosa stesse facendo... forse non era lì da tanto tempo.

Rocco si sedette sul lato del letto, accese la luce e poi si avvicinò per abbassare il lenzuolo.

Accidenti. Lo sapeva.

Lei iniziò a tirare fuori la mano dai pantaloncini, ma lui la fermò afferrandola per il polso. Caite sentiva i capezzoli turgidi sotto la canotta, ma non osava abbassare lo sguardo per controllare. Era ipnotizzata dallo sguardo intenso di Rocco.

"Posso?" le chiese lui con una voce a malapena riconoscibile. Le fece un cenno verso il grembo e Caite annuì.

Santo cielo, sì. Caite voleva le mani di Rocco su di lei, ne aveva proprio bisogno.

Rocco si mise seduto, appoggiando la schiena alla testiera del letto e sistemò Caite tra le gambe in modo che lei gli si appoggiasse al petto. Poi le infilò la mano destra sotto l'elastico dei pantaloncini e intrecciò le dita con quelle di Caite.

Rocco emise una sorta di ringhio quando la sentì così umida, Caite sentì quel grugnito vibrarle sulla schiena. "Continua a toccarti," le ordinò lui.

Incapace di disobbedire e abbastanza eccitata da ignorare il solito imbarazzo, Caite ricominciò a muovere le dita sul clitoride.

Avrebbe voluto togliersi i pantaloncini e divaricare le gambe, ma si perse quando lui le tastò l'ingresso con le dita spesse. Fu *lei* a gemere in quel momento, spingendo la testa all'indietro contro il petto di Rocco.

Entrambi continuarono i loro movimenti in tandem e in silenzio per farla venire di nuovo. Quando Caite fu sul punto di venire, Rocco le spinse via le dita e le sfregò il clitoride; prima l'aveva sicuramente osservata perché usò la quantità perfetta di pressione e sembrava sapere esattamente come accarezzarla per farla venire.

Ma a differenza di Caite lui non si tirò indietro nel

momento in cui lei iniziò a venire, anzi, premette più forte provocandole un orgasmo ancora più intenso e duraturo.

Quando Caite sentì il cuore sul punto di esplodere, lui le tolse le dita dal clitoride ipersensibile e le fece scorrere fino alla fessura, distribuendo i succhi e penetrandola lentamente.

Caite iniziò a contorcersi sentendo l'uccello spesso e duro contro la schiena, voleva vederlo... e sentirlo.

Rocco sollevò le dita e se le portò al viso; Caite sapeva che stava arrossendo senza ritegno quando lo sentì succhiare. Era sicura di aver sentito le contrazioni del pene ad ogni leccata di quel nettare dalle dita.

Caite voleva dire qualcosa di serio, una volta tanto non voleva fare la solita figura della sciocca, ma ovviamente fu un fiasco. "Pensavo te ne fossi andato," riuscì a dirgli.

Lui ridacchiò dietro di lei. "Lo immaginavo."

"Mi dispiace," sussurrò Caite, non sapendo bene cos'altro dire.

"Non dire così," le ordinò Rocco, poi si mosse così velocemente che lei non ebbe il tempo di rispondere. Si posizionò su di lei, sdraiata sulla schiena, portandole le braccia ai lati della testa. Caite poté solo sbattere le palpebre, sorpresa. "Vederti venire è stata la cosa più erotica che abbia mai visto in vita mia. È stato un regalo... Quindi non essere dispiaciuta, Caite. Ti prego, non dispiacerti."

"Ok. Va bene." Lui continuò a fissarla, dopo qualche istante lei provò a dire: "Puoi... uhm... puoi..." Rimasta senza altre parole, Caite sollevò i fianchi spingendoli contro l'uccello di Rocco.

"Va bene così."

"Va... bene?" gli fece eco lei, confusa. "Ma ce l'hai ancora duro."

"Sì, ma risolverò durante la doccia."

Caite era davvero confusa. "Ma... non vuoi...?" Rimase di nuovo senza parole. Caite non capiva: era stata più in intimità con lui che con qualsiasi altro uomo, non si era mai masturbata davanti a qualcuno prima di quel momento e sicuramente non si era mai fatta masturbare da qualcun altro come aveva appena fatto con Rocco.

"Certo che voglio, ma te l'ho già detto... voglio farlo con calma, tutta la notte. Ora non abbiamo il tempo di fare tutto quello che voglio fare *a* te e *con* te. Quando sarò immerso nella tua passera calda e bagnata, non vorrò più uscirne. Ma oggi ho dei programmi per noi due, programmi che non possono essere rimandati, quindi... sì, voglio fare l'amore con te, Caite. Lo voglio tanto quanto voglio respirare per vivere, specialmente dopo averti vista e sentita crollare tra le mie braccia, ma posso aspettare."

Lei lo guardò sbattendo le palpebre. Poteva aspettare? Ma era vero, quell'uomo? Si avvicinò e lo punzecchiò con la punta di un dito, proprio all'altezza del cuore.

Lui sorrise. "Cosa stai facendo?"

"No, scusa, volevo solo assicurarmi che non fosse un sogno. *Sembri* davvero reale."

"Sono reale," la rassicurò, poi abbassò i fianchi fino a sistemarli contro quelli di lei. "Ogni centimetro di me è reale."

Caite iniziò a respirare più rapidamente. "Lo sento."

"Grazie, *ma petite fée*. Questo è stato un regalo di cui farò tesoro per il resto della vita. So che all'inizio non ti sei accorta della mia presenza, ma ti sei fidata di me per continuare; non lo darò mai per scontato."

Caite si limitò ad annuire, incapace di dire o fare altro.

"E comunque, per rispondere alla domanda che già ti leggo nello sguardo... oggi non sono andato ad allenarmi perché ho in mente altro per noi due, spero ti piacerà. È in parte fisioterapia per il braccio, per aiutarti a muoverlo più di quanto tu abbia fatto finora, e in parte per egoismo mio."

Caite si incuriosì. "Sì?"

"Sì. Mi alzo e mi faccio una doccia... e non sbirciare, altrimenti non usciremo mai da questo appartamento," la avvertì, notando che la parola "doccia" la fece sorridere. "Poi ti puoi alzare, prepararti, facciamo colazione e usciamo."

"Dove?"

"È una sorpresa."

Caite non era per nulla infastidita, ma sospirò, cercando di sembrare severa.

Lui rise e la baciò sulla fronte, poi si allontanò lentamente. All'improvviso si portò una mano al viso e inspirò profondamente l'odore sulle dita, sorprendendola. "Se potessi non mi laverei mai più," disse, più a se stesso che a lei.

Rocco si alzò, le fece l'occhiolino e si diresse verso il piccolo bagno in camera.

Caite abbandonò la testa sul cuscino e fece un enorme sospiro. "Quell'uomo è micidiale," borbottò, sentendosi più soddisfatta e rilassata di quanto non si sentisse da molto, troppo tempo.

———

Un'ora dopo Caite era più stressata di quanto non si sentisse da molto, troppo tempo.

"Non sono pronta," sbottò.

"Sì che sei pronta," le rispose Rocco con calma.

Caite distolse lo sguardo dal viso tranquillo di Rocco per guardare l'oceano. L'aveva portata in una piccola spiaggia nascosta e l'aveva informata che quel giorno le avrebbe insegnato a nuotare... o avrebbero comunque lavorato sul restare a galla.

"Non ho il costume."

"Non ti serve, i pantaloncini e la canotta che hai adesso andranno benissimo."

"Non ho niente da indossare per tornare a casa."

Rocco la girò verso di lui e le sollevò il mento con un dito.

"Non ti succederà nulla, promesso. Ho preparato una borsa con asciugamani e vestiti asciutti per entrambi; questa baia è riparata e quindi non ci sono onde, non mi allontanerò mai da te. Puoi farcela."

Caite chiuse gli occhi e sospirò. Inizialmente le era piaciuta l'idea che Rocco le insegnasse a nuotare, ma in quel momento si rese conto che l'esperienza era più spaventosa di quanto avesse pensato. Mentre calcolava tutte le possibili incognite negative, Rocco la osservò in silenzio per qualche istante e poi le mise le mani sulle spalle, iniziando a massaggiarle con delicatezza.

Caite aprì gli occhi. "Va bene."

"Va bene?" le chiese lui per essere sicuro.

"Ma se mi bevo metà dell'oceano e mi becco un'ameba mangia-cervelli, sarà colpa tua."

"Tranquilla... le amebe mangia-cervelli si trovano solo in acqua dolce."

Caite alzò gli occhi al cielo.

"Dai, togliti i sandali e iniziamo."

"Prima di entrare in acqua non mi dai suggerimenti o istruzioni?" squittì lei. Pensava di guadagnare ancora qualche minuto per convincersi e trovare il coraggio, prima di dover entrare in acqua.

"No. Più ci pensi e più perdi la testa, quindi andiamo."

Non aveva tutti i torti.

Rocco si sfilò la maglietta con una sola mano, partendo dal collo; Caite non aveva proprio idea di come i ragazzi riuscissero a compiere un'azione simile. Una volta lei ci aveva provato, in camera da letto, ma era riuscita solo ad allargare il collo della maglietta e a restare impigliata nella stoffa.

Caite sbatté le palpebre alla bella vista del petto di Rocco: aveva una manciata di peli che gli scendeva fino all'inguine, passando sopra un gruppo divino di addominali a tartaruga. I pantaloncini gli stavano perfettamente sulle cosce muscolose e lei si costrinse a riportare rapidamente lo sguardo sul viso di Rocco, prima di arrossire e fissargli il punto tra le gambe.

Quando i loro sguardi si incrociarono, lui sfoggiava un sorrisetto. "Ti piaccio?" le chiese con una smorfia maliziosa.

Caite alzò di nuovo gli occhi al cielo. "Come se tu avessi problemi di questo tipo."

Lui si mosse così rapidamente da sorprenderla, afferrandola per la vita e dietro le gambe, per poi prenderla in braccio. Caite lanciò un gridolino e gli gettò le braccia al collo, ridendo. Lui girò in cerchio, poi si fermò e lasciò la presa sotto le ginocchia di Caite, facendola toccare di nuovo a terra con i piedi. Lei gli strinse saldamente i bicipiti, osservandogli le vene negli avambracci. In genere non aveva mai trovato seducenti le braccia di un uomo... fino a quel momento.

"Anche gli uomini hanno i loro complessi sul fisico, *ma petite fée*."

"Non hai nulla da temere," lo rassicurò Caite. "Proprio nulla."

Lui le lanciò uno sguardo talmente carnale da farla arrossire.

"Allora, lezione di nuoto," disse Rocco, più a se stesso che a lei, come sentendo il bisogno di ricordarsi il motivo per cui si trovavano lì. Le fece scorrere le dita sulle braccia, fino a scendere lungo una mano e intrecciare le dita con quelle di Caite. Poi si girò e la tirò delicatamente verso l'acqua.

Lei lo seguì con riluttanza, facendo un respiro profondo.

L'acqua era sorprendentemente calda, Caite se l'aspettava fredda. Rocco si immerse fino alle ginocchia, mentre Caite si trovò già con l'acqua fino alle cosce e si fermò. Rocco si girò verso di lei. "Va bene, ora devi solo rilassarti. Fai finta di essere sdraiata a letto, allarga braccia e gambe. Io sono qui, vicino a te." Le mise una mano sulla parte bassa della schiena, nonostante la stoffa della maglietta, Caite percepì il calore irradiarsi da quel tocco delicato.

"Non mi lascerai mai andare, vero?" gli chiese.

Lui non la prese in giro alzando gli occhi al cielo, le rispose: "Mai."

Caite respirò profondamente e annuì. In fondo aveva girato da sola per i sobborghi di Manama, aveva trovato Rocco e i ragazzi e li aveva salvati: poteva affrontare anche l'oceano.

Si immerse nell'acqua fino al collo, poi si distese lentamente. Era totalmente tesa, si aggrappò con forza al braccio di Rocco. Lo fissò dritto negli occhi, voleva essere sicura che lui non se ne andasse.

La delicata pressione che Rocco le esercitava sulla schiena era continua e rassicurante. Lui le sorrise. "Rilassati, Caite. Lascia che l'acqua faccia il grosso del lavoro, più sei tesa e più sarà difficile restare a galla."

Caite si costrinse ad ascoltare le indicazioni di Rocco e si sforzò di rilassarsi. Avendo le orecchie in acqua, la voce di Rocco le arrivava ovattata, ma poteva comunque sentirlo. Lui si chinò e le sfiorò la fronte con le labbra. "Stai andando benissimo, *ma petite fée*. Sono molto orgoglioso di te."

Caite non era convinta di star *facendo* qualcosa, ma accettò di buon grado quelle lodi. Rocco iniziò a muoverle il corpo ma lei non si guardò intorno, continuò a fissargli le labbra mentre lui le parlava spostandola in una direzione, poi la girava e la faceva tornare indietro.

Dopo un po', Caite lasciò la stretta sul braccio di Rocco, facendo scivolare lentamente la mano e rilassando il braccio. Con sua sorpresa, vide il proprio braccio stare a galla senza alcuna fatica.

"Hai visto? L'acqua salata ti permette di restare a galla più facilmente. Lascia andare l'altra mano, fai la stessa cosa con l'altro braccio."

Caite lasciò andare lentamente la presa dal braccio di Rocco, portando l'altro braccio verso l'esterno.

Rocco la guardò con un gran sorriso. "Fantastico," le disse.

Caite vide che lui le fece scorrere lo sguardo dai capelli che le fluttuavano intorno alla testa, poi verso il basso, verso il seno. Lei non aveva pensato a quello che indossava fino a quel momento, quando notò che le pupille di Rocco si dilatarono. Lui si leccò le labbra e anche mentre la muoveva in acqua non distolse mai lo sguardo dal petto di Caite.

Al solo pensiero di Rocco che le fissava il seno, Caite sentì i capezzoli indurirsi sotto il reggiseno che si era messa di sfuggita quel mattino.

Senza alcun preavviso Rocco chinò la testa e la sostenne più forte con la mano sulla schiena mentre chiudeva la bocca intorno a uno dei capezzoli di Caite, facendola gemere.

Rispetto all'acqua e all'aria che li circondava, la bocca di Rocco era rovente: Caite sentì che lui le scavava con le dita nella carne mentre si cibava di lei.

Caite fece per sedersi, ma Rocco sollevò rapidamente la testa e la fissò duramente. "Resta giù," le ordinò.

Caite annuì e cercò di rilassarsi, ritornando a galleggiare sdraiata. Solo a quel punto Rocco si chinò di nuovo e le prese l'altro capezzolo tra le labbra, mordicchiandolo e succhiandolo attraverso la stoffa come se avesse tutto il tempo del mondo.

Lei non pensò più di essere in una spiaggia pubblica dove chiunque poteva passare e vederli, non pensò più alle lezioni di nuoto o al fatto di stare a galla... tutta la sua attenzione era focalizzata su Rocco e su come la stava facendo sentire in quel momento: bella e seducente.

Chiuse gli occhi con abbandono e allargò leggermente le gambe, l'impeto dell'acqua fresca tra le cosce era un qualcosa di erotico e una tortura al tempo stesso: immaginò subito le dita di Rocco che la penetravano dopo essere scivolate nei pantaloncini, come era successo poche ore prima.

Caite realizzò che non sentiva più alcun tocco, aprì gli

occhi e vide Rocco in piedi accanto a lei con entrambe le mani alzate.

"Ce la stai facendo," le disse. "Tutto da sola. Sapevo che ce l'avresti fatta."

Invece di farsi prendere dal panico per il fatto che lui non la stava più tenendo, Caite si concentrò sulla sensazione di stare a galla. Rocco aveva ragione; era molto più facile restare a galla nell'oceano, rispetto all'ultima volta che aveva provato in piscina. Era totalmente rilassata e non stava *facendo* nulla... ma restava comunque a galla.

"Bene, ora prova a muovere un po' le mani avanti e indietro," la istruì Rocco. "Tieni le mani a paletta, così." Le mostrò come fare.

Caite obbedì e rimase sorpresa quando si accorse che si muoveva in avanti. "Sto nuotando!" esclamò con stupore.

Rocco rise sopra di lei, catturando l'attenzione di Caite. Istintivamente lei cercò di sedersi e si ribaltò, finendo con la testa sott'acqua.

Prima che potesse farsi prendere dal panico, però, Rocco la circondò con le braccia, la sollevò e la riportò fuori dall'acqua.

Caite tossicchiò e si aggrappò a Rocco.

"Tutto bene, *ma petite fée?*"

Lei annuì. "Stavo nuotando," gli disse in un sussurro stupito.

"Certo."

Lei inclinò la testa e gli disse: "Ho paura di chiedertelo, come sto, ora che la mia canotta è bagnata."

"Sei bellissima," le disse Rocco con profondo rispetto.

"Hai pianificato tutto questo?"

"Se intendi la lezione di nuoto, sì. Se intendi vederti con questa canotta bianca... No. Ma io sono un uomo, Caite, e tu mi ecciti più di chiunque altra donna abbia mai incontrato. Dovrei essere morto per non guardarti."

"Non ti sei limitato a guardare," gli disse lei con un sorrisetto.

Anche lui sorrise. "Ti stai forse lamentando?"

"Sì, per il fatto che hai smesso." Caite si lasciò sfuggire quella risposta senza neanche pensare, normalmente si sarebbe vergognata, ma in quel momento non sentiva nulla di simile. Stando vicino a Rocco stava scoprendo di non provare più molto imbarazzo.

Lui gemette. "Ti ho portata qui per aiutarti a stare a galla, per farti sentire a tuo agio in acqua... non per sedurti."

"Non puoi fare entrambe le cose?" gli chiese Caite, strofinando una gamba su e giù sulla coscia di Rocco. Sentì i peli sfiorarle l'interno coscia, facendole pensare a come sarebbe stato sentire la barba di quello splendido uomo tra le gambe.

"Cazzo, così mi uccidi," ansimò Rocco, sorridendo mentre lo diceva. "Prima nuotiamo, poi ci occupiamo del resto."

Caite si sentì rilassata a quelle parole: voleva davvero imparare a nuotare, sentirgli dire che dopo si sarebbero occupati dell'aspetto fisico della relazione fu un sollievo... Specialmente dopo l'evento di quella mattina.

Caite desiderava Rocco, lo voleva totalmente dentro di lei. Fino al rifiuto di quella mattina, non si era resa conto di quanto lo volesse: ormai era pronta per lui, anzi... più che pronta.

La mezz'ora successiva trascorse molto rapidamente: Rocco era un eccellente insegnante di nuoto e riuscì a far sentire Caite forte delle proprie capacità. Quando uscirono dall'acqua, Caite aveva imparato l'arte di muovere nello stesso tempo braccia e gambe quando restava a galla sulla schiena, per spingersi in avanti. Il tutto senza l'assistenza di Rocco, un gran risultato.

Caite rabbrividì e si abbracciò da sola per scaldarsi, ma in pochi secondi Rocco fu al suo fianco. "Come va il braccio?"

"Tutto bene," gli disse Caite, sorpresa. "In realtà me n'ero dimenticata."

"Bene. L'acqua salata ti aiuterà a guarire più velocemente. Non chiedermi perché, non ne ho idea, ma so che è così. Ehi, e questo?" le chiese Rocco, tirandola a sé e girandola per guardarle la schiena. Le tracciò qualcosa sulla scapola.

Caite girò la testa per cercare di vedere cosa le stesse indicando lui, ma non riuscì a vedere nulla. "Cosa?"

"Sembra che tu abbia un brutto livido, proprio qui," le disse Rocco, con espressione preoccupata.

"Non ne avevo idea... ma mi procuro dei lividi abbastanza facilmente." Caite rabbrividì di nuovo.

"Andiamo," le disse Rocco, mettendole un braccio intorno alle spalle e tirandola di nuovo verso di sé. "Andiamo a scaldarci e ad asciugarci."

Quando giunsero al borsone che aveva portato Rocco, arrivò un gruppo di ragazzi sulla ventina, che ridevano e schiamazzavano lanciandosi continuamente una palla da pallavolo. Si diressero verso il campo da gioco e cominciarono a discutere.

"Ecco qui," le disse Rocco, porgendole un asciugamano. "Copriti, piccola."

Caite si guardò e trasalì. Visto com'era trasparente la canotta, era come se non stesse indossando nulla. Si avvolse nell'asciugamano e cercò di non arrossire.

Rocco la tirò verso di sé e le baciò la testa. "Là c'è un bagno, possiamo andare a cambiarci, prima di tornare a casa tua."

Caite era d'accordo, non voleva proprio sedersi in macchina di Rocco e lasciargli macchie umide con i vestiti fradici. Annuì e fece per prendere il borsone, ma Rocco la prese prima di lei.

"Ci penso io."

"Posso portarla io," protestò lei.

"Lo so," le rispose Rocco. "Ma ci penso io."

Lei scosse la testa con esasperazione e camminò accanto a lui mentre si dirigevano verso i bagni. Lui entrò, prese i vestiti che gli servivano e le porse il borsone. "Ho preso dei vestiti per te quando mi sono alzato stamattina, spero che vadano bene."

"Sono sicura di sì," mormorò Caite, cercando di non pensare a lui che frugava tra la biancheria.

Come se le avesse appena letto nel pensiero, Rocco si avvicinò e le sussurrò all'orecchio: "È stata una scelta difficile, ma non vedo l'ora di vederti con quello che ho scelto."

Caite ridacchiò e si allontanò da lui.

"Ti aspetto qui fuori," le disse Rocco, anche se non era poi così necessario. Dove altro poteva aspettarla?

Lei si limitò ad annuire e si diresse verso il bagno. Non era il massimo cambiarsi in un bagno pubblico, ma lei entrò, si tolse i vestiti bagnati e indossò rapidamente quelli puliti e asciutti scelti da Rocco. C'erano delle mutandine nere di pizzo che lei indossava solo in occasioni particolari, anche il reggiseno era nero e di pizzo; al solo pensiero di quando Rocco l'avrebbe vista con quell'intimo sentì i capezzoli inturgidirsi.

Sentiva che sarebbe successo presto, e le andava bene così. Si infilò anche i pantaloncini di jeans e la maglietta con il collo a V, sempre scelti da Rocco. Quando Caite uscì dal bagno delle donne, vide Rocco appoggiato al muro: non poté fare a meno di sospirare ammirata, nel momento in cui lo guardò. Lui indossava un paio di jeans con le infradito e una maglietta nera, per la seconda volta lo sguardo di Caite ricadde sulle vene degli avambracci di Rocco.

Anche lui aveva i capelli bagnati, forse un po' troppo lunghi, dato che quasi gli ricadevano sugli occhi. Quando lui la vide, scosse la testa con impazienza per vederla meglio. Caite aveva già lavorato con i militari e pensava di essere immune al fascino di un bel soldato o di un bel marinaio, ma fu colpita dal desiderio improvviso di vedere Rocco indossare la sua uniforme bianca. Di sicuro sarebbe stato un bello spettacolo.

"Ciao," gli disse lei goffamente.

Lui le sorrise. "Pronta?"

"Sì."

Lui la prese per mano e si incamminarono verso il parcheggio, pieno di macchine rispetto a quando erano arrivati, molto probabilmente a causa dei ragazzi che giocavano a pallavolo o della gente che andava in spiaggia ad allenarsi.

"Grazie per avermi costretto a nuotare, oggi," gli disse Caite.

"Costretto? Non ti costringerei mai a fare qualcosa che non vuoi fare," le disse Rocco accigliato.

"Non intendevo in quel senso," lo rassicurò Caite. "Voglio dire... grazie per avermi spinto a provare qualcosa di nuovo di cui non ero sicura. Dovresti sapere che in generale preferisco stare a casa piuttosto che uscire e svolgere attività... o qualsiasi cosa. Se vuoi fare qualcosa io ci sto, ma se lasci decidere a me mi comporterò da pantofolaia eremita. Proprio come in Bahrain, penso sia meglio stare al sicuro in casa che avventurarsi all'aperto."

"Non mi dà fastidio," le disse Rocco. "Sei libera di non crederci, ma anche a me piace stare a casa."

"Ma tu sei un SEAL," obiettò Caite.

"Sì. Per quanto adori il mio lavoro, non voglio farlo di continuo. Poi mi piace l'idea di dividere casa con qualcuno, se tu fossi una di quelle persone che ha sempre bisogno di uscire e fare di tutto e di più... probabilmente tra noi non funzionerebbe. Però se vuoi organizzare un'attività devi solo dirmelo, non mi tirerò mai indietro. Davvero."

"Lo so, e lo apprezzo. Era da un po' che volevo imparare a nuotare, o comunque sentirmi più a mio agio in acqua... ma mi sentivo a disagio quando pensavo di iscrivermi alle lezioni di nuoto, visto che di solito sono riservate ai bambini. Inoltre l'idea di fidarmi di uno sconosciuto per non affogare non mi entusiasmava per niente."

"Ehm... Lo sai che non sei pronta per vincere le Olimpiadi, vero?" le chiese Rocco mentre si avvicinavano alla macchina.

Caite ridacchiò. "Ah no? Vuoi dire che non posso dare del filo da torcere a Katie Ledecky[1]?"

"Chi?"

"Non importa. Capisco cosa intendi, Rocco, ma mi sento già molto più sicura. Se sei disposto a continuare ad aiutarmi, so che posso migliorare. Magari potrò stare a galla anche in piscina, non solo nell'oceano."

"Una volta che ci avrai preso la mano ti chiederai come hai fatto a *non* nuotare per così tanto tempo," la rassicurò lui stringendole dolcemente la mano. Poi le spostò la mano lungo la parte bassa della schiena, infilandole i polpastrelli tra le natiche. "Non credo che ci sia qualcosa che tu non possa fare, quando ti impegni."

"Dammi le chiavi della macchina e nessuno si farà male!" sbottò una voce bassa e arrabbiata vicino a loro.

Caite si era persa nella carezza stimolante di Rocco, ma non appena udì la minaccia si girò per vedere chi avesse parlato e sussultò di sorpresa e paura.

Tra loro e la spiaggia c'era un uomo con un berretto da baseball che gli copriva la fronte, vestito totalmente di nero.

Teneva tra le mani tremanti una pistola, puntata verso di loro.

CAPITOLO DODICI

Rocco spinse rapidamente Caite dietro di sé con una mano e alzò l'altra, mostrando di essere disarmato. "Calma, amico," disse, non volendo spaventare ulteriormente il ragazzo.

"Dammi le chiavi," ripeté il teppista.

"Ce le ho in tasca," disse Rocco. "Devo prenderle," continuò rivolto al ragazzo.

"No. Fai fare a lei," ordinò il ragazzo, agitando la pistola in direzione di Caite.

Rocco rimase in silenzio mentre sentiva la manina di Caite che gli frugava in tasca alla ricerca delle chiavi. In qualsiasi altro momento le avrebbe sicuramente fatto una battuta a sfondo sessuale, del tipo "stai attenta a cosa tocchi là sotto", ma quello non era né il momento né il luogo adatto.

Quello strano furto d'auto insospettì Rocco in maniera particolare: il tizio non gli sembrava un criminale incallito, anzi, sembrava terrorizzato e determinato al tempo stesso. Rocco sapeva che avrebbe potuto coglierlo di sorpresa e neutralizzarlo in pochi secondi, ma non voleva che Caite fosse vulnerabile. Se il ragazzo avesse sparato un colpo e avesse ferito Caite, Rocco non se lo sarebbe mai perdonato. Meglio accontentarlo: la vita di Caite valeva molto di più della macchina.

Caite recuperò le chiavi dell'Acura dalla tasca. Fece per darle a Rocco, ma il ragazzo sbraitò: "Portamele!"

Rocco scosse la testa. "No. Ora prendi le chiavi e te ne vai."

"No. Lei deve portarmi le chiavi... anzi, deve salire in macchina e guidare."

"Fanculo, no!" esclamò Rocco. "Lei non va da nessuna parte."

"Sì, invece, se vuole vivere!"

Rocco digrignò i denti. Non c'era modo che Caite salisse in macchina con quel coglione. "Senti... è la mia ragazza e non la lascerò salire in macchina con te, amico. Prendi la macchina e vattene."

Il ragazzo serrò le labbra con frustrazione alle parole di Rocco. "Deve venire con me."

"Perché?" gridò Rocco.

"Perché?" gli fece eco il ragazzo.

"Lei non ti serve. Prendi la macchina e sparisci," ripeté Rocco.

Il ladro d'auto scosse la testa e si guardò rapidamente intorno prima di fissare Caite. "Devi salire in macchina. Sali e basta! Devi farlo."

Rocco sentì Caite dietro di sé, gli aveva appoggiato una mano sulla schiena e tremava. Al che lui si infuriò, quel teppista non aveva alcun diritto di spaventarla: aveva superato il limite. A quel punto doveva metterlo fuori combattimento.

Proprio quando si stava preparando per balzare sul ragazzo in modo da ridurre al minimo il pericolo per Caite, Rocco notò con la coda dell'occhio qualcuno correre verso di loro.

Prima che potesse fare qualcosa, udì degli spari.

Rocco agì d'istinto, si voltò e afferrò Caite, gettando

entrambi a terra. Grugnendo quando atterrò sulla schiena, Rocco sentì a malapena il dolore, rotolò subito per fare da scudo a Caite mentre la trascinava dietro una macchina e lontano dal ragazzo con la pistola e da chiunque altro stesse sparando.

Rocco sentì gridare, ma tutta la sua attenzione era rivolta su Caite. "Stai bene? Sei ferita?" le chiese, guardandola rapidamente in ogni punto.

"Sto... sto bene," gli disse lei balbettando leggermente. "Tu?"

"Tutto a posto," le disse, senza preoccuparsi del dolore alle scapole per l'atterraggio a terra. "Come va il braccio?"

"Bene. Ma che succede?"

"Resta qui," le ordinò Rocco. "Stai giù, ora vedo."

Quando lui iniziò a raddrizzarsi Caite gli afferrò l'avambraccio. "Non puoi!" esclamò lei.

Anche se non c'era tempo, Rocco la rassicurò. "Caite, sono un SEAL della marina. Ho tutto sotto controllo. Avrei potuto occuparmi di quel tizio in pochi secondi, ma non volevo fare nulla che ti lasciasse vulnerabile. Ora ci penso io, ma mi serve sapere che sei al sicuro. Puoi rimanere qui, per favore? Anzi, meglio ancora, mettiti sotto questa macchina. Torno subito. Te lo prometto."

Lei lo fissò qualche istante prima di annuire e scivolare sotto la macchina. "Fai attenzione," gli sussurrò.

Rocco annuì, grato per il fatto che Caite fosse così razionale. Non appena lei fu sotto la macchina, lui rimase accovacciato e si fece strada verso la parte anteriore del veicolo, sbirciando intorno al paraurti.

La scena che gli si presentò davanti gli bloccò il respiro in gola.

Rocco corse come un fulmine verso il quasi ladro d'auto: era sdraiato sulla schiena, respirava a fatica con un rivolo di sangue che gli usciva dalla bocca. Sulla maglia, proprio sopra il cuore, c'era un cerchio rosso che si stava spandendo a vista d'occhio.

Imprecando, Rocco gettò via la pistola, lontano dalla portata del ragazzo e gli premette una mano sul torace. "Resisti," gli disse. Poi, girando la testa, urlò: "Caite?"

"Sì?" rispose lei immediatamente.

"Chiama il pronto intervento. Di' che ci hanno quasi rubato la macchina e che hanno sparato al colpevole."

"Merda, va bene!" gli rispose lei.

"Stai bene?" chiese una voce maschile dall'alto.

Rocco alzò lo sguardo e vide lì vicino un uomo, più o meno suo coetaneo. Teneva in mano una pistola. "Allontanati lentamente e getta quell'arma a terra," scandì Rocco.

"Amico, ti teneva sotto tiro," gli rispose l'uomo, senza muoversi. "Ti ho salvato la vita!"

Rocco mantenne il controllo con la sola forza di volontà. "Grazie. Ora, per favore, metti giù la pistola."

"Ok, ok, non c'è problema," gli disse l'uomo, che appoggiò la pistola sul bagagliaio dell'auto accanto a lui.

Il ragazzo tossì, producendo dei gorgoglii dal petto. Non era un buon segno. "Tieni duro," gli disse Rocco. "I soccorsi stanno arrivando."

"Non è carica," disse il ragazzo con un singulto.

"Cosa?"

"La mia pistola... non è carica. Il tizio ha detto che dovevo solo portare la ragazza. Ecco tutto!"

"Quale tizio?" chiese Rocco, avvicinando il viso a quello del ragazzo.

"Avevo bisogno della promozione," continuò il ragazzo, ignorando la domanda. "Ha detto che se avessi fatto quello che voleva, sarei stato promosso...." Fece una pausa per tossire di nuovo, schizzando sangue dalla bocca. Rocco riuscì a schivare il sangue appena in tempo piegandosi all'indietro.

"*Chi* ti ha detto che saresti stato promosso?" gli chiese con urgenza.

Ormai era troppo tardi. Il ragazzo rovesciò gli occhi all'indietro, il corpo si inflaccidì.

"*Cazzo!* Merda!" Rocco tastò il collo del ragazzo con la mano libera per controllargli il battito.

Niente.

"Inizio la rianimazione," annunciò Rocco.

In pochi secondi Caite apparve al suo fianco. "Cosa posso fare per aiutarti?"

"Stai indietro," le disse Rocco immediatamente. "Dico sul serio, Caite. Non ti voglio vicino al sangue."

"Ma non hai nemmeno i guanti!" protestò lei.

"Per favore," la implorò Rocco mentre iniziava a premere sul torace del ragazzo. "Non hai bisogno di vedere una scena simile. Per favore, torna dietro la macchina."

"Ok."

"Ma non andare lontano," le gridò, guardandola per la prima volta. "Non voglio perderti di vista."

Lei girò intorno alla macchina più vicina e si appoggiò alla parte opposta del cofano, dando le spalle a Rocco. "Va bene così?" gli chiese.

"Perfetto." Era proprio così: Caite non stava assistendo alla morte del tizio che voleva rapirla, era al sicuro da qualsiasi fluido corporeo e Rocco stava tra lei e il loro salvatore improvvisato, che probabilmente pensava di essere sul set di *Live PD*[1] o qualcosa di simile.

Ci vollero dieci minuti prima che arrivassero i soccorsi; Rocco sapeva di non poter salvare il ragazzo, che aveva ricevuto una pallottola nel cuore, ma continuò a tentare con la rianimazione. Un secondo prima c'era solo lui a contare tra una compressione toracica e un'altra, il secondo dopo si trovò circondato da paramedici che gli brulicavano intorno. Rocco si alzò volentieri per lasciar spazio ai professionisti. Si guardò intorno per cercare Caite e sorrise debolmente quando la vide lì vicino con in mano un asciugamano preso dalla borsa che lui le aveva preparato quella mattina.

Glielo porse. "Ho pensato che ti potesse servire."

Rocco lo prese e si pulì le mani come meglio poteva. Ci sarebbe voluto del tempo per rimuovere le macchie di sangue; si tolse la maglia, sapendo che anche quella si era sporcata. Poi, prima che fosse pronto, Caite lo afferrò per la vita e lo abbracciò stretto.

Rocco tese le braccia, non osava toccarla, non voleva che fosse contaminata da una sola goccia di sangue di quel maledetto ragazzo.

Caite sembrò capire il motivo per cui lui non ricambiava l'abbraccio, ma non ci fece caso. Rimase lì qualche istante e alla fine gli appoggiò una guancia sul petto, mentre guardavano insieme i paramedici che cercavano di riportare in vita il giovane, purtroppo senza successo.

A quel punto era arrivata anche la polizia. Un agente stava interrogando l'uomo che aveva sparato il colpo fatale e un altro si avvicinò a loro. "Voi siete la coppia che è stata tenuta in ostaggio?"

Rocco annuì. "Voleva rubarmi la macchina."

"Come è stato coinvolto quel tipo?" chiese il poliziotto, indicando l'altro uomo con un cenno del capo.

"Non so... Credo che abbia visto cosa stava succedendo e sia intervenuto per aiutarci."

"Ha detto qualcosa prima di aprire il fuoco?"

Rocco scosse la testa. "No."

"È sicuro?"

"Affermativo, il ragazzo aveva un'arma puntata contro di noi. Non si sarebbe limitato a prendere le chiavi e andarsene," disse Rocco, cercando in qualche modo di difendere il civile che li aveva aiutati.

"Ok, avrò bisogno delle vostre deposizioni."

"Certo."

"Signorina?" chiese il vice, guardando Caite.

Lei si spostò fino a far sbucare il viso dal petto di Rocco e annuì. "Certamente."

"Grazie. Se potete raggiungere il mio collega, tra poco sarò da voi."

Rocco annuì di nuovo e circondò la spalla di Caite con un braccio. Prima si diressero verso l'ambulanza, dove lui chiese dell'alcol per lavarsi le mani, i paramedici glielo fornirono volentieri. Con le mani finalmente abbastanza pulite per toccare Caite, Rocco la tirò a sé e la strinse con il massimo vigore.

C'era mancato poco. Troppo poco, dannazione. "Beh, *ma petite fée*... di sicuro sai come movimentare un'uscita."

Lei sbuffò una piccola risata e gli rispose: "Non sono io... sei *tu*. Prima di incontrarti non mi succedeva mai niente di interessante. Poi ho vagato in un paese straniero, ho salvato la vita di tre SEAL della marina, sono stata licenziata dal mio lavoro, sono stata quasi investita da un pick-up, mi hanno sparato durante una rapina e adesso quasi derubata... Accidenti. Sono come Domino, quella nel secondo film di *Deadpool*. A quanto pare la fortuna è il mio superpotere."

Rocco si bloccò a quelle parole. "Sei stata quasi investita da un pick-up?" le chiese, cercando di mantenere la voce calma.

Ma probabilmente non ci era riuscito, dato che Caite alzò lentamente lo sguardo verso di lui. "Sì. Uhm... è successo il giorno in cui siamo usciti per la prima volta, nel pomeriggio. Sono uscita tardi dal lavoro e stavo correndo a casa, temevo di non avere abbastanza tempo per prepararmi prima del tuo arrivo; il furgoncino è sbucato dal bordo del marciapiede e un tizio mi ha gridato di stare attenta, sono saltata via all'ultimo secondo. Penso che il conducente stesse messaggiando, forse era ubriaco... o qualcosa di simile."

"Il livido sulla schiena?" le chiese Rocco.

Caite si accigliò. "Oh... può essere."

Rocco ripensò immediatamente alle ultime parole del ragazzo. *Il tizio ha detto che dovevo solo portare la ragazza. Ha detto che se avessi fatto quello che voleva, sarei stato promosso.*

"Figlio di puttana," imprecò Rocco sottovoce.

"Cosa?" gli chiese Caite preoccupata. "Cosa c'è che non va?"

Rocco scosse la testa e serrò le labbra. Doveva completare la deposizione con i poliziotti e poi avrebbe parlato con il resto della squadra; infine, una volta ottenuto il nome del ladro sfortunato, avrebbe potuto capire per chi lavorava. Forse il capo del ragazzo non era la persona che stavano cercando, ma chi altro avrebbe potuto parlare di promozione?

Rocco avrebbe dovuto immaginare che Caite poteva essere un bersaglio, dopo quello che era successo in Bahrain. I dipendenti esterni in genere non venivano licenziati e mandati via dal paese come era successo a lei. Sommando anche i recenti avvenimenti, a Rocco apparve fin troppo chiaro il fatto che qualcuno la voleva morta... il prima possibile.

Rocco decise che non era il caso di spaventarla, così le bacio la testa e poi scosse il capo. "Parleremo più tardi, *ma petite fée.*"

"Ok," sussurrò lei. Dopo un po' aggiunse: "Scommetto che ti dispiace di aver deciso di insegnarmi a nuotare proprio oggi, vero?"

Rocco non sapeva cosa risponderle. Non aveva importanza quando le avrebbe insegnato a nuotare, ma qualcuno la stava spiando, o stava spiando lui... o entrambi. Al momento non era un dettaglio fondamentale, Rocco doveva capire perché mai qualcuno volesse Caite morta.

Ma aveva una certezza: nessuno avrebbe ucciso la sua donna.

Rocco aveva già deciso che voleva Caite McCallan per sé, ma sapere che era in pericolo gli rese quel pensiero ancora più chiaro.

Lanciò un'occhiata al ragazzo deceduto sotto il lenzuolo bianco, aveva eseguito un ordine: Rocco realizzò che sotto quello stesso lenzuolo poteva esserci Caite.

No. Per niente al mondo, no.

Decise che avrebbe riunito la squadra e insieme avrebbero scoperto chi volesse Caite morta e per quale motivo. L'alternativa era inaccettabile.

———

Un paio d'ore dopo, Caite sedeva nell'appartamento di Rocco e guardava uno dopo l'altro i militari presenti, aspettando che qualcuno prendesse la parola. Senza alcuna spiegazione, Rocco aveva guidato direttamente verso casa propria convocando Gumby, Ace, Phantom, Rex e Bubba per una riunione di emergenza.

Caite era diventata nervosa e irritabile da quando aveva raccontato a Rocco di tutta la sua sfortuna... o fortuna, secondo lei. Percepiva che Rocco era preoccupato per qualcosa e lei non riusciva a capire se fosse per via di qualcosa che lei aveva detto, fatto o forse si trattava di tutt'altro. Alla fine conosceva Rocco, ma non perfettamente.

"Che succede, ragazzi?" chiese Caite.

Rocco tirò il tavolino più vicino a lei, rispetto a dove era seduta sul divano, e le prese le mani. Caite deglutì rumorosamente.

"Prima mi hai detto delle tue sfortune, ricordi?" le chiese.

Caite annuì.

"Non si tratta di sfortuna," l'avvisò Rocco. "Qualcuno sta cercando di ucciderti."

Lei lo fissò sconvolta. "*Cosa?* No, non è vero."

"*Ma petite fée*, avevi ragione quando hai detto che prima di conoscermi non ti succedeva mai nulla... Ma credo che ci sia dell'altro. Ripensa a quando hai ascoltato quella conversazione con i fratelli Bitoo: ci ho pensato fino allo sfinimento e sono giunto alla conclusione che quel momento *deve* essere correlato con tutto quello che ti è successo dopo. Credo che tu abbia sentito qualcosa che non deve essere rivelato a nessuno."

Caite scosse immediatamente la testa. "Ti ho detto tutto quello che riesco a ricordare," gli disse lei con voce tremante. "Ho cercato di ricordare altri dettagli, ma avevo troppa paura quando li ho sentiti parlare... All'inizio pensavo che mi avrebbero fatto del male, ma poi hanno iniziato a parlare di voi e ho avuto ancora più paura."

"Calma, tesoro," le disse Rocco, stringendole delicatamente le mani. "Qui sei al sicuro."

"Davvero, Rocco... non riesco a pensare a nulla di nuovo riguardo quella conversazione."

Ace si scostò dal muro e si avvicinò a Caite, sedendosi accanto a lei e mettendole una mano sulla coscia con fare rassicurante... "Potresti aver sentito qualche dettaglio poco rilevante durante la conversazione, e non ci hai fatto nemmeno caso. Puoi ripercorrere per noi tutto quello che hai sentito? Forse ci accorgeremo noi di quel dettaglio, mentre ti ascoltiamo."

Caite si rese conto di star respirando sempre più velocemente, con il cuore che le batteva all'impazzata nel petto. "Quel ragazzo oggi è stato ucciso per colpa *mia*?" chiese a bassa voce, ignorando il suggerimento di Ace.

"No," le disse Rocco. "Assolutamente no. È stato ucciso perché era avido, ha scelto la strada più facile e l'altro tizio si è fatto prendere un po' troppo la mano nel volerci proteggere. Quel ladruncolo ha accettato di aiutare uno stronzo per poterci guadagnare qualcosa, fregandosene di quello che poteva succedere a *te* se ti avesse consegnata come promesso."

Caite fu tormentata da un nuovo pensiero. "Tu *sei* in pericolo per colpa mia?" gli chiese, con voce quasi stridula. "Oggi avrebbero potuto spararti per colpa *mia*! Merda!" Caite si guardò intorno come per cercare una via di fuga ma Rocco entrò nel suo campo visivo e le prese la testa, costringendola a guardarlo.

"Calmati."

Lei scosse la testa come meglio poteva nella presa, gli afferrò i polsi con così tanta forza da farsi venire le dita bianche per la pressione. "No! Basta così. Ci lasciamo! Portami a casa e dimenticati di me."

"Non ci lasciamo," le disse Rocco con calma. "E io non sono in pericolo. D'ora in poi l'unico che deve preoccuparsi, qui, è il coglione che ti vuole morta."

"La mia famiglia è al sicuro?" gli chiese Caite. "Devo chiamare i miei genitori e dire loro di partire per Timbuctu perché qualcuno pensa che io abbia sentito qualcosa che neanche mi ricordo?"

"Mi assicurerò che siano protetti," disse Phantom mentre tirava fuori il telefono.

Lei spostò lo sguardo da Phantom a Rocco. "Ragazzi, mi fate un po' paura," disse loro. "Chi sta chiamando? Superman?"

Tutti ridacchiarono, tranne Rocco. "Stai con me?" le chiese.

"Con te?"

"Con me. Usciamo. Sei la mia donna," chiarì Rocco.

"Uhm... sì?"

"Bene. Quindi, d'ora in poi, quando ti servirà qualcosa ce l'avrai... che si tratti di una fottuta giornata alle terme, di cioccolata in quel periodo del mese o di protezione per i tuoi genitori."

"Questo è... beh, non so cosa sia."

"È quello che è," disse Bubba dall'altro lato del divano. "È il nostro modo di agire: ci prendiamo cura dei nostri, e tu sei una dei nostri."

"So a malapena nuotare," borbottò Caite. "Come posso essere una dei vostri se non so nemmeno nuotare?"

Ignorando quel commento, Rocco le disse: "Chiudi gli occhi, *ma petite fée*. Ripensa alla conferenza: eri seduta a far passare il tempo e pensando alle scartoffie che ti aveva affibbiato quello stronzo del tuo capo, hai sentito i fratelli parlare in francese. Cosa stavano dicendo?"

Caite fece un respiro profondo e si concentrò sulla sensazione proveniente dalle mani di Rocco. Poteva sentire il calore del suo corpo contro le ginocchia. Si sentiva più sicura anche grazie alla vicinanza degli altri SEAL. Detestava pensare di aver sentito per caso qualcosa che la metteva in pericolo, ma odiava ancora di più non avere idea di cosa fosse.

Ripensò a quel giorno. Ricordò quanto era irritata dal fatto di dover essere alla conferenza quando avrebbe preferito crogiolarsi nella disperazione per il fatto che Rocco le aveva apparentemente dato buca. Non stava prestando molta attenzione alle persone intorno a lei perché era irritata per tutta la questione del pranzo in ritardo, così passava il tempo scarabocchiando.

"Ho prestato attenzione perché li ho sentiti parlare in francese," disse Caite dopo un momento. "Le altre persone che parlavano non le sentivo neanche, ma visto che era da tanto che non sentivo parlare francese mi sono accorta di loro."

"Cosa stavano dicendo?" le chiese Rocco, abbassando le mani per prendere quelle di Caite.

Lei avvertì le carezze di Rocco sul dorso delle mani, era una bella sensazione che le infondeva molta calma. "Davo loro le spalle, quindi non sapevo chi dicesse cosa, ma all'inizio erano preoccupati che qualcuno potesse sentirli e capire cosa stessero dicendo. Per provare che nessuno poteva capirli e probabilmente perché ero vicina a loro, uno di loro mi ha insultato in francese, per vedere se li avrei guardati male o avrei reagito. Non l'ho fatto: sono rimasta seduta e immobile, facendo finta di non aver sentito."

"Mi dispiace che tu abbia dovuto ascoltare quelle porcherie, *ma petite fée*."

Caite si rilassò al suono della voce bassa e rassicurante di Rocco. Si rese conto di avergli stretto troppo forte le mani, così cercò di calmarsi. Non era più in Bahrain, era negli Stati Uniti con Rocco e i suoi amici: era al sicuro.

"Non erano contenti di partecipare alla conferenza, volevano andare a uccidervi proprio in quel momento," riferì al gruppo.

"Perché non l'hanno fatto?" le chiese Ace.

Caite aggrottò la fronte e cercò di ricordare quello che avevano detto i Bitoo. "Non lo so," disse dopo qualche istante. "Alcuni dei fratelli volevano andare subito a occuparsi di voi, ma il più grande... o almeno credo fosse lui, voleva aspettare: voleva confermare il loro alibi. Sono abbastanza sicura che avevano capito foste dei SEAL, o almeno sapevano che potevate sopraffarli se non stavano attenti."

"Avevano ragione," commentò Bubba a bassa voce.

"Pistole," disse Caite, raddrizzando la schiena. "Non ne avevano, e volevano prenderle."

"Come se le sarebbero procurate?" le chiese Rocco.

"Uhm... non lo so. Hanno detto qualcosa sul fatto che la marina si sarebbe ripresa le tavolette, se le avessero trovate, dovevano fare attenzione o qualcosa del genere. Hanno iniziato a discutere su chi avrebbe dovuto spararvi, poi hanno detto che avrebbero lasciato lì i vostri corpi. A nessuno importava che il padre finisse nei guai... Volevano far ricadere la colpa su di lui, perché una volta ritrovati i vostri corpi il padre sarebbe stato imprigionato e loro avrebbero ottenuto il negozio." Caite fece una pausa e aprì gli occhi. "Credo che uno di loro abbia detto che non gli importava se i vostri corpi cominciavano a marcire." Deglutì a fatica mentre fissava Rocco.

"Sto bene, *ma petite fée*. Sei arrivata in tempo, ci hai salvati," le disse dolcemente.

Caite annuì e trattenne le lacrime. "Certo," gli disse con tutta la spavalderia possibile.

Rocco le sorrise, premiandola per il suo coraggio. "Questa è la mia ragazza," la lodò. "Ora, torniamo alle armi, non ne avevano. Sei sicura che non abbiano detto nulla su dove avrebbero potuto procurarsele?"

Caite chiuse di nuovo gli occhi e si concentrò. Poco dopo, li spalancò. "Uno di loro ha fatto un nome, dicendo che poteva aiutarli; un altro fratello ha respinto l'idea dicendo che era solo un americano a cui importava delle tavolette."

"Pensa, Caite! A chi?" la esortò Rocco. "Come si chiamava?"

"Non lo so! I loro accenti erano atroci e facevo fatica a capire... io ho imparato il francese europeo, non la variante africana. Credo che stessero parlando anche in dialetto..."

"Va tutto bene... shhhhh," cercò di tranquillizzarla Rocco.

"Ti verrà in mente all'improvviso, quando meno te lo aspetti," la rassicurò Rex.

"Dobbiamo chiamare l'NCIS," intervenne Bubba.

"Anche il comandante North," disse Rocco, guardando il suo amico. "Non siamo sicuri ma tutto sembra indicare che questo soggetto faccia parte della marina. C'è una talpa in Bahrain, il comandante Horner crede che sia qualcuno della sua unità. Credo che qualcuno abbia in ballo un grosso affare con questa talpa, un ufficiale di alto rango sarebbe certamente in grado di minacciare qualcuno per fargli fare il lavoro sporco. Quindi se questo tizio fa parte della marina sarà piuttosto in alto. Non credo proprio che un cadetto o perfino un sottufficiale abbiano il potere di orchestrare qualcosa del genere. Per non parlare del fatto che oggi il ragazzo ha detto qualcosa sull'essere promosso, se avesse rapito Caite. Mi sembra un atteggiamento da ufficiale superiore, magari un alto ufficiale."

"Sappiamo già chi è questo ragazzo?" chiese Bubba.

Rocco scosse la testa. "No, non aveva nessun documento con sé. Ma se faceva parte della marina, nel sistema troveremo sicuramente le sue impronte. Speriamo di trovarle presto e concludere in fretta questa storia."

"Non sono sicuro che sia una buona idea chiamare il comandante North," commentò Ace. "Voglio dire, forse il comandante sa chi è, forse sono amici."

"North è a posto, mi ci giocherei la carriera," rispose Rocco. "Lo conosco, non coprirebbe nessuno per un tentato omicidio. Assolutamente no."

"Bene. Allora andrò alla base e gli parlerò," disse Ace.

"E io chiamerò l'NCIS appena esco di qui," aggiunse Bubba. "Vorranno interrogare Caite," avvertì.

Caite spostava lo sguardo da un uomo all'altro mentre discutevano le loro prossime mosse. Se fosse stato per lei, tutto quello che voleva fare era coricarsi sotto le coperte, ma rimase seduta in modo apparentemente tranquillo mentre la squadra decideva come agire.

Si sforzò di ricordarsi il nome citato da uno dei fratelli, ma non riusciva a venirne a capo. Sapeva che quel nome era lì, nei meandri della memoria, ma non riusciva a ripescarlo.

"Forse possiamo darle una lista di tutti gli ufficiali superiori e degli alti ufficiali qui presenti per vedere se ne riconosce qualcuno," suggerì Phantom.

"Forse sì," concordò Rocco. "Ma non ancora. Abbiamo appena scoperto che qualcuno la vuole morta, molto probabilmente per quello che ha sentito. Penso che dovremmo lasciarla riflettere un po' da sola sulla conversazione, prima di sommergerla di nomi. Caite?"

Lei sbatté le palpebre verso Rocco. "Sì?"

"Cosa ne pensi?"

"Oh...uhm. Ok. Ma scusate, la marina o qualsiasi altra squadra non può rintracciare i Bitoo e chiedere direttamente a *loro* da chi avrebbero ottenuto quelle pistole?"

Rocco la fissò per un lungo momento e Caite avvertì un nodo allo stomaco. Sapeva già che non le sarebbe piaciuta la risposta in arrivo.

"Sono morti, Caite."

Lei sbatté le palpebre. "Cosa?"

"Le autorità del Bahrain li stavano cercando, senza riuscire a trovarli... e poi hanno ritrovato i loro cadaveri in una zona industriale, nella parte occidentale del paese."

Caite deglutì rumorosamente. Non le stavano di certo simpatici quegli uomini, stavano per uccidere Rocco e gli altri... ma non aveva mai desiderato la loro morte.

Si sentì crollare il mondo addosso, era davvero colpa sua. Se non si ricordava il nome della persona nominata in quella conversazione, alla fine probabilmente quel tipo sarebbe riuscito ad ucciderla. Fino a quel momento era stata estremamente fortunata, ma aveva la sensazione che la sua fortuna si sarebbe esaurita in breve tempo.

"Smettila," la rimproverò dolcemente Rocco.

"Di fare cosa?" gli chiese Caite.

"Di pensare in quel modo."

"Come fai a sapere cosa sto pensando?" gli chiese lei piegando la testa di lato.

"Perché ti conosco, *ma petite fée*. Ma non devi preoccuparti: ora che tutti sappiamo che la tua vita è in pericolo, *nessuno* si avvicinerà a te. Chiamerò tutti i miei contatti per sistemare la faccenda."

Caite ricacciò indietro le lacrime che le punsero di nuovo gli occhi. "Ok."

"Bene. Di' all'NCIS che domani porterò Caite, così potranno parlarle," disse Rocco, rivolto a Bubba.

"Sarà fatto," rispose l'altro uomo.

"Vuoi che facciamo la guardia?" gli chiese Phantom.

Rocco scosse la testa. "No. Qui siamo abbastanza al sicuro."

"Parlerò con il comandante," gli disse Ace. "Gli spiegherò cosa sta succedendo. "

"Lo apprezzo," gli disse Rocco.

Detto ciò, i cinque uomini si alzarono e si diressero verso la porta. Rocco li seguì e chiuse la porta a chiave col catenaccio dopo che furono usciti. In pochi istanti, Caite e Rocco rimasero da soli.

Lui le si sedette accanto e l'abbracciò. "Troveremo una soluzione," le mormorò dolcemente tra i capelli. "Ora che ti ho trovata, non ti perderò."

Caite non sapeva come rispondere, tutto quello che poteva fare era aggrapparsi all'unica certezza che le era rimasta in quel momento della sua vita.

———

Il capitano Isaac Chambers fissò le notizie sul telefono, stava leggendo di un tentato furto d'auto vicino a una delle spiagge della zona. Gli si ribaltò lo stomaco, fece qualche respiro profondo e strinse i pugni. Non riusciva a capacitarsi della propria sfortuna.

Quella maledetta recluta doveva solo portargli la ragazza, e *basta*. A Chambers non gliene fregava nulla del perché fosse rimasto ucciso.

"Questo è fottutamente ridicolo," mormorò. "Perché è così difficile uccidere una ragazza?"

Aveva assoldato il drogato per spararle durante la finta rapina, ma aveva scoperto che quel tipo non l'aveva uccisa, la pallottola l'aveva appena sfiorata al braccio. Il sangue che quel coglione aveva visto sul pavimento era quello della ferita alla testa che la ragazza si era procurata durante la caduta.

Chambers imprecò, sapeva che l'FBI aveva un database con le impronte digitali del personale militare. Ecco un altro problema da risolvere, perché nel momento in cui le autorità avrebbero scoperto che il ladro d'auto era Carter Richards (che era sotto il *suo* comando) probabilmente avrebbero unito tutti i punti e Chambers sarebbe stato spacciato.

Recuperò uno dei tanti telefoni usa e getta non rintracciabili e inviò un messaggio al suo contatto in Bahrain.

Capo: Cancella le impronte digitali di Carter Richards dal database dell'FBI. Immediatamente.

Nonostante il fuso orario diverso, la risposta arrivò qualche secondo dopo.

Mister X: Davvero? Non è così facile come sembra.

Capo: Non mi interessa. Devi farlo subito, altrimenti siamo fottuti.

Passarono alcuni minuti prima dell'arrivo della risposta.

Mister X: Non ho mai hackerato il database dell'FBI, ma farò del mio meglio.

. . .

Cazzo! Chambers si passò una mano tra i capelli per l'agitazione. Era filato tutto liscio come l'olio per tanto tempo. Il sottocapo gli era stato estremamente utile nel passargli informazioni dalla base in Bahrain. Chambers aveva scoperto facilmente tutto quello che doveva sapere per evitare di essere catturato, aveva incontrato l'esperto di tecnologia quando era ancora un marinaio e aveva approfittato del fatto che aveva due figli e una moglie da mantenere.

Era la situazione ottimale, ma tutto iniziava a sgretolarsi per colpa dell'arrivo di Caite McCallan in Bahrain. Naturalmente avevano dovuto assumere proprio qualcuno che parlasse fluentemente il francese.

Carter Richards che incasinava un semplice rapimento fu proprio l'ultima goccia.

Chambers aveva finito di cazzeggiare.

"Se vuoi qualcosa di ben fatto, devi occupartene da solo," borbottò a nessuno in particolare.

Chambers si alzò e andò verso lo schedario chiuso a chiave nell'angolo del suo ufficio. Non avrebbe dovuto avere un'arma da fuoco carica, ma vaffanculo tutti. Si allacciò la fondina alla caviglia e vi infilò la pistola.

Si avvicinò alla finestra e guardò fuori. Il suo ufficio si affacciava su una delle spiagge di addestramento dei SEAL. Quel giorno guardare in lontananza le reclute che venivano messe alla prova non lo distraeva come spesso accadeva in passato. Riusciva solo a pensare a cosa gli sarebbe capitato se non fosse riuscito a togliere di mezzo Caite McCallan.

Si sarebbe ricordata del suo nome, l'avrebbero imprigionato; i suoi clienti si sarebbero infuriati e avrebbero avuto paura di quello che avrebbe potuto rivelare alle autorità. Era praticamente un uomo morto se non arrivava per primo alla McCallan. Chambers sapeva che i suoi clienti avevano i loro metodi e le loro conoscenze, non avrebbero avuto problemi a fargli tenere la bocca chiusa... per sempre. Una volta che quella puttanella avesse spifferato tutto, Chambers avrebbe avuto solo ventiquattro ore di tempo prima di essere ucciso.

Maledetta Caite McCallan! Era tutta colpa *sua*!

Iniziò a pensare a diversi scenari: dall'andare a piedi fino al suo appartamento, bussare alla porta e spararle in faccia non appena si faceva vedere, al fermarsi in auto accanto a lei a un semaforo e spararle...

Aveva bisogno di restare da solo con lei. Voleva farle sapere che era lei la responsabile della sua stessa morte, che lui non voleva arrivare a tanto, che non c'era niente di personale. Ma se lei non avesse studiato il francese, non sarebbe successo tutto quel casino. Si era trovata nel posto sbagliato al momento sbagliato, ecco tutto.

CAPITOLO TREDICI

Rocco era preoccupato per Caite, non aveva quasi parlato da quando gli altri se n'erano andati. Lui stava cercando di darle un po' di spazio per farle elaborare tutti i pensieri del caso, ma stava cominciando a pensare di aver scelto l'approccio sbagliato.

Sapeva che Caite si stava sforzando troppo di ricordare quel nome, quindi doveva distrarla. "Caite?"

"Hmmm?" gli rispose lei distrattamente dal divano.

"Vieni qui," la chiamò Rocco dalla cucina.

Lei girò la testa, sporgendosi oltre il bordo del divano. "C'è qualcosa che non va?"

"No, ma ho bisogno di te."

Fu un'ottima mossa. Lei si alzò immediatamente, girò intorno al divano e lo raggiunse. "Che succede?"

"Niente," le disse, poi le mise le mani intorno alla vita e la spinse all'indietro fino a farla appoggiare al bancone. "Salta su," le disse.

"Cosa? Perché?"

"Al tre," le disse. "Uno, due, tre!"

Rocco non aveva per nulla bisogno di aiuto, ma lei fece

come richiesto, eseguendo un piccolo salto proprio quando lui la sollevò per farla sedere sul bancone, di fronte a lui.

"Rocco, cosa stai..."

"Dove eravamo rimasti questa mattina, prima che ci interrompessero così maleducatamente?" le chiese retoricamente. "Oh, sì, proprio qui..." Le fece scivolare una mano sulla parte bassa della schiena, accarezzandole la parte superiore del sedere.

Caite rabbrividì e inarcò la schiena, dandogli un accesso migliore. "Rocco," gli disse, protestando senza troppa convinzione.

"Caite," la imitò lui, continuando imperterrito l'assalto sensuale. "Questa mattina ti ho guardata mentre dormivi, prima di alzarmi... eri adorabile; non riesco proprio a immaginare di svegliarmi in altro modo, da oggi in poi. Ho deciso di portarti a Blue Cove per aiutarti a superare la tua paura dell'acqua."

Mentre parlava, Rocco continuava ad accarezzarla, osservando come secondo dopo secondo Caite stesse gradualmente rilassando i muscoli, con gli occhi socchiusi. Lui sapeva che probabilmente lei lo stava a malapena ascoltando, ma continuò a parlare. "Ti ho scelto dei vestiti e ho pensato che non sarebbe stato carino invadere la tua privacy, avrei dovuto lasciarti scegliere la biancheria intima... ma poi mi sono incuriosito... che tipo di biancheria potevi avere? Pizzo sensuale o pratico cotone? Beh, ho scoperto che ne possedevi entrambi i tipi. Nel momento in cui ho visto questo completo, però, ho capito che dovevo vedertelo indossare."

Caite gli strinse la maglietta all'altezza della vita, con respiro irregolare. Bene, non stava più pensando a quella scomoda conversazione in Bahrain. Tutta la concentrazione di Caite si era focalizzata su Rocco e sulle sensazioni che stava provando.

"Cosa mi stai combinando, *ma petite fée*? Non riesco più a

pensare, ogni minuto che passo lontano da te mi chiedo di continuo che cosa stai facendo, se sei al sicuro, se sei felice... Divento matto ogni volta."

"Mi succede lo stesso, ogni istante in cui sei stato lontano ero spaventata," ammise lei, guardandolo con le pupille dilatate. "Non so come sia potuto succedere così rapidamente."

"Cosa?" le chiese Rocco.

"Mi sto innamorando di te," gli rispose lei senza girarci intorno. "Non è da me lasciarmi andare così presto, sono una persona troppo pratica... Ci penso sempre tanto, prima di compiere qualsiasi azione, mi faccio delle liste per ogni evenienza; avresti dovuto vedere la lista dei pro e dei contro che ho fatto prima di accettare il lavoro in Bahrain, era fuori dal mondo."

"Trovare l'amore della tua vita faceva parte dei pro?" le chiese Rocco con un sorrisetto.

"No. Nemmeno essere presa di mira da un pazzo che vuole farmi fuori."

Merda. Rocco non aveva intenzione di ricordarle proprio *quello*.

"Ti amo, Caite McCallan. Amo la tua forza e la tua vulnerabilità, il fatto che tu sia disposta a provare cose nuove, così come amo il fatto che ti piaccia stare a casa a leggere un buon libro, piuttosto che uscire per forza. Amo come hai accettato quello che faccio per vivere, tanto quanto amo che ti preoccupi per me quando vado in missione. Amo che ti piacciano i miei amici e che tu abbia un rapporto stretto con i tuoi genitori. Amo il fatto che ti fidi di me e che non ti arrabbi quando divento autoritario."

Lei lo fissò con occhioni spalancati mentre lo ascoltava. Rocco terminò le carezze sul fondoschiena di Caite e la spinse leggermente verso di sé, facendola scivolare fino al bordo del bancone. Fece un passo avanti, spingendosi contro di lei, facendole sentire l'erezione. Aveva bisogno di Caite più di quanto avesse bisogno di respirare... ma doveva essere lei a decidere.

Per qualche istante, Caite rimase in silenzio e si limitò a fissare Rocco con occhi sgranati. Fino a quel momento, lui non si era reso conto di essere tanto nervoso, quel silenzio aumentò la sua inquietudine.

Alla fine, lei sollevò il busto e gli avvolse le braccia intorno al collo. Alzò le gambe, circondandogli i fianchi. "Non mi hai ancora mostrato la tua camera da letto," gli disse in un sussurro.

La libido di Rocco divampò in un istante. Lei non gli aveva detto che lo amava, ma aveva ammesso che si preoccupava per lui. Per il momento, gli poteva bastare.

Rocco le mise le mani sotto il sedere e la sollevò con la stessa facilità con cui sollevava lo zaino prima di andare in missione. Poteva quasi sentire il calore tra le gambe di lei sfiorargli l'uccello, ad ogni passo che faceva verso la camera da letto sentiva il seno strusciarsi contro la maglietta.

Lei non distolse mai lo sguardo da Rocco mentre la portava in camera. Anche quando lui si chinò e l'appoggiò sul bordo del letto, lei continuò a fissarlo. Rocco si chinò di nuovo e lei si spostò all'indietro, mentre lui si faceva strada sul letto.

"Questa è la mia stanza," le disse.

"Bella," gli rispose Caite, anche se non si era minimamente guardata intorno. Gli portò le mani sui jeans e iniziò ad armeggiare con il bottone. Lui rimase accovacciato su di lei, godendosi il momento.

Rocco si mantenne in equilibrio con le braccia puntate ai lati della testa di Caite, memorizzando la sensazione di quelle dita calde contro la pelle del basso ventre. Le guardò i capezzoli irrigiditi sotto la maglia, non desiderava altro che strapparle di dosso tutti i vestiti e immergersi dentro di lei con l'uccello duro come il marmo.

Ma non era ancora il momento.

Prima voleva assaporarla.

Avevano una sola prima volta.

———

Caite non riusciva a distogliere lo sguardo da quello di Rocco mentre faceva del suo meglio per slacciargli i pantaloni. Era totalmente assorbita da quegli occhi scuri.

Lui la amava: sembrava impossibile, ma in fondo lei sapeva che era giusto così.

Volendo mostrargli quanto significassero quelle parole per lei, Caite lo spinse delicatamente sui fianchi. Rocco si lasciò spingere all'indietro, scendendo dal letto e restando in piedi. Caite sapeva che lui non avrebbe interpretato male quel gesto, così scese dal letto, mettendosi in ginocchio. Inclinò la testa all'indietro per mantenere continuamente il contatto visivo con lui anche mentre gli tirava giù i jeans, che gli caddero intorno alle caviglie, ma lui non si mosse.

Facendogli scorrere le mani sulle sue cosce, Caite si meravigliò di quanto fossero forti, o meglio... di quanto fosse forte *lui*. Quando quella mattina era scoppiato lo sparo, Rocco l'aveva afferrata al volo e si era gettato con lei di lato, senza esitare un istante. L'aveva tenuta al sicuro, facendole da scudo con il corpo.

Poi Caite ripensò a quando aveva aperto la botola sul pavimento del negozio dei Bitoo; all'epoca non aveva capito cosa fosse successo, ma in quel momento capì che era stato Rocco a lanciare Ace fuori dalla cantina usando la sola forza bruta, guardandolo bene poteva immaginarsi la scena chiaramente.

Le cosce di Rocco erano tutto un muscolo; mentre lei gli accarezzava le gambe, i peli ispidi le facevano il solletico. Rocco indossava un paio di boxer che non lasciavano molto spazio all'immaginazione, aveva un uccello molto grosso che si tendeva contro la stoffa, implorando di essere liberato.

Caite mosse la mano verso la base degli slip, ma lui la fermò.

"Prima ti puoi togliere la canotta, per favore?" le chiese. "Vorrei vedere quel completo di pizzo nero che ho scelto questa mattina."

Caite annuì, arrossendo leggermente. Si sollevò la canotta sopra la testa senza nemmeno pensarci. Si sbottonò anche i pantaloncini, sedendosi un attimo per farli scivolare lungo le gambe, anche se Rocco non glielo aveva chiesto, poi tornò a sdraiarsi sul letto. Non sarebbe mai stata capace di essere così audace senza aver udito le parole d'amore che Rocco le aveva appena detto.

"Accidenti… *dannazione*," mormorò Rocco. "La realtà è molto meglio della mia immaginazione."

Caite si guardò e mentalmente fece spallucce. Tutto quello che poteva vedere era un seno un po' troppo cadente, pancetta sporgente e cosce un po' troppo grosse per essere considerate sensuali.

Ma quando risollevò lo sguardo negli occhi di Rocco, realizzò che lui non vedeva alcun difetto: vedeva *lei*.

Con ritrovata sicurezza, Caite inarcò la schiena e sorrise quando lui inspirò.

"Dammi un secondo," le disse Rocco, inclinando la testa all'indietro e chiudendo gli occhi. Si teneva le mani sui fianchi e lei non aveva mai visto niente di più sensuale in vita sua.

Pur stando lì in con le scarpe ai piedi, i jeans intorno alle caviglie e l'uccello che faceva del suo meglio per liberarsi dalla prigione di cotone, Rocco era fantastico… e tutto di Caite.

Lei avanzò in ginocchio; con le mani a coppa gli toccò le palle attraverso i boxer e gli leccò la pancia dall'elastico dei boxer fino all'ombelico.

Notò la leggera vibrazione della pancia di Rocco e

mormorò di piacere quando lui le afferrò la testa; non si spinse contro di lei, era come se si stesse appoggiando a lei per rimanere in equilibrio. Andava bene così.

Lentamente, sempre più lentamente, lei gli fece scivolare l'elastico dei boxer sui fianchi fino a quando gli caddero alle caviglie, unendosi ai jeans. Ma Caite aveva occhi solo per l'uccello, da cui era uscita una goccia di liquido pre-eiaculatorio proprio mentre lo fissava.

Sentendosi più coraggiosa che mai, Caite si avvicinò e leccò il fluido.

Rocco gemette e un'altra goccia uscì dopo la prima. Lei alzò lo sguardo e vide che lui la stava fissando con un'intensità che non gli aveva mai visto prima.

Caite si sentì incredibilmente sensuale e abbassò le coppe del reggiseno di pizzo nero facendo scivolare il materiale sotto i seni, tirandoli verso l'alto.

Osservando la pelle d'oca sulle cosce di Rocco, lo stomaco di Caite si contrasse; il SEAL non aveva bisogno di dire una parola per comunicarle quanto fosse eccitato.

Decidendo che lo aveva stuzzicato abbastanza, Caite gli afferrò con una mano la base dell'uccello e con l'altra gli afferrò una natica. Aprì la bocca e lo accolse il più possibile.

Fu invasa dal sapore salato e anche se in genere a Caite non piacevano certi fluidi, in quel momento il sapore di Rocco era decisamente delizioso.

Non fu sesso orale tranquillo, al contrario; succhiò con forza mentre scivolava su e giù lungo l'uccello. Rocco gemette profondamente sopra di lei, facendola sorridere anche mentre si impegnava per dargli piacere.

Caite usò il mignolo della mano che gli teneva una natica per accarezzargli lo scroto mentre faceva del suo meglio per provocargli un orgasmo. Mancava poco, ne era certa; lui aveva cosce e sedere tesi, il pene in bocca le sembrava ancora più duro e dunque raddoppiò gli sforzi per mandare in estasi Rocco.

L'attimo prima Caite era in ginocchio davanti a lui con l'uccello in bocca, l'attimo dopo si trovò distesa sulla schiena, sul letto; Rocco era su di lei, con la bocca sulla sua.

Non si può dire che Rocco la stesse baciando, la stava letteralmente divorando... e Caite adorava quella carnalità.

Lei aprì le gambe e sentì l'uccello premerle contro le mutandine bagnate. Si contorse, lo voleva dentro di sé. Rocco staccò la bocca e appoggiò la fronte contro quella di lei, facendole sentire i peli morbidi della barba che le sfioravano il mento e le guance come fossero seta.

"Dammi un secondo," la supplicò.

Caite scosse la testa. "Ho bisogno di te," gli disse, spingendo i fianchi contro quelli di lui.

"Cazzo. Aspetta," le disse lui, poi si spostò. Osservando il modo in cui Rocco barcollava mentre si affannava per slacciarsi le scarpe e togliersi jeans e slip, seguiti dalla camicia, Caite avrebbe voluto ridere, ma in quel momento era troppo affascinata dalla disperazione che gli leggeva nei movimenti... non riusciva a fare altro che fissarlo.

Lei si portò le mani sui lati delle mutandine per abbassarle, ma lui la fermò.

"Faccio io," le disse con voce bassa e roca.

Caite sollevò le braccia e se le portò sopra la testa, lasciandogli il piacere di sfilarle le mutandine, ma lui balzò sul letto ricordandole un leone in attesa di sferrare il colpo di grazia. Rocco respirava affannosamente e l'uccello dondolava seguendo i movimenti del petto. Gli occhi gli brillavano con intensità e le mani accanto alla testa di lei erano serrate a pugni.

"Rocco?" gli chiese Caite, incerta.

"Sei. Così. Fottutamente. Bella," grugnì lui, fissandole il corpo. "Seriamente. Non posso nemmeno... Merda. Volevo andarci piano, assaporarti e venerarti come meriti... Ma non riesco ad andarci piano. Mi piaci troppo, Caite. La tua bocca era divina e so che appena ti toccherò, esploderò."

Alzò lo sguardo verso di lei. "Dimmi che sei pronta per me," sembrò supplicarla.

Facendosi scorrere una mano lungo il ventre, Caite si fece scivolare le dita nelle mutandine, verso la passera.

Rocco seguì ogni movimento con sguardo febbrile, si leccò le labbra come se potesse assaporare quel gusto proibito nell'aria.

"Sono pronta," gli disse Caite.

"Sei sicura? Ce l'ho grosso," l'avvertì lui (inutilmente).

"Sono sicura."

Allora Rocco si mosse. Le strappò le mutandine dalle gambe così velocemente che Caite sarebbe rimasta impressionata, in un qualsiasi altro momento.

Poi le fece aprire le gambe con le proprie e si fece strada mentre Caite le divaricava avidamente, dandogli spazio. All'ultimo secondo, prima che l'uccello la toccasse proprio dove voleva lei, Rocco imprecò e si chinò verso il comodino. Aprì il cassetto con così tanta foga da farlo uscire e cadere sul pavimento, ma lui non sembrava minimamente turbato. Un secondo prima aveva un pacchetto di preservativi in mano, quello dopo stava stringendo i denti mentre se ne infilava uno sull'uccello.

E poi eccolo: si spinse dentro di lei con un movimento lento e costante.

Caite gettò la testa indietro e strinse i denti. Non faceva l'amore da tanto tempo e anche se era bagnata... proprio come le aveva detto Rocco, l'uccello era grosso.

Ma in contrasto con quanto le aveva detto prima, lui entrò lentamente. Anche quando finì di penetrarla, si fermò, dandole il tempo di abituarsi.

Rocco le mise una mano sulla parte bassa della schiena,

spingendola ad inarcarsi contro di lui. Poi le prese in bocca un capezzolo e Caite gemette. La sensazione di quelle labbra intorno alla carne scoperta era molto più intensa di quando lui aveva compiuto la stessa azione attraverso la canotta e il reggiseno, quando erano nell'oceano.

Caite sollevò una mano e gli toccò la schiena, cercando un appiglio qualsiasi. I muscoli interni di Caite si contrassero intorno all'uccello, mandandole scariche di lussuria attraverso il corpo. Di più... Voleva di più.

"Di più," lo supplicò.

Rocco le liberò il capezzolo con un piccolo schiocco e si tenne sopra di lei, inchiodando Caite con lo sguardo. Cominciò a pompare con i fianchi, spingendosi dentro e fuori di lei con movimenti rapidi e potenti.

Caite cercò di assecondare il ritmo ma alla fine si lasciò dominare totalmente, lasciando che lui la possedesse come voleva. Gli afferrò i bicipiti con dita tremanti e si aggrappò a lui mentre Rocco la martellava. Lui aveva la mascella contratta e trasudava un'intensità mai vista.

In pochi minuti il respiro di Rocco si fece irregolare e il sudore iniziò a imperlargli la fronte. "Sto venendo," bofonchiò tra una spinta e l'altra, poi si mosse il più a fondo possibile dentro di lei ed eiaculò.

Caite adorò vederlo arrivare alle stelle, soprattutto sapendo che era stata lei a portarlo in estasi. Certo, le sarebbe piaciuto venire insieme, ma del resto lui l'aveva avvertita che sarebbe giunto rapidamente al limite.

Rocco ci mise qualche secondo a riprendersi e Caite lo attendeva con un sorriso quando lui alzò la testa, ma lei squittì di sorpresa quando lui si sedette di nuovo sui talloni, stringendole i fianchi nel movimento.

Erano ancora connessi, anche se l'uccello si era ammorbidito. Senza dire una parola, Rocco le portò il pollice sul clitoride e cominciò ad accarezzarlo con colpi rapidi e potenti, proprio come avrebbe fatto lei da sola.

"Rocco..."

"Non sei venuta," le disse. "Non posso accettarlo. Già è grave che io non sia riuscito ad aspettare per prendermi cura di te, ma non esiste che non venga anche tu, *cazzo*."

"Va tutto bene. Tu non..." Ma le morirono le parole in gola mentre lui continuava con quell'assalto sensuale.

Lei inarcò la schiena e sollevò i fianchi, ma nulla al di fuori del tocco esperto di Rocco sembrava importarle. Dopo pochi secondi, sentì il piacere crescere, pronto a investirla con un'ondata.

Caite agitò i fianchi e afferrò le lenzuola già stropicciate.

"Dai, sì! Proprio lì! Più forte! Sìììì!"

Prima di raggiungere il limite, Caite rimase immobile un paio di secondi. Non riusciva a pensare, non poteva fare nient'altro che lasciarsi andare mentre Rocco continuava a premerle il pollice contro il clitoride, trascinandola nell'orgasmo più travolgente che avesse mai provato.

L'uccello scivolò fuori ma lui la riempì prontamente con due dita dell'altra mano. La tenne stretta in grembo mentre lei tremava e si dimenava per l'orgasmo più intenso della sua vita, fino a quando cominciò a tornare sul pianeta Terra.

Lui continuò lentamente a penetrarla con le dita mentre lei ansimava per respirare più aria possibile.

"Santo cielo..." esclamò lei dolcemente. "è stato..." Non riusciva a descrivere quello che provava.

Rocco le sorrise e si portò le dita alla bocca per poterle leccare. Caite sapeva che stava arrossendo, ma si rifiutò di distogliere lo sguardo dall'uomo che amava.

Lui le spostò il sedere dal grembo e si girò di lato per rimuovere il preservativo. Lo annodò e lo avvolse in un fazzoletto preso dal comodino, il tutto senza sembrare imbarazzato per quel che faceva. Poi si voltò di nuovo verso di lei e la girò delicatamente per slacciarle il reggiseno, gettandolo sul pavimento insieme agli altri vestiti. Poi la cinse con le braccia e coprì entrambi con un lenzuolo.

Tutte quelle premure le fecero pronunciare le parole fatidiche.

"Ti amo," sbottò Caite. "Non te l'ho detto prima perché... beh... non so perché. Ma ti amo."

"Shhh, va tutto bene," le disse Rocco.

"Non è solo per il sesso, anche se è stato divino. Sei *tu*. Non mi sono mai sentita così con nessuno, prima d'ora. Però sono spaventata perché potresti ferirmi."

"Non ti farò mai del male, *ma petite fée*."

"Non puoi garantirmelo," protestò Caite.

"Allora mettiamola così: farò tutto ciò che è in mio potere per trattarti con la massima attenzione, penserò prima di parlare e farò in modo che tu sia la mia massima priorità nella vita."

Caite aveva gli occhi pieni di lacrime. "Per me sarà lo stesso," gli disse.

Rocco la abbracciò ancora più forte.

"Che ore sono?" gli chiese.

"Non lo so e non mi interessa."

"C'è ancora luce," sussurrò Caite.

"Non importa... Non ho ancora finito con te," le disse Rocco assonnato. "Non sono ancora riuscito a mangiarti e devo assicurarmi che tu sappia che quello che è appena successo è un'anomalia."

"Cosa? Farmi avere un orgasmo così potente da farmi vedere le stelle?" lo prese in giro Caite, sentendosi stranamente eccitata. Era bizzarro, ma tra i due sembrava che Rocco fosse quello pronto a dormire, e Caite quella pronta a ricominciare.

"No, questo dovrebbe succedere ogni volta che facciamo l'amore, altrimenti non sto facendo bene il mio dovere e sono uno stronzo egoista. Intendevo dire, sono venuto per primo. Non mi piace e ti prometto che non ne farò un'abitudine... però avevo troppo bisogno di stare dentro di te, questa prima volta."

"Va tutto bene," gli disse Caite onestamente.

"Non importa, ora schiaccerò un pisolino e poi, quando mi sveglierò... ti mangerò e ti prenderò come ho sempre voluto. Prima in modo lento e dolce, poi veloce e con forza."

"Oh. Uhm... Ok."

"Ora dormi, Caite. Magari fuori c'è ancora chiaro, ma ti garantisco che quando arriverà il mattino, desidererai di poter dormire ancora qualche ora."

"Non ti alleni domani mattina?"

"No. Più tardi avrò tutto il tempo per allenarmi con te, qui a letto."

Caite arrossì, non era abituata a quel tipo di discorsi schietti.

"Non credo che il tuo comandante sarà d'accordo."

Rocco ridacchiò. "Dormi, *ma petite fée*."

Ogni volta che lui la chiamava così con quel tremendo ma adorabile accento francese, Caite sentiva una fitta di piacere. Le piaceva cedere a Rocco; non che lo facesse di continuo, ma lì al sicuro, nel letto, tra le braccia possenti di Rocco e addosso a quel corpo magnifico... non aveva alcun problema.

Nonostante si sentisse molto attiva, Caite si addormentò dopo pochi minuti. Non poteva sapere che Rocco l'avrebbe guardata dormire per almeno un'ora prima di assopirsi anche lui.

CAPITOLO QUATTORDICI

UNA SETTIMANA DOPO, Rocco si sentiva ancora più frustrato di quando aveva scoperto che Caite era stata presa di mira da un nemico senza volto.

Si erano recati presso gli uffici dell'NCIS e lei era stata chiusa in una stanza, interrogata per cinque ore interminabili. Cinque ore in cui Rocco pensava di impazzire: se non fosse stato per Bubba e Ace che lo trattenevano, avrebbe sfondato la porta della sala interrogatori e l'avrebbe portata via.

Le avevano mostrato un libro pieno di nomi, foto e gradi di ogni ufficiale della marina della base navale di San Diego: quando lei non era stata in grado di riconoscerne nessuno, avevano tirato fuori gli archivi di ogni ammiraglio e capitano dell'intera marina. Quella mossa non si rivelò molto efficace perché in tutto si trattava di un centinaio di nomi, finendo per stressare ulteriormente Caite anziché aiutarla a ricordare.

Quando finalmente Rocco la vide uscire dalla stanza con un aspetto fiacco e abbattuto, non ne fu di certo felice.

Ma nonostante tutte le indagini dell'NCIS, il comandante North che tendeva le orecchie e l'assistenza informatica di

Tex, non erano ancora riusciti a scoprire il nome della persona che si nascondeva dietro gli attacchi rivolti a Caite.

Il tizio che aveva cercato di investirla era svanito, anche il tizio che aveva rapinato il negozio era sparito. Il ladro d'auto era morto, per qualche bizzarro motivo nessuno riusciva a capire chi fosse. Nessuno riusciva a spiegarsi come mai la ricerca di impronte digitali portasse a un vicolo cieco, non aveva senso come risvolto... a meno che chiunque ci fosse dietro tutto quel caos avesse conoscenze molto serie.

Tex aveva fatto pressione sull'autorità doganale, che aveva intercettato tre spedizioni di reperti antichi destinati a essere contrabbandati nel paese. Rocco sapeva bene, come tutti, che chi aveva orchestrato quell'operazione di contrabbando non avrebbe reagito bene alla perdita di quegli oggetti: gli acquirenti si sarebbero arrabbiati, e ciò significava che chi doveva consegnare la merce avrebbe avuto un gran carico di pressione da gestire.

Significava perdere soldi: per un criminale perdere soldi non era mai positivo. C'era in gioco anche la reputazione di quell'uomo misterioso, i collezionisti di antichità rubate non avrebbero reagito con leggerezza al sequestro dei loro inestimabili manufatti.

Rocco poteva avvertire tutta la tensione in Caite. Non la lasciava mai tornare da sola a casa e ovunque andasse lui la accompagnava; se non poteva, mandava uno dei suoi compagni SEAL. Sospettava che lei fosse frustrata dalla mancanza di progressi nel caso e per come lui le stava addosso, era chiaro che entrambi avevano bisogno di una pausa.

L'unico momento in cui Caite sembrava completamente rilassata era la notte, quando facevano l'amore. In quei momenti lei perdeva ogni inibizione, quando lui la toccava, la distraeva completamente e adorava farlo, così che lei riuscisse a concentrarsi solo su di lui. Ma al mattino, non appena iniziava la giornata, Caite ripiombava nello stress, con grande disappunto di Rocco.

Lui aveva già parlato con Slade "Cutter" Cutsinger per vedere se poteva tirare qualche filo e trovare un lavoro per Caite. Cutter era uno dei migliori assistenti amministrativi con cui lui aveva lavorato in marina; lavorava per un altro comandante, ma Rocco pensava che probabilmente Cutter conoscesse abbastanza persone per aiutare Caite.

Non le aveva detto ancora nulla perché non voleva farla avvicinare alla base, quando il maniaco che la voleva morta era ancora a piede libero, ma sapeva che Caite aveva bisogno di lavorare. Era passata solo una settimana dal mancato furto d'auto ma era più che evidente che Caite si annoiava a stare in casa tutto il giorno, non era il tipo di donna che si sarebbe accontentata di farsi mantenere dal compagno.

Caite era seduta al tavolo in cucina, mentre sorseggiava caffè e compilava un crucipuzzle con scarsa attenzione. Rocco non aveva pianificato di portarla da qualche parte, ma voleva seriamente vederla più rilassata e felice.

"C'è un evento questo pomeriggio, ho pensato che ti farebbe piacere unirti a me."

"Un evento?" gli chiese, mostrando il primo barlume di interesse in una settimana.

"Sì, le unità dei SEAL della marina cercano di organizzare eventi per famiglie, si svolgono sulla spiaggia, a distanza di pochi mesi. Lo scopo è riunire tutte le famiglie e divertirsi senza doversi preoccupare delle regole o del lavoro, una volta ogni tanto."

"Quindi è una festa sulla spiaggia?" gli chiese inclinando il capo.

"Beh... Sì e no. Dal momento che questi eventi non si svolgono alla base, l'alcool è consentito, ma la situazione resta sempre sotto controllo visto che ci sono dei bambini. Ci troviamo in spiagge diverse, si tratta sempre di eventi divertenti ma in modo molto tranquillo."

"Sono eventi sicuri?" chiese Caite.

Rocco odiava che Caite dovesse preoccuparsi in quel senso, ma non voleva mentirle. "Per quel che *può* essere sicuro, sì; ci saranno diverse squadre di SEAL. So che hai passato una settimana difficile, e mi dispiace tanto. Vorrei presentarti gli uomini di un'altra squadra con le rispettive famiglie: Wolf è uno dei migliori SEAL che abbia mai incontrato, lo stesso vale per i suoi compagni di squadra. So che stare con me non è semplice, quindi ho pensato che conoscere e parlare con altre donne dell'ambiente potrebbe farti piacere. Ti ho già parlato di loro, a loro puoi chiedere tutto quello che non vorresti chiedere a me, per conoscere il loro punto di vista su come sia passare la vita sposando un SEAL."

Caite spalancò gli occhi udendo le ultime parole.

Rocco si avvicinò a lei e si inginocchiò su una gamba sola. "Non ti sto chiedendo di sposarmi in questo momento, *ma petite fée*, però ti *sto* dicendo che voglio passare il resto della vita con te. Ovviamente il futuro è un mistero, ma le ultime due settimane con te al mio fianco sono state fantastiche.... Nonostante il fatto che entrambi siamo stressati. Quindi se riusciamo a stare bene anche in questa situazione di tensione, direi che ci siamo."

Caite annuì. "*Sono* felice con te, vorrei solo che finisse questo incubo. Non mi piace stare con le mani in mano, inoltre sento che sto intralciando il vostro lavoro... Detestavo gli sguardi impazienti che mi lanciavano quegli investigatori mentre sfogliavo quel dannato libro pieno zeppo di nomi e foto. Dopo un po' mi sembravano tutti uguali, ho iniziato a fare confusione... a momenti non mi ricordavo neanche come mi chiamavo *io*."

"Presto tutto tornerà alla normalità, me lo sento. Ti verrà in mente il nome fatto dai fratelli Bitoo, oppure gli investigatori lo scopriranno da soli. Troverai un lavoro, io andrò in missione e vivremo felici e contenti."

"Hai già pianificato tutto, eh?" gli chiese con una risatina.

"Sì, accidenti."

Lei sospirò. "Ok, allora sì... mi piacerebbe andare. Non posso prometterti di essere l'anima della festa, ma ammetto di essere curiosa di incontrare le donne dei SEAL e sentire cos'hanno da raccontarmi."

Rocco si alzò e le prese una mano, baciandone il dorso. "Grazie, *ma petite fée*."

"No, grazie a te," ribatté lei. "Grazie per non essertene andato di fronte al primo ostacolo. Voglio dire, c'è molto da gestire: una fidanzata disoccupata che si deve sempre arrangiare e si ritrova presa di mira da qualcuno che vuole ucciderla... non è semplice, Rocco."

"Non abituarti a questo momento," la avvertì. "La nostra vita non è questa, questa fase è solo un incidente di percorso."

Lei sorrise. "Ok."

"Bene... Ah, ho pensato che magari la settimana prossima potremmo fare un viaggetto a San Francisco per salutare i tuoi."

"Davvero?" gli domandò con tono emozionato.

"Sì. So che sono stati in pena per te e penso che andare fuori città per qualche giorno ti farebbe molto bene."

Caite smorzò leggermente il sorriso ricordando la ragione per cui si sarebbero allontanati dalla base navale, ma poi gli chiese: "Posso chiamarli per informarli che presto andremo da loro?"

"Ma certo, il comandante North mi ha già concesso qualche giorno di licenza."

Caite si chinò in avanti e lo baciò. "Grazie."

Rocco le passò il pollice sulle labbra, ricordando cosa avevano fatto la sera prima. "Questo e altro per te, *ma petite fée*."

Lei arrossì, sicuramente anche lei si era ricordata qualcosa.

Rocco si alzò, prese il telefono in mano e si spostò nell'altra stanza: doveva chiamare Wolf e Cutter per assicurarsi che anche loro sarebbero stati presenti al picnic trimestrale; voleva presentarli a Caite e avere anche dei rinforzi, in caso di necessità.

Sentendo il chiacchiericcio eccitato di Caite che comunicava alla madre la novità, Rocco annuì soddisfatto. Amava farla sorridere, giurò che avrebbe fatto sempre di tutto per renderla felice e contenta, per tutta la vita.

———

Dopo aver parcheggiato, Rocco e Caite si diressero verso la spiaggia, lei gli strinse forte una mano. Si aspettava di trovare qualcuno, ma fu sorpresa per ciò che vide.

C'erano almeno un centinaio di persone, bambini che scorrazzavano a perdifiato e tutti sembravano ridere e divertirsi. Vide un falò poco distante con bambini accovacciati tutto intorno, probabilmente per cuocere i marshmallow da mettere nei biscotti.

Caite si sentì travolta dal pensiero di essere "quella nuova" e di incontrare altri amici di Rocco, in particolare l'altra squadra di SEAL di cui lui le parlava spesso. Non voleva proprio fare una brutta impressione su di loro (o sulle loro compagne).

"Rilassati," le disse Rocco, stringendole la mano.

"Sono tranquillissima," mentì Caite.

Rocco si fermò e si voltò verso di lei, appoggiò a terra le sedie pieghevoli e il cestino che stava portando e le prese il volto tra le mani. "Non è vero," ribatté, poi abbassò la testa e la baciò teneramente.

Quando lui si tirò indietro, Caite si sentì come una gelatina; probabilmente non si sarebbe mai stufata di quei baci.

"So che sei agitata, ma ora raggiungeremo la mia squadra, conosci già tutti. Ho visto che Wolf e sua moglie Caroline sono già qui, e anche molti dei suoi compagni di squadra. Fidati di me, *ma petite fée...* ti divertirai."

"Se lo dici tu," mormorò lei.

Lui le sorrise. "Sono sicuro che Wolf ha un sacco di aneddoti imbarazzanti su di me da raccontarti," scherzò.

Caite sembrò più animata. "Oh! Vorrei proprio sentirli."

"Come sei perfida," le disse Rocco, chinandosi per raccogliere ciò che aveva appena appoggiato.

Caite camminava accanto a Rocco, mano nella mano, cercando di non farsi prendere dal nervoso. Forse era un bene che si togliesse il pensiero di conoscere tutti in una volta sola, e poi Rocco aveva ragione: le stavano simpatici i compagni di squadra di Rocco, era contenta che ci fossero tutti. Potevano farle da cuscinetto verso tutti coloro che lei non conosceva ancora; per quanto potesse essere una persona estroversa, a volte Caite faceva un po' fatica a conoscere gente nuova.

Rocco salutò un po' tutti mentre si dirigeva verso i suoi compagni di squadra e il tratto di spiaggia che avevano occupato come loro spazio. Sembrava che tutti conoscessero Rocco e viceversa.

Quando raggiunsero Gumby, Ace, Rex, Bubba e Phantom, Caite capì meglio cosa significasse entrare a far parte della "famiglia" dei SEAL.

Rocco posò tutto a terra e poi la trascinò verso un gruppo di persone sedute poco distante. Due uomini si alzarono nel momento in cui lei e Rocco si stavano avvicinando; lui le lasciò andare la mano e diede un abbraccio da macho a ciascuno di loro (anche se sarebbe più corretto definirli "pacche sulla schiena" piuttosto che veri abbracci) poi le riprese la mano.

Caite attese pazientemente mentre lui le sorrideva, poi si rivolse agli uomini. "Caite, vorrei presentarti Wolf e Slade.

Sono due degli uomini e dei SEAL più straordinari che io abbia mai conosciuto."

L'uomo sulla sinistra le tese una mano e Caite la strinse.

"Non credo che il resto della mia squadra sarebbe d'accordo," le disse mentre le stringeva la mano. "Io sono Wolf. Piacere di conoscerti, Caite. Rocco mi ha parlato molto bene di te."

"Piacere di conoscerti," gli disse lei gentilmente.

"Io sono Slade. Ho dato un'occhiata al tuo curriculum, devo farti i miei complimenti," le disse mentre le stringeva la mano. "Parlare bene il francese è un'abilità remunerativa, specialmente con tutto il contrabbando dai paesi africani che parlano questa lingua. A cosa stava pensando quell'idiota del tuo capo, quando ti ha licenziata? Ma non preoccuparti, ho parlato di te con un mio contatto dell'NCIS e sono abbastanza sicuro che se vorrai, presto avrai un nuovo lavoro."

Caite spostò lo sguardo da Slade a Rocco, apparendo confusa. "Lavoro?"

"Oh, merda. Non avrei dovuto dire nulla?" chiese Slade, anche se non sembrava affatto dispiaciuto.

Rocco alzò gli occhi al cielo prima di rispondere a Caite. "Ho chiesto a Slade se potesse trovarti un lavoro qui, alla base. Lui è uno dei migliori nel campo amministrativo e ho pensato che avrebbe potuto chiedere a chi di dovere per farti avere un posto."

Caite sapeva che probabilmente avrebbe dovuto arrabbiarsi per l'intromissione di Rocco nella sua vita lavorativa, ma non poteva. Le era piaciuto lavorare per il governo e aveva pensato che essere licenziata significasse perdere ogni opportunità lavorativa in quell'ambito. Rivolgendosi a Slade gli chiese: "Davvero? Mi piacerebbe essere considerata per un impiego, anche se non ho mai pensato di lavorare per l'unità investigativa."

"Non è niente di pericoloso," la rassicurò Slade, anche se

Caite intercettò lo sguardo che lanciò a Rocco (come se stesse parlando più a lui che a lei). "Fanno un sacco di intercettazioni telefoniche e molte sono in francese, quindi il tuo aiuto sarebbe prezioso... e la tua abilità linguistica tornerebbe utile anche quando interrogano i testimoni, e faccende simili."

"Non avrei mai pensato di poter sfruttare ciò che ho imparato al college," disse Caite, guardando Rocco con entusiasmo.

Lui le sorrise. "Non c'è ancora niente di certo," l'avvisò. "Per ora ho solo chiesto a Slade di guardarsi intorno."

"Lo so," gli disse subito lei, poi si voltò di nuovo verso Slade. "Apprezzo molto che tu abbia trovato il tempo di dare un'occhiata al mio curriculum."

"Mi è dispiaciuto molto per quello che ti è successo, licenziarti è stato vile," le rispose il SEAL in una sorta di ringhio. "Non avrebbero dovuto farlo, ho anche indagato sul tuo capo in Bahrain: è un idiota, mi sorprende che sia arrivato così in alto. È pigro e gli piace prendersi il merito del lavoro degli altri."

"Lo so bene," mormorò Caite.

"Comunque dai, basta parlare di lavoro. Voglio presentarti mia moglie," le disse Slade, che poi si voltò per fare un gesto a una donna dai lunghi capelli biondo scuro. Lei gli sorrise e si avvicinò al marito. "Dakota, vorrei presentarti Caite. È venuta con Rocco."

La donna sorrise ancora di più, in modo aperto e amichevole, e allungò una mano. "È un piacere conoscerti, Caite. Rocco e i suoi compagni sono fantastici, mi hanno aiutata quando avevo bisogno del loro intervento, qualche tempo fa. Mi piace come tutte le squadre SEAL lavorano insieme per portare a termine le loro missioni."

Caite non aveva idea di cosa stesse parlando quella donna gentile, ma comunque sorrise e annuì.

"E lei è Caroline," disse Wolf. Mentre Dakota salutava

Caite, al gruppetto si era unita un'altra donna. Era più o meno della stessa altezza di Caite, le somigliava molto: avevano lo stesso colore di capelli e un fisico molto simile.

"Ciao," esordì Caroline. "Sono proprio felice che tu sia potuta venire oggi. Rocco non ha mai portato una donna a uno di questi incontri."

"Ice," disse Wolf con tono esasperato.

"Cosa c'è?" chiese lei, senza alcuna traccia di malizia nella voce. "Deve sapere che Rocco non è un puttaniere e che fa sul serio con lei." Poi si rivolse di nuovo a Caite e le fece l'occhiolino. "Rocco e la sua squadra sono brave persone; se tu fossi qui con qualcun altro, magari non sarei stata così lusinghiera."

"Apprezzo la tua schiettezza," le disse Caite con un gran sorriso. Le piaceva Caroline.

"Certo. Noi mogli dei SEAL della marina dobbiamo restare unite."

"Oh, io e Rocco non siamo sposati," le rispose Caite arrossendo.

"Si fa per dire," disse Caroline agitando una mano. "Ricordo che avevo un sacco di domande quando mi sono fidanzata con Matthew, e non avevo nessuno con cui parlare. Più tardi sarei felice di chiacchierare con te, se vuoi." Si voltò per indicare altre donne sedute dietro di lei, molte delle quali erano occupate a giocare con dei bambini. "Saremmo più che disposte a dirti tutto quello che devi sapere."

"Uhm, che ne dici di non spaventarla?" suggerì Wolf con un sorriso mentre tirava a sé la moglie per stamparle un bacio su una tempia.

"Non ho intenzione di spaventarla!" ribatté Caroline fingendosi indignata. "Le dirò come comportarsi quando Rocco parte per le missioni, come non stressarsi e come sfruttare al meglio il tempo fino al suo ritorno... per non parlare di quali sono i giorni migliori per fare compere alla base e quali giorni evitare assolutamente. Voglio spiegarle quanto saranno importanti per lei le donne che stanno con gli altri SEAL, deve sapere quali sono le spiagge migliori e quanto sia importante il comandante quando la squadra di Caite è in missione."

"La mia squadra?" chiese Caite, trovando sempre più simpatica quella donna. Era curiosa su tutto quello che aveva detto, ma si era soffermata su quel particolare.

"Eggià. Anche se stai uscendo con Rocco, tutti i ragazzi della squadra sono 'tuoi'. Proteggono il tuo uomo, così come lui protegge loro. Rocco passa tanto tempo con loro, forse più di quello che trascorre con te... Quindi gli amici di Rocco sono suoi, sì, ma anche tuoi. E chissà..." disse Caroline, spostando lo sguardo verso Slade, "... un giorno potrebbero salvarti la vita."

Caite non poteva capire tutto il significato dietro quelle parole, ma colse quanto affetto e rispetto provasse Caroline nei confronti dei SEAL, e non solo nei confronti del marito.

"Mi farebbe molto piacere," le disse Caite.

"Bene. Allora quando Rocco avrà finito di mostrarti tutto e avrai bisogno di una pausa da tutto questo testosterone, vieni a sederti con noi. I bambini ci tirano matte, ma ci fanno divertire."

"Grazie, lo farò sicuramente," le disse Caite, rilassandosi per la prima volta. Caroline si era rivelata così accogliente e sinceramente interessata, che Caite si sarebbe sentita una sciocca a rifiutare.

"È stato un piacere conoscerti," le disse Wolf.

"Decisamente," aggiunse Slade.

"A dopo, allora," disse Caroline mentre Wolf la riconduceva verso il gruppo alle loro spalle.

"Non vedo l'ora di conoscerti meglio," le disse Dakota con un gran sorriso, prima di rivolgersi agli altri SEAL.

"Ti senti meglio?" chiese Rocco a Caite, con gran perspicacia.

Caite annuì. "Sì, sono molto simpatiche."

"Pensavi che non lo fossero?" le chiese.

"Beh, no. Ma a volte le donne non sono così gentili come si potrebbe pensare... Tu sei un uomo, probabilmente non hai idea di quanto le donne possano essere perfide tra loro."

"Oh, lo so," le disse Rocco con un sorriso.

"E come fai a saperlo?" gli chiese lei sospettosa.

"Lo e basta," le disse. "Vieni, voglio presentarti al mio comandante."

Due uomini si stavano avvicinando, entrambi indossavano pantaloncini e maglietta, ma emanavano un'aura di esperienza che esigeva rispetto.

"Signore. Signore," disse Rocco annuendo a ciascuno degli uomini, quando furono abbastanza vicini. Strinse le mani di entrambi, poi si voltò ancora una volta per presentare la sua donna. "Vorrei presentarvi la mia ragazza, Caite McCallan. Caite, lui è il mio comandante, Storm North, e lui è il comandante Patrick Hurt. Era a capo della squadra di Wolf e attualmente è ancora al comando di altre unità SEAL."

Storm allungò una mano e strinse quella di Caite mentre le diceva: "Grazie."

Caite aggrottò la fronte. "Per cosa?"

"Per aver fatto evadere Rocco, Gumby e Ace da quella cantina."

Caite scosse rapidamente la testa. "Oh no, sono usciti da soli," protestò lei.

"Il rapporto non diceva così," le rispose il comandante North. "L'ho letto *e* ho fatto una bella chiacchierata con i miei uomini. Se non fosse stato per te, se tu non avessi ascoltato quella conversazione e non avessi preso l'iniziativa esponendoti al pericolo e dirigendoti in una delle zone più pericolose di Manama... oggi loro non sarebbero qui."

"Sono sicura che se la sarebbero cavata, in qualche modo," borbottò Caite. Come al solito si sentiva in imbarazzo di fronte a troppe lodi: non si sarebbe mai perdonata se non avesse fatto nulla per aiutare quei tre.

"Forse sì," disse il comandante North, evitando di insistere per non mettere ulteriormente a disagio Caite. "Cosa ne pensi della nostra festicciola?"

Caite gli sorrise. "Festicciola?"

I tre uomini ridacchiarono. "In realtà c'è meno gente della festa precedente," le disse il comandante Hurt. Poi si guardò oltre la spalla e disse: "Se volete scusarmi, vedo mia moglie che mi sta facendo dei gesti... Sembra che sia il mio turno di occuparmi del bambino. È stato un piacere conoscerti, Caite. Spero di vederti più spesso in giro."

"La vedrà," rispose Rocco per lei.

Caite si voltò a guardare il comandante Hurt dirigersi verso una donna snella che teneva in braccio un bimbo.

Abbracciando la scena con lo sguardo, Caite smise di ascoltare la conversazione tra Rocco e il suo comandante riguardo il futuro programma per i diversi tipi di addestramento e preparazione. Ovunque guardasse, c'erano gruppetti di uomini, donne e bambini che si divertivano. Alcuni nuotavano, altri costruivano castelli di sabbia, altri mangiavano... ma Caite fu colpita da come tutti le sembravano *normali*. Quando pensava ai SEAL della marina, in genere le venivano in mente uomini tosti e muscolosi.

Rocco e la sua squadra erano sicuramente tosti, ma nello stesso tempo erano persone assolutamente normali. Si rilassavano tra loro, bevevano birra e chiacchieravano come avrebbe fatto chiunque altro. In quel momento sembrava che nessuno di loro si stesse preoccupando del fatto che il giorno seguente avrebbero potuto essere spediti in qualche paese lontano per mettersi sulle tracce di pericolosi terroristi o contrabbandieri.

In quel preciso istante li rispettò ancora di più di quanto avesse fatto in precedenza.

"Ci sono sviluppi nelle indagini?" chiese Rocco a bassa voce. Quel tono catturò l'attenzione di Caite.

"Purtroppo no, ma ci stiamo avvicinando," gli rispose il comandante North. "L'NCIS sta seguendo una pista, gli investigatori pensano di poter rintracciare il colpevole in pochi giorni. La pista del contrabbando porta sicuramente alla nostra base, come potrai immaginare ciò mi ha infastidito parecchio. Non posso credere che uno dei miei colleghi ufficiali sia immerso fino al collo in questo mare di merda." Si rivolse a Caite. "Mi dispiace che tu sia stata coinvolta, Caite, ma devi credermi: stiamo facendo tutto il possibile per stanare il colpevole, in modo che tu possa tornare a essere libera di vivere la tua vita senza doverti guardare continuamente alle spalle. Stai vicino a questo ragazzone e starai bene" le disse, indicando Rocco con un cenno.

"Può avvisarmi se scopre qualcosa di nuovo?" gli chiese Rocco.

"Certo. Ora andate a divertirvi e cercate di non preoccuparvi di nulla, per oggi. La spiaggia brulica di SEAL della marina, Caite. Qui sei al sicuro."

"Grazie," gli rispose Caite con un piccolo sorriso. Si sentiva al sicuro, non tanto per la presenza di tutti quegli uomini, ma perché era con Rocco.

Mentre si dirigevano verso il resto della squadra, Rocco le chiese: "Stai bene?"

"Sì," lo rassicurò lei.

"Sei sicura?"

"Affermativo." Le piaceva che lui si preoccupasse per lei, Rocco voleva proprio che si trovasse a suo agio con gli altri amici. Caite avrebbe tanto voluto avere amici più stretti a cui poterlo presentare, ma più stava intorno alle persone frequentate da Rocco e più si sentiva accettata.

Ripassando mentalmente tutto quello che voleva chiedere a Caroline e alle altre donne in un secondo momento, Caite lasciò che Rocco le facesse strada verso le loro sedie. Lui le sistemò e si assicurò che lei si fosse seduta comoda prima di sedersi lui stesso. Poi la prese per mano e iniziarono a chiacchierare con il resto degli uomini della squadra.

Caite chiuse gli occhi e inclinò la testa all'indietro godendosi la brezza dell'oceano, l'aria salmastra, il sole sul viso e la compagnia di buoni amici.

Mentre Rocco chiacchierava con gli amici, guardava Caite con la coda dell'occhio. Gli sembrava rilassata, era proprio un sollievo. Sapeva che era nervosa per quella giornata, ma a quanto pare ne aveva bisogno: Caite doveva uscire dall'appartamento e smettere di pensare alla ricerca di un lavoro o a chi potesse volerla morta.

Ancora più importante, Caite aveva smesso di ossessionarsi cercando di ricordare quel nome pronunciato distrattamente dai fratelli Bitoo.

Rocco le fece scorrere le dita sulla mano che lei gli teneva appoggiata su una coscia. Caite sorrise ma continuò a tenere gli occhi chiusi. Avevano instaurato un'intimità molto naturale: Rocco adorava fare l'amore con lei, ma gli piaceva anche il semplice fatto di tenerla per mano, sentendosi perfettamente a suo agio. Gli piaceva anche quando si sedevano sul divano e guardavano il telegiornale e lei gli appoggiava i piedi in grembo. Era una bella sensazione... giusta, normale.

Dopo aver chiacchierato per mezz'ora, Caite si mosse.

"Tutto bene?"

"Sì, ma penso sia giunta l'ora di ripararmi dal sole." Cercò con lo sguardo Caroline, la avvistò seduta con le altre donne. "Pensi che le dispiacerebbe se andassi a chiacchierare un po' con loro?"

"Assolutamente no, ma tieni presente che Caroline parla sempre in modo schietto e sincero."

"Ragazzi, riuscirete a sopravvivere senza di me per un po'?" li prese in giro.

Rocco amava vedere come Caite riuscisse a scherzare in modo disinvolto con i ragazzi. Quando aveva pensato di sistemarsi, non aveva mai considerato quanto fosse importante che la sua donna si sentisse legata a tutta la squadra; constatando quella realtà proprio davanti agli occhi, Rocco si chiese come avesse fatto a non pensarci prima. Il fatto di essere approvata dai suoi compagni di squadra avrebbe dovuto essere uno dei requisiti principali per una futura moglie, considerando quanto lui era legato alla squadra. Per fortuna tutto sembrava svolgersi per il meglio... grazie al cielo.

"Oh, non saprei," le rispose Gumby. "Potremmo aver bisogno di qualche consiglio su come ritoccare il contorno occhi, chi ci aiuterà se tu sei via?"

"Sì, o forse dovremo chiederti i titoli di qualche romanzo rosa," si intromise Ace.

Caite alzò gli occhi al cielo. "Non sputateci sopra prima di leggerli! Pensateci... la maggior parte di quei libri sono scritti da donne: scrivono le loro fantasie, o ciò che cercano in un uomo... potreste trarne degli spunti interessanti per capire meglio la mentalità femminile, non trovate?"

I ragazzi la guardarono sconvolti per un istante prima di iniziare a proclamarsi già grandi conoscitori della psiche femminile. Mentre ciascuno degli altri ragazzi si impegnava a ristabilire la propria virilità, enunciando di non aver bisogno di leggere libri per trattare il gentil sesso, Rocco si chinò verso Caite e le sussurrò all'orecchio: "Possiamo finire di leggere quella scena di sesso stasera, quanto torniamo a casa. Poi farò del mio meglio per farla rivivere a te."

Quando Caite arrossì, Rocco sorrise. Doveva ammettere di essere rimasto sorpreso dopo aver letto il primo libro consigliato da Caite: si aspettava frasi sdolcinate, dialoghi esagerati e mediocri scene di sesso... invece era rimasto coinvolto da una trama molto interessante.

La salutò con un bacio e la guardò mentre si dirigeva verso il gruppo di Wolf.

"Mi piace," dichiarò Gumby quando Caite era già lontana.

Rocco alzò gli occhi al cielo.

"Dico sul serio," disse Gumby. "Lo so che ti rompiamo le palle con le nostre battute sull'essere uno zerbino, ma è una ragazza alla mano."

"Mi fa incazzare il fatto che non riusciamo a capire chi sta cercando di ucciderla per aver sentito quel nome," commentò Bubba.

"Chiunque sia se ne pentirà amaramente," promise Phantom.

"Esattamente. Nessuno minaccia una dei nostri e vive abbastanza per raccontarlo," aggiunse Rex.

Rocco sentì una stretta al petto: considerava quegli uomini come fratelli. Vederli andare d'accordo con Caite e ottenere la loro approvazione era un grande sollievo. Non sapeva cosa avrebbe fatto, se lei non fosse piaciuta a nessuno di loro.

"Grazie, ragazzi. È una donna formidabile," disse Rocco agli amici, costringendosi a non fissare Caite come un pesce lesso.

"Qual è il piano per settimana prossima?" chiese Bubba, cambiando argomento.

Anche mentre parlavano di quali missioni avrebbero potuto intraprendere in futuro, Rocco non poteva fare a meno di pensare a Caite... e sperare che non si stesse lasciando spaventare da qualsiasi argomento tirato in ballo dalle altre donne.

———

"Non aver mai paura di chiedere aiuto," disse Fiona. "È importante contare sui tuoi amici, sono la tua ancora di salvezza."

"So che non hai ancora figli, ma credimi… non vale la pena risparmiare qualche dollaro sul latte in polvere (o su qualsiasi altro prodotto) per affrontare la folla quando c'è lo spaccio annuale alla base," la informò Jessyka. "Ordina tutto online e fattelo consegnare a casa, pazienza per i costi di spedizione."

"Ma non precipitarti a fare compere," l'avvertì Cheyenne. "Anche se la 'punizione' che devi affrontare quando lo confessi al tuo uomo potrebbe valerne la pena."

A quella frase, ridacchiarono tutte.

Caite si sentì un po' stordita per tutte le utili informazioni ricevute nell'ultima mezz'ora. Tutte le altre erano state amichevoli e liete di sentire che la sua relazione con Rocco stava procedendo a gonfie vele. Avevano tutte dei consigli da darle, non solo sulla vita della compagna di un SEAL, ma anche sulla vita in generale.

"Non farti buttare giù dagli stronzi," le disse Caroline. "Davvero. Prima di incontrare Matthew mi sentivo ignorata da tutti: non sono super bella, super magra, o… super niente, in realtà. Ma quando l'ho incontrato e lui ha visto la vera me, ho capito che va bene il fatto di non essere 'vista' da tutti. Penso che le persone famose si stufino di stare costantemente sotto i riflettori. Sono felicissima di essere al centro del mondo di Matthew e di incontrare gente che si dimentica di tenermi la porta aperta o vaccate del genere."

"Cosa ne pensa *lui* in merito?" le chiese Caite.

"Si incazza," rispose subito Caroline. "Non riesce a concepire come *qualcuno* non veda quanto sono bella e perfetta." Ridacchiò. "Ovviamente non è così, ma non c'è modo di convincere Matthew del contrario… e mi va bene così."

"Perché lo chiami Matthew quando tutti gli altri lo chiamano Wolf?" le chiese Caite.

Caroline fece spallucce. "Il suo soprannome è 'Wolf', i suoi amici lo chiamano così. Ma quando ci siamo incontrati si è presentato come Matthew e non riesco a chiamarlo in nessun altro modo. Tu chiami Rocco con il suo vero nome?"

Caite scosse la testa. "No... Dovrei?"

"Penso che se a lui non importa, non dovrebbe importare neanche a te," le disse Caroline.

Jessyka si chinò in avanti e le disse a bassa voce: "Anche se posso dirti che se lo chiami per nome durante i vostri...ehm... momenti di intimità, l'atmosfera può farsi veramente intima."

Tutte le altre annuirono con convinzione. Da quando lo aveva incontrato, Caite non aveva mai pensato a Rocco come Blake, ma in effetti pensò che chiamarlo con il suo vero nome sarebbe stato qualcosa di speciale.

"Allora, perché si fa chiamare così?" le chiese Alabama.

Caite aveva notato che quella donna era più tranquilla rispetto alle altre, ma non meno piacevole.

"Sì, è da un po' che ce lo chiediamo, ma mi dimentico sempre di chiederlo a Hunter," commentò Fiona.

Caite fece spallucce. "Sapete, non gliel'ho mai chiesto."

"Mai?" le chiese Summer con gli occhi spalancati.

Sentendosi improvvisamente in imbarazzo, Caite rispose: "Avrei dovuto?"

"Beh, per loro è importante," le spiegò Caroline. "Voglio dire, avresti dovuto vedere quanto abbiamo dovuto insistere per scoprire la ragione dietro il soprannome di Benny."

"Benny non è il suo vero nome?" chiese Caite.

Jessyka scosse la testa. "No. Si chiama Kason."

"Posso chiedere come mai?" chiese Caite all'altra donna.

Lei sorrise. "Penso che ti lasceremo friggere un po' di curiosità, proprio come abbiamo dovuto fare noi," le rispose Jessyka con un sorriso.

"Quindi dovrei chiedere a Rocco perché si fa chiamare così, vero?" chiese Caite al gruppo.

Tutte le altre annuirono.

"E poi facci sapere," la implorò Cheyenne. "Trovo estremamente interessanti le storie che si nascondono dietro questi soprannomi."

"Sarà fatto," disse Caite alle sue nuove amiche. Era felice di averle conosciute, erano persone che la trattavano con gentilezza semplicemente perché la apprezzavano, e non per obbligo o perché erano colleghe. "Grazie per avermi dato i vostri numeri, ragazze. Mi fa sentire meglio sapere che d'ora in poi ho qualcuno con cui parlare," disse loro.

"Chiamaci quando vuoi," le disse Caroline. "Molte di noi hanno figli e quindi non ci sono sempre, ma io sì. Mi arrabbio se succede qualcosa mentre Rocco è impegnato e non mi chiami!"

Caite sapeva che le avrebbe fatto strano chiamare la nuova amica, ma le disse: "Lo farò."

"Per esempio... se ti sparano durante un rapina e Rocco è via, mi aspetto che tu mi *chiami*," ribadì Caroline.

Caite si limitò ad annuire, sapendo che stava arrossendo.

Caroline le si avvicinò e le cinse le spalle con un braccio. "So che ci hai appena conosciute, ma fidati... sappiamo come ti senti. Tutte noi abbiamo passato le pene dell'inferno e finalmente ora viviamo serenamente. Qualsiasi cosa succeda puoi contare sempre su di noi... Ok?"

Caite voleva chiederle cosa avessero passato, ma annuì di nuovo. Si sarebbe informata con Rocco in un secondo momento. "Ok."

"Bene. Ora, visto che Rocco non riesce a toglierti gli occhi di dosso... Perché non torni da lui e poni fine alle sue sofferenze?" scherzò Caroline in modo bonario.

Caite si voltò e notò che Rocco stava davvero guardando verso di loro.

"È un brav'uomo," commentò Alabama.

"Lo so," disse Caite. "Grazie per questa bella conversazione," disse a tutte.

"Non dimenticare di farci sapere la storia dietro al suo soprannome!" le disse Jessyka quando Caite riprese a camminare verso i ragazzi.

"Lo farò!" le rispose Caite, poi si diresse di nuovo verso Rocco con un enorme sorriso stampato in faccia.

Quando fu abbastanza vicina, Gumby le chiese: "Come mai quel sorrisone? A volte non mi fido di quelle donne..."

Era ovvio che stesse scherzando, quindi Caite non si offese. Quando si avvicinò a Rocco, lui tese un braccio e se la portò in braccio, facendola gridare per la sorpresa. Rendendosi conto che non sarebbe finita distesa sulla sabbia, Caite ridacchiò. "Uhm, dici che questa sedia ci reggerà entrambi?" gli chiese Caite mentre gli avvolgeva le braccia intorno al collo.

"Non importa. È andato tutto bene con le ragazze?"

Caite annuì, pervasa da un calore piacevole per la premura di Rocco. "Direi alla grande."

"Bene."

"Dai, Caite, perché stai sorridendo?" le chiese ancora Gumby.

"Le ragazze mi hanno detto che sono stata negligente nel non chiedere a Rocco il motivo del suo soprannome," disse a Gumby, senza distogliere lo sguardo da quello di Rocco. "Se è qualcosa di cui preferisci non parlare, va bene," aggiunse quando lui rimase in silenzio.

Ace scoppiò a ridere. "Vuoi dire che è qualcosa che preferirebbe non *ricordare*."

"Oh, mi dispiace," si scusò Caite. "Non intendevo far riaffiorare brutti ricordi."

"Ricordi di tempi duri," scherzò Rex.

"Smettetela, ragazzi," brontolò Rocco. "State facendo

preoccupare Caite." La guardò e le disse: "Non è niente di doloroso, *ma petite fée*. Durante l'addestramento per diventare SEAL, facevo fatica a tenere la bocca chiusa quando gli istruttori ci tartassavano. Volevo sempre sapere perché dovevamo compiere determinate azioni e se ci fosse uno scopo. Naturalmente molti compiti *non* avevano alcuno scopo, se non quello di farci stancare ed essere sicuri della nostra obbedienza. Una delle loro punizioni preferite era quella di far portare una grossa roccia alle reclute. Io ho avuto il privilegio di portare quel maledetto affare più di altri perché non riuscivo a tenere la bocca chiusa."

Bubba rise e riprese la storia. "Caite, ti giuro che quella roccia era come il suo bambino, doveva portarsela ovunque."

"A pranzo, cena e persino durante l'allenamento doveva trascinarsi dietro quell'affare," disse Rex, unendosi al racconto. "A volte ci ha persino dormito in branda."

"Quindi gli istruttori hanno iniziato a chiamarlo Rocco[1]," aggiunse Phantom. Poi iniziò a imitare gli istruttori con voce cantilenante: "Ehi, Rocco, come sta la tua roccia? Vai a prendere la tua roccia, Rocco. Hai già dato un nome a quell'affare, Rocco?"

Tutti risero, Caite non poté fare a meno di unirsi a loro. "Ma dopo tutta quella gran fatica non hai imparato a tenere la bocca chiusa?"

"No," le confermò Rocco. "E... ce l'ho ancora quell'affare."

Caite ebbe una folgorazione. "Vuoi dirmi che la roccia in casa tua, nella tua stanza per allenarti... cioè, dovevi portare in giro quella roccia? Peserà almeno quarantacinque chili!" esclamò Caite. Aveva visto la famosa roccia, pensava si trattasse di una sorta di decorazione... magari un po' strana, ma non si sentiva nessuno per giudicare i gusti decorativi di Rocco.

Lui ridacchiò. "Ma no, saranno tipo venti chili o giù di lì."

"Non posso credere che tu ce l'abbia ancora," disse Caite, scuotendo la testa.

"Gliel'hanno data gli istruttori quando si è diplomato, dicendo che chiunque fosse testardo come lui se la meritava," le disse Rex.

"Sei matto," disse Caite a Rocco.

"Sono il *tuo* matto," la corresse Rocco.

Lei sorrise e gli diede un bacetto sulle labbra, pensando a quanto sarebbe piaciuta quella storia alle altre donne.

"Sull'attenti," disse Phantom sottovoce, "ci sono il capitano Chambers e il contrammiraglio Creasy sul ponte."

Caite trasalì quando tutti e sei gli uomini si alzarono, compreso Rocco. Lui la fece alzare e poi salutò i due uomini che si avvicinavano, tutti gli altri lo imitarono.

Lei rimase in silenzio, incerta sul da farsi. Rocco e gli altri non avevano salutato nessun altro in quel modo da quando erano in spiaggia. Sapeva che il capitano e il contrammiraglio erano al di sopra del grado dei comandanti North e Hurt, ma non ne era poi così sicura.

"Signori," dissero i sei uomini praticamente all'unisono.

"Riposo," disse l'uomo dai capelli neri, dopo aver ricambiato il saluto.

Il biondo si limitò a fare un cenno.

"Vi state divertendo?" chiese il primo.

"Come potremmo non divertici?" scherzò Gumby. "Sole, mare e non dobbiamo rotolarci nella sabbia."

"Vero. Certo, potrei sempre ordinarvelo solo per divertimento," rispose l'ufficiale.

Risero tutti quanti.

"Signori, vorrei presentarvi la mia ragazza. Lei è Caite McCallan. Caite, loro sono il contrammiraglio Creasy e il capitano Chambers: sono a capo delle unità SEAL della base."

"Piacere di conoscervi," disse Caite. Strinse la mano del contrammiraglio, poi quella del capitano.

Chambers le sorrise a denti stretti e le lasciò cadere la mano. "È un piacere conoscerti," le disse a bassa voce. Aveva i capelli biondo cenere e gli occhi azzurri. Era abbastanza abbronzato, sembrava per lo più a suo agio in spiaggia. Ma nonostante l'atteggiamento tranquillo, Caite percepì che quell'uomo era teso, forse perché era di un rango superiore a quasi tutti quelli che lo circondavano. Non le sarebbe mai piaciuto ricoprire un ruolo del genere, perché era ovviamente molto stressante, a giudicare dalle rughe intorno agli occhi e sulla fronte dell'uomo.

Caite si distrasse quando gli uomini cominciarono a parlare dei prossimi allenamenti e di questioni riguardanti la marina. Osservò il mare e i bambini che giocavano tra le onde, invidiava il loro atteggiamento spensierato nei confronti dell'acqua. Avrebbe voluto imparare a nuotare da piccola, proprio come quei bimbi. Se i suoi genitori l'avessero iscritta da piccolina a un corso di nuoto, forse non avrebbe avuto tanta paura.

"Non ti dispiace, vero?" le chiese Rocco, dandole una spintarella.

Caite lo guardò con aria assente, non aveva sentito una sola parola di quello che lui le aveva detto.

Rocco sorrise. "Scusa, tendo a dimenticare che non tutti sono interessati quanto noi alle questioni legate alla marina. Il contrammiraglio ha bisogno di parlarci un attimo di lavoro, non ci metterà tanto... direi cinque o dieci minuti al massimo. Il capitano ha detto che rimarrà qui a farti compagnia mentre parliamo di lavoro."

Caite non voleva essere un peso per nessuno. "Andrò da Caroline e le altre."

"Sembra che stiano facendo le borse per andare via," le disse Rocco. "Conosco il capitano da molto tempo, sarai al sicuro con lui. Ti prometto che non ci metteremo molto." Non le lasciò il tempo di rispondere, la baciò sulla fronte e le strinse leggermente un braccio. "Torno subito," la rassicurò.

Era chiaro che Rocco e gli altri nutrivano un grande

rispetto nei confronti dei due ufficiali che erano arrivati verso la fine dell'evento. Anche se Caite aveva passato anni in mezzo a ufficiali di alto rango, quando lavorava come collaboratrice esterna per il Dipartimento della Difesa, si sentiva ancora un po' intimidita. Guardò Rocco allontanarsi leggermente in modo che lui e gli altri potessero parlare con il contrammiraglio senza essere disturbati.

"Lei è una donna difficile da uccidere, signorina McCallan," le mormorò il capitano Chambers non appena gli altri furono abbastanza lontani.

Caite lo guardò confusa. "Cosa?"

"Mi hai sentito," le disse, facendo scattare una mano e afferrandole un braccio. La strattonò per portarsela al fianco. "Adesso ci facciamo una bella passeggiata, starai zitta e farai quello che ti dico," ringhiò Chambers.

Caite lanciò uno sguardo fugace a Rocco prima di ritornare a guardare il capitano: il volto era inespressivo, ma gli occhi sprizzavano scintille d'odio. Come diavolo era riuscito a mascherare quello sguardo irritato, poco prima?

Lei cercò di liberarsi dalla presa, ma sentì qualcosa di duro premerle contro un fianco. Abbassò lo sguardo e vide con orrore la canna di una piccola pistola.

"Se adesso non vieni con me senza fiatare ti sparerò, poi sparerò a uno di questi dannati mocciosi, *poi* sparerò al tuo caro fidanzato quando si accorgerà di cosa sta succedendo. Capito?"

Caite incontrò lo sguardo del capitano mentre lui le afferrava il braccio con una pressione tale da lasciarle un livido...

Improvvisamente, come un fulmine a ciel sereno, si ricordò di quello che aveva detto uno dei fratelli Bitoo:

"Dove troveremo una pistola?"
"Non lo so. Forse Chambers può aiutarci."

"Anche quello stronzo è un americano. Non gli interessa altro che portare quelle tavolette al suo compratore."

Ecco l'uomo citato dai fratelli, ecco l'uomo che la voleva morta.

Caite spostò di nuovo lo sguardo dagli occhi glaciali e mortali dell'uomo accanto a lei verso Rocco: stava ridendo per qualcosa, era così sereno e contento da farle male il cuore.

Rocco si fidava del capitano, altrimenti non l'avrebbe mai lasciata da sola con lui. In qualche modo Chambers aveva fregato tutti.

"Ci hai messo un po' troppo tempo a capire chi sono," le disse Chambers con un sorriso sinistro. "Forza, andiamo. Tieni la bocca chiusa e nessun altro si farà male."

Caite non poteva mettere in pericolo uno dei bambini che giocavano ignari tra le onde, e sicuramente non poteva mettere in pericolo la vita di Rocco.

Doveva stare attenta e cogliere la sua occasione di fuga, quando sarebbe arrivata. Perché sapeva che sarebbe arrivata: erano su una spiaggia piena di SEAL della marina, sicuramente uno di loro avrebbe percepito che qualcosa non andava e l'avrebbe aiutata.

Il capitano Chambers cominciò a farla camminare lungo la spiaggia, lontano dal picnic e verso un pontile che si affacciava sul mare. Caite sperava ad ogni passo che qualcuno li chiamasse e chiedesse loro dove stessero andando, ma mentre si allontanavano sempre di più dal gruppo e nessuno diceva una parola, cominciò a pensare che forse quell'uomo avrebbe potuto farla franca e ucciderla.

CAPITOLO QUINDICI

DOPO AVER CAMMINATO per un centinaio di metri, Caite si rese conto di dover prendere in mano la situazione. Non poteva permettere che Chambers la facesse allontanare troppo o che la facesse salire su un'auto, altrimenti sarebbe sicuramente morta. Quell'uomo stava cercando di ucciderla da settimane: non appena ne avesse avuto l'occasione, dopo aver seminato ogni possibile testimone, avrebbe fatto la sua mossa.

Man mano che camminavano la spiaggia si stringeva, stavano quasi camminando nel bagnasciuga. A sinistra c'erano erba alta, erbacce e rocce; a destra c'era l'oceano e di fronte a loro c'era il pontile.

Il capitano Chambers non aveva detto nient'altro mentre la costringeva a camminare sulla spiaggia e ad allontanarsi da qualsiasi persona la potesse aiutare. Caite aveva cercato di voltarsi una volta, ma lui le aveva strattonato il braccio così forte da farle venire le lacrime agli occhi.

Chambers borbottò qualcosa a proposito di soldi, contrabbando e di quanto fossero fastidiose le donne.

Caite prese una decisione sapendo che ad ogni passo che

la portava lontana da Rocco, dalla sua squadra e tutti quelli che si godevano l'evento, aveva sempre meno probabilità di essere salvata.

Sperando che il capitano non le sparasse immediatamente per dare il meno possibile nell'occhio, si liberò dalla presa con uno strattone e si gettò di lato con tutta la forza possibile.

Si trovò carponi in acqua, sputacchiando l'acqua di un'onda che aveva scelto proprio quel momento per infrangersi contro la riva.

Caite ignorò di aver perso le infradito, che ormai avevano preso il largo, e di avere i pantaloncini fradici; si alzò rapidamente e si allontanò dall'uomo furioso.

"Vieni qui, Caite," le ordinò Chambers, indicando la poca sabbia rimasta.

Lei scosse la testa e fece un altro passo indietro.

Chambers si diresse verso di lei, fermandosi quando l'acqua gli lambì i piedi. "Ti avverto," le disse, alzando il braccio per puntarle contro la pistola.

Caite fece un altro passo indietro, quasi perse l'equilibrio quando un'onda le colpì i polpacci.

Qualcuno gridò qualcosa sulla spiaggia, ma lei non osò distogliere lo sguardo dall'uomo che le stava di fronte. Chambers aveva il viso contratto dall'ira e la stava fissando con uno sguardo così intenso che sembrava quasi volerla costringere solo con lo sguardo. Si chiese rapidamente quante persone avessero osato contraddire quell'uomo.

"Volevo darti una morte tranquilla e indolore," le disse. "Ma tu me lo stai rendendo impossibile. Se non torni qui entro dieci secondi, ti sparerò. Ho più conoscenze di quante tu possa immaginare, mi assicurerò che il tuo ragazzo muoia di una morte orribile. Avrebbe dovuto morire in Bahrain, ma tu l'hai salvato; vuoi essere la causa della sua morte... oggi?"

Caite scosse la testa, rifiutandosi di cedere alla follia del capitano. Non udì altre grida, ma le si rizzarono i peli sulle braccia. C'era solo un modo per porre fine a quello stallo, Caite fece un altro passo indietro. Poi un altro. E un altro ancora.

Ormai l'acqua le arrivava alle cosce, ogni onda che la colpiva la faceva barcollare in avanti, poi Caite riprendeva il controllo dell'equilibrio e continuava a indietreggiare.

"Che cazzo stai facendo? Torna subito qui!" sbraitò Chambers con una nota di disperazione nella voce, facendo qualche passo verso l'oceano.

"Fermo lì, Chambers!" gridò una voce dalla sinistra di Caite.

Non appena il capitano si girò per vedere chi avesse parlato, Caite colse l'occasione per fare qualcosa di completamente folle, sperando di togliersi di mezzo dalla situazione.

Si voltò e si gettò a capofitto nell'oceano.

———

Rocco si voltò verso la spiaggia senza pensare e ciò che vide lo lasciò perplesso.

Il capitano Chambers e Caite stavano camminando quasi a braccetto, allontanandosi dal picnic.

Interrompendo il contrammiraglio a metà frase, chiese: "Dove stanno andando?"

Tutti gli altri si voltarono contemporaneamente per vedere di cosa stesse parlando.

"Forse il capitano voleva mostrarle qualcosa giù al pontile...?" suggerì Creasy senza troppa preoccupazione.

Rocco aggrottò la fronte. C'era qualcosa di... strano nel modo in cui quei due stavano camminando. Stava provando a ragionare quando vide Caite cadere improvvisamente con le mani e le ginocchia nell'acqua.

"Ma che diavolo?" mormorò, avanzò di un passo e poi vide il capitano Chambers alzare il braccio.

"Porca puttana," imprecò Gumby, afferrando Rocco per un braccio prima che potesse fiondarsi verso Caite.

"Lasciami andare!" sbottò Rocco, lottando per liberarsi dalla presa dell'amico.

"Se corri verso di loro, lui le sparerà!" sibilò Ace, aiutando Gumby a trattenere Rocco.

"Dobbiamo circondarlo, in modo che non possa scappare," propose Phantom.

Rex si voltò verso le persone che stavano raccogliendo le loro cose dalla spiaggia ed emise un lungo fischio, in una tonalità molto bassa.

Wolf e gli altri SEAL si girarono immediatamente verso Rex e interpretarono i gesti che lui stava facendo con le mani: abbandonarono tutto e spedirono donne e bambini verso il parcheggio, poi raggiunsero la squadra di Rocco.

"Condurrò Wolf e la sua squadra dietro la duna e gli taglierò la strada dall'altra parte," disse Phantom, prima di correre incontro agli altri uomini.

Rocco sapeva che con Phantom al comando l'altra squadra sarebbe stata sicuramente in grado di avvicinarsi di soppiatto al capitano, ma al momento quella non era la sua preoccupazione principale: si voltò di nuovo per guardare Caite e Chambers, poi gridò a Phantom: "Caite non sa nuotare!"

Il compagno di squadra gli rivolse un cenno per indicargli che aveva registrato l'informazione prima di intercettare Wolf e condurre lui e gli altri ex SEAL rapidamente verso il parcheggio, in modo da oltrepassare il capitano senza che lui si rendesse conto della loro presenza. Un uomo della squadra di Wolf, Cookie, rimase indietro e si precipitò verso Rocco e gli altri.

Rocco annuì verso di lui e poi riportò la sua attenzione su Caite, che barcollò e quasi cadde quando un'onda la colpì alle spalle; per la prima volta in vita sua Rocco si sentì paralizzato.

Era di fronte al suo peggior incubo e non poteva fare un

bel niente: non poteva prendere una decisione su come salvare Caite.

"Se pensa di essere messo all'angolo, Chambers sparerà," disse Gumby a bassa voce. "Per qualche motivo non l'ha ancora fatto: dobbiamo agire con calma."

"La ucciderà," ringhiò Rocco seguendo i compagni di squadra verso la donna che amava più della propria stessa vita. Caite sembrava terrorizzata ma non aveva perso la testa, il che era un bene: Rocco si sentì molto orgoglioso della sua donna, come non lo era mai stato prima.

"Se avesse voluto ucciderla davvero, avrebbe già sparato," commentò il contrammiraglio.

Rocco non fu sorpreso che Creasy li avesse seguiti. Un tempo anche lui era stato un SEAL ed era sicuramente furioso per il fatto che l'uomo di cui avevano appena parlato, l'uomo che tutti avevano cercato nell'ultima settimana, fosse qualcuno della sua stessa unità.

"Probabilmente ha pensato che se fosse riuscito a portarla lontano da tutti avrebbe potuto ucciderla senza che nessuno se ne accorgesse."

Rocco ringhiò ancora una volta, il suono gli vibrò nel petto mentre pensava a Chambers che sparava alla sua donna. Non gli piacque la supposizione di Creasy, ma sapeva che aveva ragione.

Rocco avanzò silenziosamente accanto ai suoi fratelli d'armi tenendo gli occhi incollati su Chambers e Caite. Così come aveva smesso di pensare poco prima, Rocco riacquistò la capacità di ragionare guardando la sua donna: aveva capito cosa aveva intenzione di fare. Non era una buona idea, voleva urlarle di stare ferma, di fidarsi di lui, che si sarebbe occupato di Chambers prima che potesse spararle, ma era ancora troppo lontano.

"Gumby e Cookie, occupatevi di Caite. Non è una buona nuotatrice, anzi... per niente."

"Ci pensiamo noi," disse Gumby virando a destra, verso l'oceano.

Cookie si prese il tempo di mettere una mano sulla spalla di Rocco. "Ci occupiamo noi di Caite," gli disse. "Ti do la mia parola di SEAL che la porteremo in salvo."

Annuendo, Rocco guardò Cookie togliersi la maglia e seguire Gumby tra le onde.

Gli altri cinque continuarono a seguire Chambers, rimanendo dietro di lui e fuori dalla sua vista. Si avvicinarono organizzando silenziosamente una strategia su come neutralizzarlo, impedendogli di uccidere Caite o se stesso, quando lei fece qualche altro passo indietro. L'acqua le arrivava quasi ai fianchi, perse momentaneamente l'equilibrio quando fu colpita nuovamente dalle onde.

Chambers realizzò solo in quel momento che Caite si stava allontanando troppo, urlò qualcosa che gli uomini non riuscirono a sentire e cominciò ad avanzare verso Caite.

"Fermo lì, Chambers!" urlò il contrammiraglio Creasy.

Il capitano si voltò e vide gli uomini vicino a lui; sembrava furibondo.

Rocco vide Caite voltarsi e gettarsi nell'oceano.

Voleva andarle dietro, sapeva che sarebbe stata terrorizzata, ma doveva fidarsi dei suoi compagni di squadra: l'avrebbero tenuta al sicuro mentre lui affrontava la persona che la minacciava.

Chambers lanciò un grido furibondo, poi si voltò e aprì il fuoco sparando alla cieca tra le onde dove era appena scomparsa Caite.

"Se vuole sparare a qualcuno, spari a me!" urlò Rocco nel disperato tentativo di far cessare il fuoco.

Chambers si voltò di scatto e puntò la pistola contro Rocco. "È tutta colpa tua!" gli urlò. "Se tu fossi morto in quella cazzo di cantina, ora non mi ritroverei in questa situazione!"

Rocco portò le mani in alto e si fermò a circa sei metri da quell'uomo, ormai chiaramente impazzito. "Possiamo sistemare tutto, capitano. Metta giù la pistola e ne parleremo."

Chambers iniziò a ridere istericamente. "Sì, certo. Questa situazione *non si può* sistemare! Sono fregato e lo sappiamo entrambi!"

"Metti giù quell'arma," disse il contrammiraglio.

"Fanculo!" sbraitò Chambers. "Fanculo a *tutti* voi! Pensate che non sappia che se non avessi questa pistola, mi sareste già saltati addosso? Nel momento in cui la metto giù voi stronzi SEAL mi attaccherete e non vedrò mai più la luce del giorno!"

Chambers si sbagliava: gli uomini si stavano trattenendo non per la pistola, ma per il fatto che riuscivano ancora a vedere Caite, troppo vicina alla riva e dunque ancora a portata di proiettile. Nessun SEAL aveva paura di essere colpito; sì, faceva male da morire, ma il dolore non significava nulla, se avesse portato alla cattura di Chambers.

Rocco ribolliva dalla rabbia, quell'uomo aveva cercato di far uccidere Caite non una, non due... ma ben *tre volte*.

Non gli importava di aver rischiato la vita per le azioni di Chambers, di fatto faceva parte del suo lavoro come SEAL, ma non poteva accettare l'idea che il capitano avesse preso di mira un'innocente.

Doveva far perdere tempo a Chambers per permettere a Caite di allontanarsi abbastanza, e dare a Cookie e Gumby il tempo di raggiungerla.

"Cosa pensava che sarebbe successo qui, Chambers?" gli chiese. "Pensava che nessuno si sarebbe accorto delle sue azioni? Le ho *affidato* Caite, di chi altro avrei potuto sospettare?"

"Avevo organizzato tutto!" urlò il capitano, agitando in aria la pistola e sembrando sempre più fuori di testa. "Vi avrei detto che credeva di aver visto un bambino da solo sul pontile, l'avevo scortata fin qui e qualcuno ci aveva aggredito, le aveva sparato prima che io potessi intervenire. Avrebbe funzionato, se quella stupida troia non avesse deciso di fare l'eroina!"

Il capitano fece per girarsi verso l'oceano, ma Rocco fece rapidamente qualche passo avanti e gli disse: "E poi? Il proiettile estratto da Caite avrebbe ricondotto a lei, capitano. La ritenevo più intelligente."

Rocco sapeva che Ace e Bubba si stavano muovendo alla sua destra, Rex e il contrammiraglio stavano facendo lo stesso alla sua sinistra. Avevano formato una linea e potevano già attaccare il capitano, proprio come temeva Chambers. Rocco intravide Wolf, Phantom, Abe, Mozart, Dude e Benny che apparivano rapidi e silenziosi dietro Chambers.

Il compito di Rocco era quello di mantenere l'attenzione su di sé, non su Caite o su cosa stesse succedendo alle spalle del capitano.

"Io *sono* più intelligente!" sbottò Chambers. "Sono un fottuto *genio*! Sono io quello che ha capito che dietro quei reperti del cazzo c'erano un sacco di soldi, io ho trovato Andy Edwards per ottenere tutte le informazioni! A nessuno importa dell'Iraq, quegli stronzi hanno bombardato il nostro paese, cazzo! Perché dovevano tenersi loro tutti quei pezzi di terra indurita? Avrebbero finito per romperle o farle saltare in aria... le stavo *salvando*!"

"Salvando?" chiese Creasy incredulo. "Le stavi vendendo al miglior offerente."

"Sì! Le avrebbe messe nei musei e trattate con rispetto, meglio di quanto farebbero quei talebani del cazzo!" gridò Chambers. "La marina ci paga *briciole*! Perché tutti gli altri avrebbero dovuto trarre profitto da quelle cazzo di tavolette, e io no? Ho dedicato la vita al mio paese e quando andrò in pensione non avrò neanche *lontanamente* quello che mi merito!"

"Cosa la rende migliore dei fratelli Bitoo?" gli chiese

Rocco, non avendo assolutamente idea di chi fosse Andy Edwards, ma sapendo che avrebbe indagato il prima possibile. "Cosa la rende migliore dei terroristi che saccheggiano i luoghi sacri e i musei in Iraq?"

"Io *sono* migliore di loro!" sbraitò Chambers.

"Metti giù la pistola, Chambers. Adesso!" ordinò di nuovo il contrammiraglio. "Sul serio, Isaac... per ora non hai fatto del male a nessuno, possiamo risolvere la questione."

Chambers iniziò a ridere in modo stridulo e folle, ma quando riprese a parlare aveva di nuovo un tono di voce calmo e controllato. "Non c'è niente da risolvere. È la fine. Se non verrò ucciso dai delinquenti della prigione federale, i miei clienti troveranno un modo per raggiungermi. Dovevo solo assicurarmi che quella scema tenesse la bocca chiusa. Sapevo che se avesse spifferato, era tutto finito."

"*È* tutto finito," gli disse Creasy. "Siamo amici, Isaac... lascia che ti aiuti."

"Non puoi aiutarmi," gli disse Chambers, con tono sempre più calmo. "Di' a mia moglie che mi dispiace."

Mentre Wolf e Phantom si tuffavano verso il capitano, questi si portò la pistola alla tempia e premette il grilletto.

"No!" Il contrammiraglio saltò verso l'uomo con cui aveva lavorato per tanti anni.

In pochi secondi i SEAL prestarono i primi soccorsi, ma l'attenzione di Rocco non era più concentrata sull'uomo che se l'era cavata con poco... era tutta concentrata sull'oceano. Corse verso il punto in cui l'aveva vista per l'ultima volta e strizzò gli occhi, schermandosi dal sole con una mano.

Ma vide solo acqua, intere distese di acqua... e nessuna traccia di Caite.

———

Caite trattenne il respiro e tenne gli occhi chiusi mentre si gettava nell'oceano. Per un secondo non capì più da che parte fosse rivolta, ma poi rilassò il corpo proprio come le aveva insegnato Rocco e si sentì galleggiare fino alla superficie. Si girò immediatamente sulla schiena e cercò di calmarsi.

Le onde stavano cercando di spingerla indietro verso la riva, dove Caite non voleva assolutamente andare: se riusciva a tirarsi fuori dai giochi, sicuramente Rocco e la sua squadra avrebbero potuto occuparsi del capitano Chambers.

Caite scalciò e mosse le mani avanti e indietro, cercando di farsi strada attraverso le onde. Ogni volta che un'onda si infrangeva contro di lei, lei tossiva, ma continuava a proseguire come meglio poteva.

Quando sentì sparare si strinse aspettandosi il dolore di essere colpita da una pallottola... ma non successe nulla.

Tentò di sollevare la testa per vedere cosa stesse succedendo, ma fu un errore, perché rischiò di sprofondare in acqua. Dopo aver tossito e recuperato il controllo, si costrinse a rilassarsi e a riportare la testa all'indietro, per fissare il cielo mentre cercava di muoversi nell'oceano.

"Quando tutta questa storia sarà finita, devo proprio chiedere a Rocco di insegnarmi come si nuota," disse ad alta voce. Sentì le proprie parole ovattate e un po' strane, ma in qualche modo parlando con se stessa si sentì meglio.

"Sembrerò una balena spiaggiata, ma non mi importa. Per fortuna l'acqua salata mi aiuta a stare a galla, qui è più difficile rispetto a dove mi ha portata Rocco l'altra volta."

Tossì di nuovo dopo aver inghiottito un po' d'acqua e decise che forse era meglio concentrarsi sul restare a galla e allontanarsi dalla spiaggia, piuttosto che parlare. Le sembrava di ondeggiare in modo irregolare, ma con un fugace sguardo verso il basso si rese conto che almeno si stava muovendo nella giusta direzione.

Caite smise finalmente di agitare mani e piedi; non voleva

nuotare fino alle Hawaii, doveva solo allontanarsi abbastanza per non rischiare di beccarsi una pallottola. Rimase immobile e continuò a guardare il cielo, tutto sembrava tranquillo e sereno nell'oceano. Le sarebbe piaciuto saper nuotare per vedere cosa stesse succedendo, ma non sapeva come fare per non andare a fondo.

Non sapeva proprio quantificare il tempo in cui rimase così, a fissare il cielo, ma andò nel panico quando sentì qualcosa che la sfiorava.

Caite si agitò temendo per la propria vita e finì di nuovo con la testa sott'acqua, inghiottì una gran quantità di acqua salata prima che la testa le tornasse sopra il pelo dell'acqua, un braccio muscoloso le cingeva la vita.

"Tranquilla, Caite. Ti tengo."

Sorpresa dalla voce profonda accanto a lei, Caite si voltò e riconobbe Gumby. Tra colpi di tosse e conati di vomito per l'acqua ingerita, riuscì a dirgli: "Che strano incontrarti qui."

Gumby sorrise, le rughe intorno agli occhi ben visibili. "Stai bene?"

Caite iniziò ad annuire ma poi avvertì qualcos'altro che la sfiorava. Gridò e gettò le braccia intorno al collo di Gumby, sicura che stava per essere attaccata da uno squalo.

Udendo una risatina, Caite aprì gli occhi e fissò l'altro uomo... doveva chiamarsi Cookie, se non si ricordava male.

"Scusami," le disse lui. "Non volevo spaventarti, di solito le donne sono felici di vedermi quando mi materializzo al loro fianco tra le onde dell'oceano."

"Lo fai spesso?" gli chiese Caite con una punta di irriverenza.

"Più di quanto immagini," le rispose Cookie.

"Sei ferita?" le chiese Gumby, Caite si voltò verso di lui. "Ti ha sparato?"

Caite scosse la testa. "No, sto bene." Mentre rispondeva le

entrò ancora un po' d'acqua in bocca, facendola tossire leggermente.

"Perché non ti sdrai di nuovo?" le suggerì Gumby. "Io e Cookie siamo qui con te, ti portiamo a riva."

"Non ancora!" gridò Caite. "Non è sicuro."

"Rocco e gli altri hanno tutto sotto controllo," le disse Gumby. "Ci ha detto che non sapevi nuotare, ma secondo me si è sbagliato... te la sei cavata benissimo."

Sentendo quei complimenti Caite si sentì molto meglio per la decisione presa poco prima, quando si era tuffata nell'oceano. "Non se lo lasceranno sfuggire, vero?" chiese Caite. "Quello è l'uomo che ha cercato di uccidermi."

"Non fuggirà," la rassicurò Cookie, Caite si voltò verso di lui. "Fidati di noi, ora ti riportiamo sana e salva da Rocco."

"Sdraiati e rilassati," la esortò Gumby, Caite gli sciolse lentamente le braccia dal collo. "Così, brava ragazza."

Caite si sforzò di lasciare andare Gumby ma finché non sentì le mani dei due uomini sulla schiena rimase tesa. Loro la aiutarono a restare a galla con facilità mentre nuotavano con le mani libere. Caite si accorse che si stavano spostando in modo parallelo rispetto alla riva, non stavano andando verso la riva, ma le andava bene. Era sempre preoccupata per Rocco, ma in fondo era convinta che il capitano Chambers non potesse reggere il confronto con lui e con il resto della squadra.

Poi le venne in mente un pensiero. "Vi ho visti raccogliere le vostre cose, non stavate andando via?" chiese mentre lanciava un'occhiata a Cookie.

"Sì, infatti, ma Rex ha fischiato e mandato segnali d'aiuto, Wolf lo ha intercettato."

"Oh." Caite non aveva davvero molto altro da aggiungere. Voleva sapere cosa stava succedendo, dov'era Rocco, ma non voleva nemmeno essere quel tipo di donna: la classica damigella in pericolo. Si era allontanata dal capitano da sola, ottimo, non poteva crollare proprio in quel momento.

"Bene, credo che ora siamo pari," disse a Gumby mentre continuavano a nuotare.

"Come?" le chiese lui.

"Siamo pari. Io ho salvato te, ora tu hai salvato me."

Le sorrise. "Allora immagino che possiamo chiamare i rispettivi figli con i nostri nomi."

"Mi dispiace ma non chiamerò nessuno dei miei figli Gumby."

"Decker."

"Cosa?"

"Mi chiamo Decker."

Caite girò leggermente la testa per guardarlo. "Oh, sì, me l'hai detto quando ci siamo conosciuti, in quell'ascensore in Bahrain. "

"Sì."

"Mi piace."

Lui le sorrise di nuovo

"Ok. Affare fatto."

"Ehi, e io?" scherzò Cookie. "Anch'io ti ho salvato la vita!"

"Bene, come ti chiami? Intendo il tuo *vero* nome," gli chiese Caite.

"Hunter."

"Santo cielo," esclamò Caite. "Hunter e Decker. Avrò i ragazzini più tosti del mondo, a scuola faranno strage di ragazzine che si getteranno ai loro piedi con sguardi adoranti."

Entrambi gli uomini ridacchiarono.

Anche Caite si rilassò, quei due la tenevano a galla e non doveva preoccuparsi. Allargò le braccia, toccando entrambi gli uomini sulle spalle mentre nuotavano. "Grazie."

Sia Cookie che Gumby smisero di nuotare, come se avessero comunicato telepaticamente, e aiutarono Caite a restare a galla, facendola raddrizzare e tenendola per non farla affondare.

"Non devi ringraziarci," le disse Gumby, tornato serio.

"Sì, invece," gli rispose Caite. "Quando mi sono tuffata in acqua sapevo che c'era una buona probabilità di non uscirne mai più... Voglio dire, Rocco mi ha insegnato come stare a galla, ma eravamo in una baia graziosa e senza onde... senza alcun folle che minacciasse di spararmi. Avevo una sola certezza, quel tizio non poteva portarmi troppo lontano dal picnic o mi avrebbe uccisa. La mia unica via di fuga era l'oceano, mi sono tuffata."

"Bella *e* intelligente," commentò Cookie.

"Caite, ascoltami. Anche se esci con Rocco, appartieni al nostro gruppo... Ad Ace, Bubba, Rex, Phantom... a *tutti* noi. La stessa cosa varrà per la donna che sposerò io, per quella di Ace, e via così. Se Rocco ti dovesse perdere, ne soffriremmo tutti. Non ti voglio bene esattamente come *lui*, ma di sicuro ti voglio bene... non so se mi sono spiegato."

Caite lo fissò sorpresa.

"Oggi hai conosciuto mia moglie, hai visto quanto siamo tutti uniti nel mio gruppo: ognuno di noi farebbe qualsiasi cosa per proteggere la moglie e i figli degli altri. Io e Fiona non abbiamo figli, ma ti giuro che sono pronto a morire per quelli di Alabama, o di Jess, o di Cheyenne. Caite... quando un SEAL decide che una donna è quella giusta per lui, allora *è* quella giusta. Punto. Quindi sii sincera con Rocco, potresti fargli più male di una pallottola."

Caite deglutì a fatica, non voleva ferire Rocco, ma sentire dai suoi amici quanto lei significasse per lui, anzi... per *tutti* loro, significò il mondo per lei, non aveva mai sentito nulla di simile in vita sua.

Aprì la bocca per rispondere, ma proprio in quel momento dalla spiaggia rimbombò uno sparo.

Muovendosi all'unisono, Cookie e Gumby la misero di nuovo sulla schiena e iniziarono a nuotare lontano dalla zona.

Caite voleva chiedere cosa stesse succedendo, se Rocco fosse stato colpito o se Chambers le stesse ancora sparando... ma poteva solo resistere mentre fendeva l'acqua molto più velocemente di quanto avrebbe potuto fare da sola.

Chiudendo gli occhi, Caite ripose tutta la sua fiducia nei due uomini di fianco a lei: l'avrebbero condotta da Rocco, ne era sicura.

CAPITOLO SEDICI

ROCCO FISSÒ le onde con paura e frustrazione, ma vide solo la spuma del mare. Nel momento in cui decise di togliersi la maglia per tuffarsi alla ricerca di Caite, Ace gridò: "A ore due!"

Voltandosi verso destra, Rocco vide tre figure che emergevano dall'acqua agitata.

Iniziò a correre ignorando le grida della polizia locale, appena arrivata sul posto; sapeva che gli altri gli avrebbe coperto le spalle, c'era anche la parola del contrammiraglio. Rocco continuò a fissare Cookie, Caite e Gumby che faticavano a restare in piedi tra le onde forti.

Rocco si immerse nell'acqua e andò loro incontro, non appena fu abbastanza vicino, afferrò Caite e la strinse tra le braccia. Sentendo Cookie e Gumby che lo sostenevano da entrambi i lati, Rocco affondò il naso tra i capelli di Caite e l'abbracciò con tutta la sua forza.

Nessuno dei due disse una parola, rimasero abbracciati mentre lui la accompagnava di nuovo a riva. Una volta usciti dall'acqua, Rocco non voleva lasciare la presa e si inginocchiò, ancora incapace di proferire parola: non riusciva a esprimere la gratitudine per il fatto che la sua Caite fosse viva e vegeta, abbracciata a lui.

All'improvviso sentì il bisogno di farle una domanda e si tirò indietro. "Sei stata colpita, *ma petite fée?*"

Caite scosse immediatamente la testa.

"Grazie a Dio," gemette Rocco, poi rilasciò un lungo sospiro che non sapeva neanche di aver trattenuto.

"Stai bene? Abbiamo sentito uno sparo," gli chiese lei, accarezzandogli il viso.

"Sì, sto bene... stiamo tutti bene."

"Allora chi è stato colpito?"

Rocco scoccò un'occhiata a Gumby prima di tornare a concentrarsi su Caite. "Chambers."

Lei spalancò gli occhi. "Gli hai sparato? Sarai arrestato?"

Rocco scosse la testa. "No, *ma petite fée*, si è sparato da solo... Nessuno di noi era armato."

Caite ignorò la parte su Chambers e si focalizzò su un altro dettaglio. "Non eravate armati? Come pensavate di abbatterlo?! Aveva una *pistola*! Avrebbe potuto spararti! Mi ha detto che avrebbe ucciso te o uno dei bambini, se avessi gridato."

"Sono un SEAL. Siamo tutti SEAL," le disse Rocco con un tono che non ammetteva repliche. "Non abbiamo bisogno di armi perché noi *siamo* armi, Caite."

Lei alzò gli occhi al cielo, Rocco gioì del fatto che la sua donna non avesse perso la testa. "Dio ci salvi dai sexy eroi macho della marina."

"Ha ingoiato molta acqua," disse Gumby da sopra di loro. "Probabilmente sarà disidratata."

"Sto bene," borbottò Caite mentre affondava di nuovo il viso nel collo di Rocco.

"Mi aiutate ad alzarmi, ragazzi?" chiese Rocco agli amici, che lo aiutarono ad alzarsi senza fatica sollevandolo dalle braccia con una spinta.

Rocco portò Caite verso il punto del picnic, tenendola in braccio come se fosse un vaso di vetro pur sapendo che quella donna aveva una tempra d'acciaio. I poliziotti stavano aspettando di parlare con loro, avrebbero dovuto restare lì per un po', ma Rocco doveva assicurarsi che Caite stesse bene. Lei veniva prima di ogni altra cosa o di ogni altra persona... Sempre.

———

Caite rimase sorpresa dal fatto che Rocco non la lasciasse mai allontanare. Immaginava che lui avrebbe dovuto parlare con i pezzi grossi della marina che avevano invaso la spiaggia, sembravano uno sciame di locuste. C'erano anche gli investigatori della marina, i poliziotti e gli investigatori locali; nel giro di mezz'ora, nella spiaggia c'erano più forze dell'ordine rispetto alle persone che si erano godute il picnic della marina.

Caroline e le altre avevano rilasciato le loro deposizioni alla polizia su ciò che avevano visto dalla loro posizione, poi erano state mandate via dai rispettivi mariti. Tutti gli altri ospiti erano stati interrogati e poi invitati gentilmente a tornare a casa.

Caite era l'unica donna rimasta sulla spiaggia, escluse quelle che lavoravano nelle forze dell'ordine. Tremava per il freddo e per tutto quello che era successo: avendo avuto il tempo necessario per riflettere, realizzò che aveva avuto davvero tanta fortuna.

"Va tutto bene, *ma petite fée*," le disse Rocco dolcemente. Entrambi erano stati interrogati più volte sia dall'NCIS che dalla polizia locale. Il contrammiraglio Creasy era stato una manna dal cielo, perché aveva preso in mano la situazione e quasi tutti sembravano portargli il massimo rispetto.

"Tra qualche minuto ce ne potremo andare," le disse Rocco.

Lei annuì.

"Caite?"

"Sì?" gli rispose lei, guardandolo.

"Ciò che hai fatto oggi è stato decisamente stupido, lo sai vero?" le chiese Rocco.

Lei fu invasa da una vampata di irritazione. Aveva compiuto l'unica azione che poteva compiere in quel momento. A differenza di Rocco e degli altri, lei non era un'arma vivente.

Di recente aveva visto un filmato dove un SEAL della marina dimostrava come comportarsi durante una faida con coltelli. La telecamera si spostava dal SEAL, muscoloso e seducente, a un finto aggressore con un coltello; quando la scena tornava sul SEAL, l'aggressore era già in fuga, scappando a gambe levate.

Quel video le era rimasto impresso. Lei non avrebbe potuto fronteggiare il capitano: era più grosso, perfido e disperato di lei.

Le parole di Rocco le fecero male e lei cercò di allontanarsi, incurante del freddo che stava provando... Ma lui le impedì di muoversi.

Caite aprì la bocca per difendersi, ma lui l'anticipò.

"È stata anche l'azione più coraggiosa a cui abbia mai assistito in vita mia... e ne ho viste, di azioni eroiche. Sono molto orgoglioso di te, *ma petite fée*. Ti sei comportata nell'unico modo che avrebbe permesso ciò che poi è successo: né tu né altri innocenti siete rimasti feriti. Ti sei tirata fuori dai giochi."

Caite pianse le lacrime che aveva trattenuto fino a quel momento. "Ti ha detto perché ce l'aveva con me?" gli chiese tra un singhiozzo e l'altro.

"Niente di sensato," le rispose Rocco. "Sono sicuro che

l'NCIS scoprirà molto di più, quando avrà approfondito la sua situazione finanziaria. Chambers ha blaterato qualcosa su soldi, pensione e un tizio di nome Andy Edwards, ma in realtà non me ne frega un cazzo. Ha disonorato la marina e i SEAL... inoltre, ha cercato di ucciderti, più di una volta. Spero che marcisca all'inferno."

Caite non poté fare a meno di sorridere. Il suo uomo era sanguinario, ma le piaceva. Poi si ricordò di quel nome. "Il sottufficiale Edwards?" gli chiese.

Rocco restrinse gli occhi in due fessure. "Non lo so, chi diavolo è il sottufficiale Edwards?"

"Lavora nella sezione informatica della base in Bahrain. Ogni volta che avevamo problemi con il computer, veniva ad aiutarci... è un tipo piuttosto tranquillo, avevo l'impressione che fosse più felice quando era in caserma a giocare a quel videogioco, *This is War* con i suoi amici, ma è sempre stato molto gentile e disponibile nei miei confronti."

"Merda," disse Rocco, scuotendo la testa.

"Cosa? Non dirmi che era coinvolto anche lui?" gli chiese Caite con un cipiglio.

"A quanto pare sì," le disse Rocco. "Mi metterò in contatto con Creasy e il comandante Horner per informarli... ma è logico. Ecco perché erano sparite le impronte digitali di quel ragazzo che ha tentato di derubarci."

Caite si girò tra le braccia di un Rocco irritato, avvolgendogli le proprie intorno alla vita. "È finita?" gli chiese lei.

"Sì, ora sei al sicuro Caite."

Rocco abbassò la testa e le passò una mano tra i capelli, che ormai erano quasi asciutti e probabilmente sparavano da tutte le parti, ma a Caite non interessava.

"Ti amo, Blake Wise."

Lei notò come la scintilla di rabbia negli occhi di Rocco si spense per lasciar posto a una nuova tenerezza. "Sì?" le chiese lui.

Caite annuì sorridendo.

"Direi ottimo, visto che ti amo anch'io, *ma petite fée*. Il fatto che mi ami ti renderà più facile il trasloco."

Caite ridacchiò. "Mi avresti fatta trasferire da te anche se *non* ti amavo?"

"Sì. So che dopo un po' di tempo non saresti riuscita a resistermi."

Scuotendo la testa, Caite gli sorrise. "Ciò significa che se combini qualche guaio posso ordinarti di portare quella roccia in giro per l'appartamento, come punizione?"

Quando Rocco sorrise, gli si illuminò il viso. "Potresti ordinarmi di fare qualsiasi cosa, Caite, farei l'impossibile per renderti felice."

Quelle parole le scaldarono il cuore. "Grazie per aver mandato Gumby e Cookie a recuperarmi."

"Sarei venuto io stesso, ma dovevo essere sicuro che Chambers non fosse una minaccia per te. Dovevo terminare quella situazione, non potevo permettere che continuasse a spaventarti."

"Lo so." Caite lo sapeva davvero, non si era offesa quando Rocco non era arrivato a soccorrerla tra le onde: le aveva mandato due uomini di cui si fidava ciecamente e si era occupato di Chambers. Sapeva che Rocco avrebbe fatto tutto il possibile per proteggerla.

"Ti amo, Caite. Non so cosa farei senza di te," le disse Rocco con tono solenne.

"Per fortuna che non dovrai mai scoprirlo, allora," gli rispose Caite.

Lui la abbracciò con vigore, Caite non si era mai sentita tanto sicura. Non si era mai sentita così bene tra le braccia di nessun altro uomo, era come se le braccia di Rocco fossero degli scudi antiproiettile che la proteggevano dai mali del mondo. Probabilmente stava esagerando con la fantasia e ovviamente avrebbero litigato in futuro (lei era troppo indipendente e lui era troppo autoritario e protettivo), ma Caite sapeva che alla fine di ogni giornata, una volta a letto, lei gli si sarebbe accoccolata tra le braccia proprio come stava facendo in quel momento.

———

"Allora, come va con il nuovo lavoro?" chiese Gumby a Caite, appoggiandosi al bordo della scrivania. Sorrise quando lei lo fulminò con lo sguardo e gli fece un gesto come per allontanarlo.

"Va bene, a parte il fatto che voi ragazzi venite a controllarmi ogni cinque minuti. Il mio capo penserà che sono qui a socializzare, invece di lavorare," protestò Caite.

"Ma smettila," la rassicurò Gumby. "Sa di avere avuto fortuna quando ti ha assunta."

Caite alzò gli occhi al cielo. "Come se avesse avuto scelta! Dopo che Slade e il contrammiraglio Creasy mi hanno raccomandato, non poteva fare niente *tranne* che assumermi."

"Ti sbagli," le disse Gumby. "La tua esperienza lavorativa parla da sola: solo perché quello stronzo in Bahrain non è riuscito a vedere il tuo valore, ciò non significa che gli altri non lo notino. Inoltre, il fatto che tu parlassi francese è stato il punto di svolta: sai che bisogno c'era di qualcuno che aiutasse a trascrivere le centinaia di ore di nastri di sorveglianza. Sei un dono del cielo per l'NCIS."

Caite annuì. "Beh, immagino che sia la mia punizione per essermi lamentata della noia, vero?" scherzò.

Gumby ridacchiò. Sapeva bene quanto si fosse annoiata Caite senza un lavoro, dato che Rocco gli aveva detto tutto su come lei aveva pulito l'appartamento da cima a fondo... diverse volte.

Ormai Caite si era ripresa dall'esperienza del picnic sulla

spiaggia, anche se le ramificazioni degli affari loschi del capitano Chambers continuavano a ripercuotersi in tutta la marina. Aveva risucchiato troppi uomini degni di nota, compreso Andy Edwards, la talpa del Bahrain tanto ricercata dal comandante Horner. Edwards era stato preso in custodia per il suo ruolo in quello che era successo a Manama e per aver violato il database dell'FBI, cancellando le impronte digitali di Carter Richards e ostacolando così un'indagine federale.

Gumby era entusiasta per Rocco. Era ovvio che lui e Caite erano fatti per stare insieme. Non era invidioso, no… ma vedere quanto fosse felice il suo amico gli faceva venire ancora più voglia di trovare la propria anima gemella.

"Sono passato solo per vedere come va," disse Gumby a Caite.

"Sto bene," lo rassicurò lei. "Rocco passerà più tardi e poi andremo a festeggiare."

"Ricorda, devi dare il mio nome a tuo figlio," la prese in giro Gumby.

Caite si finse arrabbiata. "Perché voi uomini pensate subito al sesso quando qualcuno menziona la parola 'festeggiare', eh?"

"Vuoi dirmi che non succederà, questa sera?" le chiese Gumby, sorridendo.

Caite rise e alzò le mani in segno di resa. "E va bene, hai vinto tu. Stasera faremo del gran sesso animale, ma solo *dopo* che Rocco mi avrà portato fuori per una bella cenetta elegante."

Gumby amava il modo in cui lo trattava Caite, come se fosse un fratello irritante. Lui aveva un fratello maggiore, ma non aveva mai avuto una sorellina da tormentare in modo affettuoso. "Lo sapevo!"

"Bene," disse Caite. "Ora vai, però. Devo lavorare."

"Sissignora," le disse Gumby, salutandola. Non appena fu

abbastanza lontano, prese il telefono e chiamò Rocco. "Sta bene," disse all'amico non appena rispose.

Rocco sospirò sollevato. "Lo immaginavo ma apprezzo lo stesso che tu sia passato a controllare."

"Non c'è problema."

"Stai uscendo adesso?"

"Sì. Torno a casa per il pranzo, poi ci vediamo in ufficio così possiamo continuare a studiare i dettagli per la missione della prossima settimana."

"Perfetto. Guida con cautela," gli disse Rocco.

"Come sempre. A più tardi."

"Ciao."

Gumby riagganciò la chiamata e si diresse verso il suo pick-up: dopo essere cresciuto in Texas, trovava quasi impossibile guidare un altro tipo di veicolo. Uscì dal parcheggio dell'NCIS e si diresse verso casa, aveva comprato una piccola casa sulla spiaggia per una miseria, quando era stata pignorata. Doveva finire di sistemarla, c'era molto da fare ma procedeva lentamente nel tempo libero.

Era poco distante da casa quando fu attratto da un movimento sul ciglio della strada. Gumby accostò prima ancora di pensarci. Saltò giù dal pick-up e si precipitò verso l'uomo e la donna che si stavano picchiando senza ritegno nel cortile di una casa fatiscente.

La donna era piccolina, l'uomo con cui stava lottando era alto almeno una spanna più di lei e molto più muscoloso... ma incredibilmente lei gli stava tenendo testa.

"Finitela!" urlò Gumby avvicinandosi.

L'uomo alzò lo sguardo per fissarlo, sorpreso; imprecò e se la diede a gambe.

Gumby stava per lanciarsi nell'inseguimento e punire quel bastardo per aver colpito la donna, ma lei gli afferrò un braccio e gli gridò: "Aiutami!"

Gumby era pratico di primo soccorso, dato che lui e il

resto della squadra dovevano essere pronti a prestare aiuto salvavita in ogni istante. Si voltò, pronto a fermare un'emorragia o a occuparsi di qualche osso spezzato, ma rimase scioccato di fronte a ciò che vide.

Quella donna gli aveva lasciato andare il braccio e si era inginocchiata accanto a un cane gravemente ferito. Si trattava di un piccolo pitbull, che alternava ringhi a piagnistei spaventati, rannicchiandosi nel tentativo di sfuggire dalla sua aspirante soccorritrice.

"Non sono sicuro che dovresti stargli così vicino," disse Gumby a bassa voce, cercando di non provocare ulteriormente l'animale ferito.

"Perché no?" gli chiese la donna, girandosi per guardarlo. Le sanguinava un labbro, aveva la maglia strappata che le pendeva da una spalla; nonostante il momento, Gumby notò una spallina del reggiseno rosa, della stessa tonalità della pelle di quella donna. Aveva anche un occhio nero che si stava formando, ma lei non sembrava preoccupata del proprio aspetto.

"Perché potrebbe morderti... è ferito. Chi era quel tipo? Devo chiamare la polizia."

"No! Niente polizia!" esclamò la donna, che sembrava nervosa per la prima volta da quando avevano iniziato a parlare. "Ho solo bisogno di aiuto per *farla* entrare in macchina."

Gumby si accigliò. "Conosci il tipo con cui stavi lottando?"

"No," disse lei un po' troppo in fretta, Gumby annusò immediatamente l'odore di menzogna.

"Cosa sta succedendo?"

Sospirando, la donna si sedette sui talloni e guardò verso di lui. "Se te lo dico, mi aiuterai?"

"Sì."

"Bene... Quel tipo cerca sempre di prendere i pitbull che

la gente dà via tramite social media o sui portali di vendita. Ho ottenuto il suo indirizzo quando l'ha postato come un idiota in un gruppo su Facebook, quando qualcuno stava cercando di liberarsi di un cane. Si è tenuto questa meraviglia in cortile per almeno una settimana: da quanto vedo, non le ha dato né cibo né acqua. Questa mattina ho visto che le ha versato qualcosa sulla schiena... guarda qui! Qualunque cosa fosse, l'ha bruciata: forse era dell'acido. Comunque devo portarla dal veterinario... guardale le zampe. Mentre non la tenevo d'occhio dev'essere stata trascinata probabilmente dietro una macchina, una moto o qualcosa del genere. Poi credo che quegli stronzi l'abbiano fatta combattere, guarda che cicatrici su quel bel musetto!"

Gumby guardò la cagnolina che gli tremava vicino ai piedi. In effetti le mancava una striscia di pelo dal dorso, come se fosse stata bruciata da qualche acido, e le zampe erano ancora sanguinanti.

Gli si spezzò il cuore: nessun cane meritava di essere maltrattato in quel modo.

Come se fosse attratto da una forza misteriosa, Gumby si inginocchiò accanto alla cagnolina nera, che sembrava troppo smunta per la sua taglia, e le tese la mano verso il muso con cautela. La bestiola mugolò e gli annusò leggermente le dita.

Con grande sorpresa di entrambi, la cagnolina strisciò sulla pancia fino a trovarsi di fronte a Gumby e gli appoggiò la testa su una gamba.

Lui guardò sorpreso la donna, anche lei apparve colpita ma poi si riprese in fretta e si guardò intorno in modo molto nervoso. "Dobbiamo andarcene da qui. Stavo per rubare questa cagnetta quando quel tizio è uscito di casa e ha cercato di fermarmi."

"La stavi rubando?"

Lei si accovacciò di nuovo, portandosi le mani sui fianchi, emanava forza anche restando in ginocchio. "Sì, la *stavo* rubando. Quello se n'è accorto e abbiamo cominciato a lottare."

Scuotendo la testa, Gumby disse: "Me ne pentirò." Poi si alzò lentamente, si chinò e prese in braccio con estrema facilità il cane tremante e maltrattato.

"Wow, sei enorme," disse la donna seguendolo con lo sguardo. "Non sarei mai riuscita a prenderla così."

"Andiamo," disse Gumby. "Se quel tipo ha degli amici, non credo che sia una buona idea restarcene qui a chiacchierare."

"Va bene," disse lei, indicando la strada. "Mi chiamo Sidney. Sidney Hale."

"Decker Kincade," le disse Gumby.

"Grazie per esserti fermato ad aiutarmi, Deck," gli disse Sidney mentre correva verso la sua piccola Honda Accord, che aveva un aspetto un po' malandato: probabilmente aveva almeno dieci anni, spiccavano diversi graffi e ammaccature sulla vernice nera.

Gumby oltrepassò la macchina e si diresse verso il pick-up.

"Ehi, cosa fai?" gli chiese lei in modo agitato mentre gli camminava accanto.

"Porto Hannah dal veterinario."

"Hannah?" gli chiese Sidney.

"Sì, voglio chiamarla così," le disse Gumby, senza sapere perché avesse pensato proprio a quel nome, però gli sembrava adatto a quel piccolo pitbull nero. Era un nome dignitoso per un animale che era stato trattato senza alcun rispetto per gran parte della vita.

"Ma la porto *io*."

"No," disse Gumby, voltandosi verso Sidney. "Ma puoi venire con me, anzi, insisto."

"Oh, ma io... Forse possiamo parlarne," disse lei iniziando a farfugliare.

"Non c'è tempo per parlare," le disse Gumby aprendo la

portiera con una mano e posizionando con cura il cane ferito sul sedile anteriore del pick-up. "C'è un veterinario vicino a casa mia, Puoi seguirmi lì." Poi allungò lentamente una mano verso la bocca di Sidney e le pulì un rivolo di sangue. "Dopo essermi occupato di Hannah, posso assicurarmi che anche tu stia bene."

Lei si portò la spalla verso la bocca per pulirsi la bocca con la maglietta. "Sto bene," gli rispose con una spavalderia che Gumby non vedeva da un po'. Secondo lui quella donna aveva circa trent'anni, ma il dolore che le trapelava dagli occhi era indice di una vita tutt'altro che facile.

Si sentì affascinato: chiunque lottava con un uomo ovviamente più forte per salvare la vita di un cane era degno del massimo rispetto, per come la vedeva lui.

"Vieni con me," le propose con gentilezza. "Aiutami a prendermi cura di Hannah. Alla fine stavi lottando per salvarla, no?"

"Sì, ok," disse Sidney. "Bene. Ma non pensare di potertene andare con lei. Ti starò alle calcagna, Deck." Detto ciò, si voltò e tornò verso la sua Honda.

Gumby la guardò allontanarsi con un sorriso. Anche se era minuta, Sidney aveva tutte le curve nei punti giusti.

Sì, era decisamente affascinato.

Quando Sidney entrò in macchina, Gumby si mise al volante. Hannah mugolò e Gumby le appoggiò delicatamente una mano sulla testa, stupendosi quando l'animale si calmò immediatamente. "Tieni duro, bella. Tra pochissimo ci prenderemo cura di te e ti daremo da mangiare."

Come se la cagnolina avesse capito, gli annusò la mano e sospirò soddisfatta. Guardando nello specchietto retrovisore il veicolo che lo seguiva, Gumby sorrise. Aveva la sensazione che Sidney Hale non sarebbe stata docile come la bestiola ferita e maltrattata che gli stava accanto, si sentì impaziente ed emozionato.

Per la prima volta dopo tanto tempo, Gumby non vedeva l'ora che accadesse qualcosa di diverso rispetto alla prossima missione.

***

Acquista subito il libro 2!
Soccorrere Brenae

NOTE

CAPITOLO 1

1. *Sons of Anarchy* è una serie televisiva statunitense ideata da Kurt Sutter, tratta di motociclisti.

CAPITOLO 11

1. Nuotatrice americana vincitrice di cinque medaglie d'oro alle Olimpiadi e di 15 medaglie d'oro ai mondiali di nuoto. [NdT]

CAPITOLO 12

1. Live PD è un programma televisivo americano andato in onda su A&E Network dal 2016 al 2020. Seguiva gli agenti di polizia nel corso delle loro pattuglie in diretta, trasmettendo incontri selezionati con la nazione. [NdT]

CAPITOLO 14

1. In inglese "rock" significa "roccia", da qui la creazione del soprannome del personaggio (Rock - Rocko - Rocco) [NdT]

Also by Susan Stoker

Armi & Amori: verso il futuro

Soccorrere Caite (1 Marzo)
Soccorrere Brenae (15 Marzo)
Soccorrere Sidney (15 Aprile)
Soccorrere Piper (1 Giugno)
Soccorrere Zoey
Soccorrere Avery
Soccorrere Kalee
Soccorrere Jane

Delta Force Heroes

Salvare Rayne
Salvare Emily
Salvare Harley
Il Matrimonio di Emily
Salvare Kassie
Salvare Bryn
Salvare Casey
Salvare Sadie
Salvare Wendy
Salvare Mary
Salvare Macie
Salvare Annie (Feb 2022)

Armi e Amori

Proteggere Caroline
Proteggere Alabama
Proteggere Fiona
Il Matrimonio di Caroline
Proteggere Summer
Proteggere Cheyenne

Proteggere Jessyka
Proteggere Julie
Proteggere Melody
Proteggere il Futuro
Proteggere Kiera
Proteggere i figli di Alabama
Proteggere Dakota

Forze Speciali alle Hawaii

Trovare Elodie
Trovare Lexie
Trovare Kenna (19 Oct 2021)
Trovare Monica (10 Maggio 2022)
Trovare Carly
Trovare Ashlyn
Trovare Jodelle

Mercenari di Montagna

Difendere Allye
Difendere Chloe
Difendere Morgan
Difendere Harlow
Difendere Everly
Difendere Zara
Difendere Raven

Ace Security

Il riscatto di Grace
Il riscatto di Alexis
Il riscatto di Bailey
Il riscatto di Felicity
Il riscatto di Sarah

BIOGRAFIA

L'autrice best seller del *New York Times*, *USA Today,* e *Wall Street Journal*, Susan Stoker ha un cuore grande come lo stato del Texas, dove vive, ma questa tipica ragazza americana ha trascorso gli ultimi quattordici anni vivendo nel Missouri, in California, in Colorado, e nell'Indiana. È sposata con un ex militare dell'esercito, che ora la segue in tutto il Paese.

Ha debuttato con la sua prima serie nel 2014, seguita dalla serie SEAL of Protection, che ha consolidato il suo amore per la scrittura, e la creazione di storie in cui i lettori possono perdersi.

Se ti è piaciuto questo libro, o qualsiasi libro, per favore considera di lasciare una recensione. Gli autori lo apprezzano più di quanto tu possa immaginare.

www.stokeraces.com

susan@stokeraces.com